독도 7시 26분

독도 7시 26분

독도 7시 26분

김남일 외 지음

1판 1쇄 발행 | 2018. 10. 25.

발행처 | **Human & Books**
발행인 | 하응백
출판등록 | 2002년 6월 5일 제2002–113호
서울특별시 종로구 경운동 88 수운회관 1009호
기획 홍보부 | 02–6327–3535, 편집부 | 02–6327–3537, 팩시밀리 | 02–6327–5353
이메일 | hbooks@empas.com

ISBN 978–89–6078–675-2 03810

Good Morning

DOKDO
7:26 a.m.

Dokdo is a beautiful island in the East Sea.
Here, the morning breaks earlier than any other place in Korea.
Dokdo has been and will be part of Korea forever.

회고와 전망

에필로그

프롤로그

독도를 일방적으로 자기 영토에 불법 편입한지 100년 되는 날인 2005년 3월 16일, 일본은 시마네 현의 소위 '다케시마의 날' 조례를 앞세워 우리나라에 선전포고를 함으로써 소리 없는 전쟁을 시작하였다. 지방정부 일에 관여할 수 없다던 일본 중앙정부는 어업권 보장을 빌미로 시작된 시마네 현의 도발을 이어 받아 자국의 방위백서, 외교청서, 초·중·고등학교 교과서 등을 통해 독도에 대한 불법 침탈을 조직적으로 확대하는 중이다.[1] 지난 약육강식의 세계사가 말해주듯 전쟁은 우리가 원치 않아도 하고자 하

---

[1] 일본 방위백서의 독도 관련 기술은 1978년 최초로 등장하였고, 1997년 이후 매년 추가 기술을 포함시키고 있다. 현재 일본 방위백서에는 일본의 배타적 경제수역(EEZ)에 독도를 포함시키고 있으며 주변국 방공식별구역(ADIZ) 지도에도 독도를 자국 영공으로 표시했다. 대표적인 시기별 관련 기술을 보면 아래와 같다.
1997 ~ 2004년 : "독도(영토)문제가 여전히 미해결인 상태로 존재"
2005 ~ 금년까지 : "일본 고유의 영토인 북방영토 및 독도의 영토문제가 여전히 미해결인 상태로 존재"

는 자의 의지에 따라 일어났고, 인간의 천성이 변하지 않는 한 국가와 민족의 생존권을 지킨다는 명분 아래 끊임없이 이어져 왔다. 해양패권을 둘러싼 서구 열강들의 다툼 속에 바다를 내어 주고 나라마저 빼앗겼으며 이후지금까지 분단국가로 남은 한반도의 역사를 통해서도 이를 알 수 있다.

독도의 경우는 어떤가. 우리는 현재 상황을 '독도 전쟁'이라고 부르는데이 말은 과장이 아니다. 우리가 원하건 원하지 않건 우리 주민이 살고 있건그렇지 않건, 말로는 우리가 실효적으로 지배하고 있다면서 실제로는 우리영토에 각 부 장관들은 물론 대통령조차 마음대로 다녀갈 수 없는 현실이고, 혹여 다녀가면 일본 정부가 불법 상륙이라며 고발과 항의를 일삼는 마당이니, 무력이 없을 뿐이지 지금도 독도는 교전 상황이 아니고 무엇이겠는가. 일본은 지난 2018년 1월 25일 도쿄 중심가에 영토주권전시관이라는것을 설치해 독도가 자기 영토라고 만방에 선전하는 중이다. 일본 정부는2008년 7월 14일 처음 중학교 교과서 왜곡을 시작한 이래 그 강도를 점점높이고 있으며 향후 2022년도가 되면 초·중·고등학교 전 과정, 학습지도요령과 해설서, 교과서에 이르는 각 단계별 모든 곳에 독도가 자기 땅이라는 왜곡된 영토 교육을 의무화할 예정이다. 그러니 어린 일본 아이들이 성인이 된 다음 자기 영토를 찾으러 가자고 나서면 어떻게 되겠는가. 무서운일이다. 그 뿐인가. 일본은 2018년 초 자위대 보유 내용을 추가한 평화헌법(헌법 9조)의 개정안을 사실상 확정하여 언제라도 전쟁할 수 있는 국가로전환하겠다는 의도를 노골화했다. 이와 더불어 일본은 자기가 원한다면 전략적인 시기에 동해(東海) 상에서 국지적 분쟁을 일으켜 독도에 대한 영유권을 공고히 할 만반의 준비를 체계적으로 치밀하게 추진하고 있다 봐야한다.

그럼 우리는 어떻게 대비해야 할까, 이 질문에 답하고자 한 것이 곧 이 책을 기획한 배경이 되었다. 2005년 당시 국제통상과장이던 필자는 일본 시마네 현과 15년 동안 자매결연을 통해 상호 공무원 파견근무 등으로 진행하던 다양한 교류협력 사업을 중단하고, 독도 시키기 종합대책(일명 안용복 프로젝트)을 발표하면서 '독도지킴이팀'을 신설하였다. 3년 후인 2008년 7월 14일 일본 중앙정부인 문부성은 자국 중학교 교과서에 독도에 대한 왜곡 교육을 처음으로 의무화했고 이에 맞서 우리 국무총리가 독도를 방문하고 총리훈령으로 '정부합동독도영토대책단'을 만들었다. 이를 계기로 당시 필자는 초대 독도수호대책본부장을 맡으면서 독도를 포함한 울릉도의 지속가능한 개발사업을 추진해 울릉도비행장, 독도방파제를 비롯한 28개 사업 1조82억 원을 관철시켰고, 8·15 경상북도 광복절 기념행사를 독도에서 개최하는 등 직원들과 함께 뜨거운 한해를 보냈다. 그런데 겨우 10년이 지난 2018년, 함께 동고동락했던 울릉군청과 경상북도 독도수호과 직원들은 퇴직했고, 정권이 바뀐 뒤 이전에 약속되었던 독도수호의 핵심적인 사업들도 경제적 타당성이 없다는 이유로 혹은 한일 외교관계에 부정적인 영향을 끼친다는 이유로 - 이는 독도에 대한 조용한 외교정책의 포기를 골자로 하는 2006년 4월 25일 노무현 대통령의 '독도독트린'[2] 정신에 배치되

2 2006년 4월 25일, 노무현 전 대통령은 한일관계에 대한 대통령 특별담화문, 약칭 '독도 독트린'을 발표했다. 그중 골자라고 여겨지는 부분을 인용하면 아래와 같다.

"이제 정부는 독도문제에 대한 대응방침을 전면 재검토하겠습니다. 독도문제를 일본의 역사교과서 왜곡, 야스쿠니 신사 참배 문제와 더불어 한일 양국의 과거사 청산과 역사인식, 자주독립의 역사와 주권 수호차원에서 정면으로 다루어 나가겠습니다. 물리적인 도발에 대해서는 강력하고 단호하게 대응할 것입니다. 세계 여론과 일본 국민에게 일본 정부의 부당한 처사를 끊임없이 고발해 나갈 것입니다. 일본 정부가 잘못을 바로 잡을 때까지 전 국가적 역량과 외교적 자원을 모두 동원하여 지속적으로 노력해 나갈 것입니다. 그밖에도 필요한 모든 일을 다 할 것입니다. 어떤 비용과 희생이 따르더라도 결코 포기하거나 타협할 수 없는 문제이기 때문입니다."

는 일임에도 불구하고 - 정상적으로 추진되지 않고 계속 보류되는 실정이다. 독도정책에 관한 한 일본과 한국의 가장 큰 차이를 든다면 일본은 지방이 선도하고 지방목소리에 경청하면서 역할분담을 통해 협업을 하는 반면 우리는 독도를 관할하는 지방정부인 울릉군과 경상북도 현장의 목소리들이 중앙정부로부터 외면된다는 점이다. 물론 이에 대해서는 일본은 중앙정부와 지방정부로 이원화된 체제이나 우리는 아직 '지방정부'가 아닌 '지방자치단체'로서 완전한 지방분권이 이루어지지 않은 국가경영 시스템 속에서 독도정책이 수립된다는 점을 고려할 필요가 있다.

이 책에서 필자를 비롯한 저자들은 2008년 일본정부가 독도 영토침탈을 위해 전면전으로 치고 나오던 그 때를 정확히 기록하고 이를 반면교사 삼아 후배 공무원들과 연구학자들이 더욱 치밀하고 전략적이며 지속적으로 진정 우리가 무엇을 해야 하고 무엇을 협력해야 하는지 알려주고 싶었다. 당시 함께 근무 했던 직원들과 뜻을 같이 하여 '독도를 사랑하는 모임(일명 독사모)'을 구성하여 모인 지 오래였는데 그러던 중 비록 과문하지만 용기를 내어 의미 있는 일을 하자고 의견을 모아 같이 글을 쓰게 되었다. 이런 식으로 후배들이 십년마다 집필을 계속해서 이어간다면 진정한 독도실록(獨島實錄)이 되리라 기대도 가져본다. 필자는 다케시마의 날 조례가 발표된 지 십년이던 해에 '독도, 대양을 꿈꾸다'라는 책을 발간한 적 있다. 이 책에서 필자는 첫째 독도정책은 지방정부인 울릉도와 경상북도가 주도적으로 펼치며, 둘째 중앙정부는 이러한 지방정부의 정책이 성공적으로 전개되도록 지원하고, 셋째 동해 끝이 아닌 대양(大洋)을 향한 관문이라는 관점 아래 체계적인 해양교육을 통해 독도를 지켜나가야 한다는 독도수호의

3원칙을 제시한 바 있다. '독도전쟁'을 항구적으로 막는 길은 다름 아닌 동해바다를 유라시아와 동북아시아의 해양연구와 국제교류의 중심지로서 '독도대양(獨島大洋)'으로 만드는 일이다. 또한 지속 가능한 독도대양으로 나아가기 위해서는 해양력(海洋力)을 키워야 하고, 해양력을 키우기 위해서는 자라나는 청소년들에게 바다와 친해지도록 사고하고 모험하며 바다에 맞서 도전정신을 기를 수 있도록 해양교육(海洋敎育)에 중점을 두어야 한다.

우리에게는 신라 해상제국을 꿈꾸었던 장보고 대사, 독자적인 수군 통솔기구인 선부(船府)를 처음으로 설치하고 동해바다에 묻힌 문무대왕, 그리고 '바다를 버리면 조선을 버리는 것'이라는 신념을 가진 이순신 장군이 있다. 또한 가깝게는 1932년 즈음 제주해녀회를 이끌며 항일운동을 펼쳤던 부춘화와 김옥련, 1954년 무렵 활동했던 홍순칠을 비롯한 독도의용수비대원들의 활약이 있다.[3] 이들이 이룩한 자랑스러운 해양경영의 전통을 앞으로도 이어나가야 할 것이다. 물론 지금도 우리가 지켜온 독도를 품은 동해정신(東海精神)을 바탕으로 울릉도독도해양연구기지, 북극과 남극의 해양과학기지, 그리고 남태평양 해양과학기지에 이르기까지 어려운 여건에도 불구하고 묵묵히 현장에서 대한민국 바다의 역사를 만들어 가는 해양과학자들이 있다. 앞으로 독도에 관한 한 한일 간에 보이지 않는 전쟁은 계속 이어질 것이다. 다행인 것은 독도 수호 의지에 있어서는 여야도, 보수와 진보도, 남북한도 한마음이라는 사실이다. 그렇다고 매년 반복적으로 이루어지는 독도침탈에 대해 우리끼리 위안하면서 강력규탄이나 시정

---

3 '제주해녀 항일운동'은 1932년 제주 구좌읍에서 일제의 착취에 맞서 고차동, 김계석, 김옥련, 부덕량, 부춘화 다섯 해녀로 시작되어 3개월 동안 제주 각지에서 연인원 1만 7,000명이 참여한 항일운동을 말한다.

요구 등을 밝힌 성명서를 발표한다든지 외교관을 초치한다든지 하는 의
례적인 대응에 그쳐서는 안 된다. 일본은 6천 800여 개의 섬[4]과 그에 따른
세계 8위 길이의 해안선을 가진 나라이자, 세계 7위 면적의 배타적 경제수
역(EEZ)을 지닌 해양대국이다. 가령 해양실습선 배를 보유한 해양수산고등
학교 숫자도 우리나라가 3군데인데 비해 일본은 30군데가 넘고, 대부분의
일본 초·중·고등학교가 수영장 시설을 갖추고 학생들에게 일찍부터 생존
수영을 가르치는 현실이고 보면 우리의 갈 길이 멀다는 점을 반드시 명심
해야 한다.

바다는 미지의 자원을 보유한 희망의 보고다. 최근 일본 연구팀이 해저
에서 전 세계 인류가 수백 년 넘게 사용할 수 있는 대량의 희토류를 발견
하였고, 선진국을 중심으로 유인 심해 해저탐사와 해중도시 건설이 활발
하게 진행되고 있다. 새로운 과학기술이 등장하면서 바다는 인류에게 새
로운 먹거리를 제공하게 되었으며, 당연히 우리에게도 바다는 언제나 열
린 가능성으로 남아 있다. 우리가 진정 독도를 포함한 동해바다를 지키려
면 우리나라를 '해양민국(海洋民國)'으로 만들기 위해 함께 노력하지 않으
면 안 된다. 그 과정에서 자라나는 우리의 청소년과 청장년들이 해양개척
정신을 가지고 무한한 해양자원을 개발하며 해양영토를 확장해 나가도록
이끌어야 할 것이다. 그 길은 또한 우리보다 50년 먼저 바다를 열고 다양
한 근대 서양문물을 받아들여 해양부국을 이룬 일본을 이기는 길이도 하

4 해양수산부 통계자료에 의하면 우리나라에는 총 3,358개의 섬이 있으며 그중 유인도는 482개, 무인도
는 2,876개이다. 우리나라는 인도네시아(1만 5,000여 개), 필리핀(7,100여 개), 일본(6,800여 개)에 이어 세
계에서 4번째로 섬이 많은 나라이며, 상위 세 나라는 전 국토가 섬이므로 대륙에 속한 국가 중에서는 우
리나라가 섬이 가장 많다고 한다(건설경제, '우리나라의 섬들을 보려면 얼마나 걸릴까', 2018. 8. 31 기사
일부 인용).

보는 이로 하여금 숙연함을 자아내게 하는 독도의 일출 장면. 독도는 우리나라에서 해돋이가 시작되는 곳으로 공식적인 1월 1일 일출 시각이 오전 7시 26분이다.

다. 마지막으로 국내외의 바다와 섬에서 대한민국의 해양력을 높이기 위해 노력하는 수많은 해양과학자, 해군과 해양경찰, 해양·수산업 종사자 분들, 그리고 섬을 지키는 주민들, 그분들과 함께 고군분투하는 일선 현장공무원들에게 이 책이 조금이라도 보탬이 되기를 기대해 본다.

2018년 10월 25일, 독도의 날에

저자들을 대신하여 경상북도 前 독도수호대책본부장 그리고 現 도민안전실장

김남일 씀

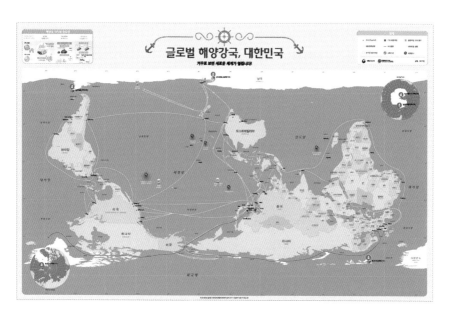

(위)거꾸로 세계지도, (아래)우리나라를 중심으로 바라본 해양지도. 2017. 8. 3.
해양수산부 배포

로보트 태권브이로 우리에게 잘 알려진 김청기 감독께서 책의 취지에 공감하여 독도를 방문 한 뒤 직접
그려주신 작품입니다.

역사와 쟁점

독도는 말하고 있다

이소리(경상북도 독도정책과 주무관)

독도에 가다

동도 정상부에 있는 경비대 숙소 건물에서 오른쪽 바위벽을 올려다보면 '韓国領(한국령)'이라는 글씨가 한눈에 들어온다. 2012년 8월 10일 이명박 대통령이 독도를 방문할 때, 이 글씨를 배경으로 찍은 사진과 동영상이 언론을 통해 알려지면서 이제 독도의 명소가 된 곳이기도 하다.

필자도 이 '한국령'을 실물보다 사진으로 먼저 만났다. '독도 전시회'나 '독도 홍보자료'를 제작할 때 독도전경이나 독도의 현황을 알릴 수 있는 사진 수집은 필수적인 작업이다. 전시회나 홍보자료의 내용은 대개 독도가 한국령임을 뒷받침하는 문헌이나 고지도 등의 사료와 독도의 현황을 나타내는 사진 자료로 구성된다. 사료의 경우는 「세종실록 지리지」, 「팔도총도」, 「동국대전도」 그리고 일본의 「태정관 지령」 등 기존 연구에 의해 발표된 자료들로서 선택의 여지가 없다. 그러나 사진의 경우는 행사 취지에 부합하

2015년 8월, 독도등대와 한국령 바위를 배경으로 반크 독도캠프에 참석한 청소년들과 함께 한 필자(앞줄 맨 왼쪽)

면서 독도를 상징하는 사진들을 신중히 고르게 된다.

　이때 선택하는 베스트 10에 빠지지 않고 등장하는 것이 이 '한국령'의 글씨가 들어간 사진이다. 독도사진 베스트 10에서 백미는 아무래도 동, 서도를 전부 담은 독도전경 사진이다. 푸르른 동해바다 위에 우뚝 솟은 독도전경을 필두로 독도의 사계, 독도의 일출, 왕해국, 섬기린초, 술패랭이꽃, 왕호장근 등이 피어 있는 독도의 자연, 괭이갈매기 등 새들의 고향 독도, 독도등대, 독도경비대, 헬기장, 독도주민숙소 등의 독도의 시설물, 천장굴, 독립문바위, 숫돌바위, 삼형제굴바위 등 독도 지질 명소, 그리고 독도에 살고 있는 김성도 씨 부부와 독도를 지키는 경비대원들의 늠름한 모습까지 독도의 모든 것을 사진으로 만날 수 있다.

　'한국령'의 여러 사진 중에는 독도등대와 함께 찍은 사진이 가장 널리 알려져 있다. 독도가 한국의 영토임을 여지없이 보여주고 있을 뿐만 아니라 독도의 대표적 건물인 독도등대와도 잘 어우러져 한 폭의 그림을 연상케 하는 멋진 사진이다. 필자가 이 사진을 처음 접한 것은 독도업무를 시작한 2005년 하반기부터였지만, 동도 정상에서 실물을 마주한 것은 그보다 한 참 뒤인 2010년이었다. 독도업무를 맡고 있으면서도 실물을 접하기까지 5년이나 걸렸던 이유는 일반인의 독도 관람구역은 동도 선착장으로 제한되어 있기 때문이다. 2009년 6월 '독도 평화호'가 취항하면서 일반 선사가 아닌 독도 관리선으로 독도 방문이 가능하게 되었다. 2010년부터 '전국역사지리교사 독도포럼', '사이버독도사관학교 독도캠프' 등 독도교육과 해외 홍보라는 특수 목적으로 동도 정상까지 오르게 된 것이다.

가쁜 숨을 내쉬며 동도 정상부의 독도경비대 숙소까지 올라가면, 바로 옆에 빨간 우체통이 제일 먼저 시선을 끈다. 독도에 주민이 살고 있고 한국이 관리하고 있는 또 하나의 장면이다. 2003년 1월 3일 당시 정보통신부 우정사업본부는 독도지역에 '799-805'(현재: 40240)라는 우편 번호를 부여하고 전국 우편번호부에 등재하고 이때 우체통도 설치했다.[5] 독도우체통을 지나

독도경비대 옆에 놓인 빨간 우체통. 2003년 4월 24일 정보통신부 우정사업본부가 설치했다.

높다란 바위 절벽에 예의 '한국령'이 보인다. 그동안 사진으로만 보아오던

---

5 일찍이 미국의 재미교포 故 안재현씨는 미국 나파밸리에 독도 와이너리(Dokdo Winery)를 열고 독도 우편번호를 딴 '799-805' 와인을 출시했는데, 이는 독도가 우리나라 고유의 영토임을 전 세계에 자연스럽게 알리고자 함이었다.

'한국령'을 처음 대면했다. 사진 속의 글씨는 꽤 커 보였는데, 실제는 그리 크지 않아 살짝 당황스러웠던 기억이 새롭다. 이제는 이명박 대통령이 여기서 찍은 사진이 널리 유포되면서 어느 정도의 크기인지 가늠하게 되었으리라고 생각하지만, 실제 크기는 가로 40cm, 세로 120cm의 사각 틀 안에 '한국령'이 앉아 있다.

비록 사진의 허상은 와르르 무너졌지만, 크기와는 상관없이 정갈하고 의연히 쓰여 있는 글씨를 내 눈으로 확인하면서 언제, 누가, 왜, 여기에 '한국령'이라는 글씨를 새겨 넣었을까? 하는 단순한 의문이 필자를 사로잡았다. 때마침 독도의용수비대 제2전투대장으로 수고하셨던 정원도 씨를 울릉도에서 뵈었다. 곧바로 질문을 하자, 1954년 5월 당시 울릉도에서 명필로 소문난 고(故) 한진호 씨를 불러 '한국령'이라는 글씨를 쓰게 하고 새겨 넣은 것이라고 길잡이를 한다. 어르신 덕분에 많이 헤매지 않고 1954년 전후의 독도 상황을 조사할 수 있었다.

1953년 ─ 일본, 독도에 영토 표주 세우다

일본이 독도의 영유권을 주장하고 나선 것은 1952년 1월의 일이다. 1952년 1월 18일 당시 이승만 대통령이 대한민국과 주변 국가 간의 수역 구분과 자원 및 주권 보호를 위한 해양 경계선, 이른바 '평화선'[6]을 설정했다. 한국 정부는 이 평화선 안에 독도를 포함시켰다. 이때부터 일본 정부는 외교 구상서를 통해 독도가 일본령이라고 반박했으며 지금까지 그 주장을 굽히지 않고 있는 것이다.

---

6 정식 명칭은 '인접 해양에 대한 주권에 관한 선언(국무원 고시 제14호)'이다. 이를 일본에서는 '이승만라인'이라고 한다.

일본 정부가 1952년 1월부터 외교적 공세를 시작했지만 독도를 본격적으로 침입하기 시작한 것은 1953년 5월부터였다. 이는 1952년 7월 26일 미일합동위원회가 독도를 미군 폭격연습장으로 지정했기 때문인데, 1953년 3월 19일 독도가 미군 폭격연습장에서 해제되고, 일본 외무성이 이를 5월 14일 관보에 공고를 한다. 그로부터 보름도 채 지나지 않은 5월 28일부터 일본은 공세적으로 독도를 침입해 왔다. 1953년 5월 이후 당해 연말까지 일본의 침입은 24회에 이른다. 이중 수산시험선 또는 조사선에 의한 침입 6회, 일본 정부의 행정선 또는 순시선에 의한 침입이 17회였다.

표1. 1953년 일본 선박의 독도 침입 일람표[7]

	월일	선박	차	거리	특기사항
1	5/28	시마네마루		상륙	어민 조사, 외무부 '제1차 침범'
2	6/15	시마네마루		불명	神藤堆(심흥택해산) 발견
3	6/23	구즈류, 노시로	1	500m	악천후로 상륙 실패
4	6/25	오키고교 오토리마루		상륙	每日신문 어민 취재, '제2차 침범'
5	6/26	미호마루		상륙	每日신문 어민 취재, '제3차 침범'
6	6/27	오키, 구즈류	1′	상륙	1차 표주 세움. '제4차 침범'
7	7/2	나가라	2	상륙	청수의 용출 터를 발견
8	7/9	오키	3	100m	
9	7/12	헤쿠라	4	700m	헤쿠라를 총격. '제5차 침범'
10	8/3	헤쿠라	5	상륙	총격 현장 검증
11	8/7	헤쿠라	6	상륙	2차 표주 세움
12	8/21	나가라	7	상륙	

7 박병섭, 「광복 후 일본의 독도 침략과 한국의 수호 활동」, 『독도연구』, 영남대학교 독도연구소, 2015.06, p82를 참조하여 재정리 함.

13	8/31	헤쿠라	8	3해리	
14	9/3	오키	9	1해리	
15	9/17	시마네마루		상륙	표주2 확인. 독도 무인
16	9/23	다이센		상륙	표주2 없음. 무인
17	10/6	헤쿠라, 나가라	10	상륙	3차 표주 세움
18	10/13	헤쿠라	11	3해리	
19	10/17	나가라	12	300m	표주3 없음. 외무성 조사단
20	10/21	시마네마루		상륙	每日신문이 표석을 취재. 무인
21	10/23	나가라, 노시로	13	상륙	4차 표주 세움. 표석과 깃대 철거
22	11/15	나가라	14	200m	
23	12/6	헤쿠라	15	5해리	
24	12/9	헤쿠라	16	3해리	

* '차'는 일본 순시선의 독도 순시 차례

가장 먼저 독도를 침입한 것은 시마네현 수산시험선 '시마네마루(島根丸/63톤)'였는데, 독도에서 어로활동을 하던 우리 어민들의 상황을 시마네현에 보고한다. 독도에서 행해지는 우리 어민들의 어로활동에 대해 당시 일본 해상보안부는 "독도 주변 해역의 밀항, 밀어 단속 특명"을 내렸고, 6월 27일 순시선 2척이 미국기를 게양하고 독도에 침입했다. 이때 보안관 25명, 경찰관 3명, 시마네현 관리 2명, 총 30명이 독도에 불법 상륙했다. 이들은 2시간가량 독도에 머물면서 한국 어민 6명에게 심문과 퇴거 명령을 내렸을 뿐만 아니라, 독도에 일본령임을 표식하는 표주(標柱)를 설치한다. '시마네현 오치군 고카무라 다케시마(島根県穏地郡伍箇村竹島)'라고 쓴 표주 2개와 경고판[8] 2개, 총 4개를 동, 서도에 설치한다. 경고판 하나는 시마네현

---

8 실제로 일본은 '주의'라고 썼는데, 내용적으로 경고적인 성격이어서 '주의판'이라고 하지 않고 '경고판'이라고 해석했다.

독도평화호와 독도경비대원들

의 명의로 "독도(연안도서 포함) 주위 500m 이내는 제1종 공동어업권(해조패류)이 설정되어 있으므로 무단 채취를 금함", 다른 하나는 해상보안부 명의로 "일본 국민 및 정당한 절차를 밟지 않은 외국인은 일본 정부의 허가없이 영해(도서해안 3리 이내)내의 출입을 금함"이라고 쓰여 있었다. 이것이 일본이 독도에 세운 최초의 영토 표주이다.[9] 이 표주의 길이는 230cm, 가로는 15cm였고, 경고판의 크기는 가로 60cm, 세로 45cm였다.

일본의 독도 침범 사실은 독도에서 조업을 하다가 일본인의 심문을 받았던 6명의 한국 어민들에 의해 즉각 울릉군, 경상북도, 중앙정부로 알려

<hr>

9 독도에 영토 표주를 먼저 설치한 것은 한국이다. 1947년 4월 독도에 불법 상륙한 일본 어민들이 한국 어민에게 총격을 가하는 상황이 발생하자, 정부는 조선산악회를 통해 울릉도,독도 학술조사를 실시했다. 1947년 8월 20일 독도에 도착한 조선산악회는 '朝鮮鬱陵島南面獨島'와 '鬱陵島.獨島學術調査記念'이라는 표주 2개를 설치했다.

지게 된다. 일본의 독도 도발 행위에 우리 정부는 즉각 대응했다. 한국 국회는 7월 8일 일본의 독도 침범을 격렬히 규탄하고 항의하는 결의문을 채택했다. 경상북도 의회도 7월 10일 일본의 야만적 행위를 규탄하고 우리 정부에 대해 단호한 조치를 촉구하는 건의문을 만장일치로 가결했다.[10] 또한 7월 3일 경찰과 해군이 나서서 일본이 세운 1차 영토 표주를 철거했다.

서울 광화문 인근에 위치해 서울의 도로 기점을 표기한 도로원표, 서울에서 독도까지 435km, 서울에서 도쿄까지 1,158km 거리임을 나타내고 있다.

한국 정부의 즉각적인 대응이 AP통신을 통해 대내외로 알려지면서, 일본은 7월 12일 또다시 해상보안부 순시선(헤쿠라)을 독도에 파견했다. 이때 독도 침입을 감시하고 있던 울릉경찰이 일본 순시선에 총격을 가했다. 일본 정부는 즉각 외무성을 통해 항

---

10 건의서

　一. 요지

　독도는 한국 영토임을 중외에 선포하고 일본의 침략행위에 대하여 강력한 조치를 취할 것을 건의함

　二. 이유

　지난 6월 25일 및 동 27, 8일의 3일간에 걸쳐서 외람하게도 미 국기를 도용해 가면서 독도에 침입하여 어로작업 중에 있던 한국인을 축출하고 "심지어 한국의 영토 표식과 위령비를 파괴하고" 그들의 게시판을 매립한 일본의 야만적인 행위는 한국을 무시한 태도인 동시에 왕시(往時)의 침략근성의 재개시를 폭로한 야욕이라고 생각할 수밖에 없으므로 본 의회는 우리의 영토를 수호하는 이념에서 300만 도민을 대표하여 당국에서 표기 요지의 단호한 조치가 있기를 건의하나이다.

　위 건의함

단기 4266년(1953년) 7월 10일
경상북도 의회

대통령각하

한국산악회의 독도 표석. 1953. 10. 15 한국산악회 회원들이 독도에 들어가 '독도(獨島LIANCOURT)'를 새긴 화강암 표석을 세웠다. 사진 = '독도주민생활사(2010. 10. 25. 경상북도 발행)'에서 인용.

의하고, 8월 3일 독도에 순시선(헤쿠라)을 파견하여 독도의 상황을 살핀 뒤, 8월 7일 독도에 2차 영토 표주를 설치한다. 일본이 설치한 2차 영토 표주에 대해 먼저 한국 국방부는 해군 함정을 독도에 파견하여 조사하고 그 결과를 외무부 장관에게 송부했다(1953.8.28.). 이때 일본이 세운 표주 사진 5매도 있었다. 동, 서도에 설치된 2차 일본 영토 표주는 9월 18일 울릉 경찰이 제거했다.

일본은 8월 7일 2차 표주를 설치한 이후, 8월 21일, 8월 31일, 9월17일 세 차례나 일본의 영토 표주 건재 여부를 확인했다. 9월23일 돗토리(鳥取)현 수산시험선 '다이센(大山)'이 독도에 침입하여 2차 영토 표주가 철거되었음을 확인하고, 또다시 영토 표주 설치를 도모한다. '다이센'의 보고를 받은 일본은 10월 6일 순시선(헤쿠라&나가라)을 파견하여 세 번째 영토 표주를 설치했다. 이때 사카이(境) 해상보안부는 시마네현 직원 1명을 동승시켰고, 이전과 같이 동, 서도에 각각 1개, 2개의 표주를 세웠다. 일본의 3차 영토 표주는 한국 경찰이 아니라, 민간단체인 한국산악회[11]가 10월 15일 독도학술조사과정에서 이를 철거했다. 한국산악회는 일본의 영토 표주를 철

11 각주 9의 '조선산악회'가 국명 변경에 따라 '한국산악회'로 명칭이 변경된 것이다.

거했을 뿐만 아니라, 동도 남쪽 자갈 해안에 "독도 獨島 LIANCOURT"라
고 새긴 영토 표석도 설치했다.

5월 28일 독도에 침입하기 시작한 일본은 3차 영토 표주를 설치하기까
지 10차례 독도에 침범했다. 이 모두가 독도의 상황을 살핀 뒤 영토 표주
를 설치하기 위함이었고, 영토 표주 설치 이후에는 영토 표주의 건재 여부
를 확인하며, 독도가 일본령임을 표시하려고 했다. 그러나, 그때마다 한국
은 이를 제거했고, 3차 때에는 일본 표주를 철거한 것에 그치지 않고 한국
령임을 알리는 표석까지 설치한 것이다.

한국산악회의 독도 입도 소식은 10월 12일 부산방송을 통해 미리 알려
지게 되었다. 일본은 10월 17일 독도초계 순시선(나가라)에 쓰지 마사노부
(辻正信) 중의원을 태우고 독도 현황을 조사했다. 이때 10월 6일 일본이 세
운 영토 표주는 없었고, 한국이 동도 정상 부근에 세운 3개의 깃대와 서도
부근에 설치한 3개의 측량표식이 있는 것을 확인했다. 10월 23일에 또다시
독도에 모습을 나타낸 순시선(나가라&노시로)은 초계중에 한국산악회가 설
치한 '독도' 표석을 철거하고, 네 번째 일본 영토 표주를 독도에 세웠다. 한
국 산악회가 10월 15일 세운 표석은 불과 7일 만에 철거된 것이다. 일본이
세운 4차 영토표주는 1954년 5월 18일에서야 철거된다. 이는 한국 어민과
경찰이 53년 10월 23일 이후 독도에 상륙하지 않았음을 의미한다.

1954년 – 일본의 영토 표주 독도에서 영구히 사라지다

한국 정부는 1953년 6월 27일 일본이 세운 1차 영토 표주를 설치할 때
부터 대응책을 논의해 왔다. 1953년 7월 8일 외무부, 국방부, 법제처, 내무
부 국장급으로 구성된 '독도문제에 관한 관계관 연석회의'를 소집해 대책

독도의용수비대의 역사를 보여주는 사진들. 위에서 시계 방향으로 독도 경비 중인 홍순칠 대장, 한국령 사진, 독도 의용수비대원들, 독도경비초사 및 표식 제막기념식(1954. 8. 28), 같은 독도경비초사 및 표식 제막기념식 모습으로 오른쪽에서 두 번째 앉아 있는 사람이 홍순칠 대장.

을 논의했다. 이 회의 결과 4가지 결의 사항이 의결되었는데, 첫째 등대 설치, 둘째 해군함정 파견(일본관헌의 표식 설치 여부 확인), 셋째 해군수로부의 측량표 설치, 넷째 역사적·지리학적 조사 등이었다.[12] 이에 따라 구체적인 독도 수호정책들이 추진되기 시작했다. 내무부는 일본령 표주를 제거했으며, 외무부·교통부·내무부·국방부 등은 독도에 등대, 측량표 등의 설치를 추진한다. 독도에 영구시설물을 설치한 사업은 1953년 7월 이래 한국정부가 추진한 가장 중요한 독도수호정책 중의 하나였다.[13]

---

12 외교통상부, 「독도문제에 관한 관계관회의 소집의 건」, 『독도문제, 1952-53』
13 정병준, 「1953~1954년 독도에서의 한일 충돌과 한국의 독도수호정책」, 『한국독립운동사연구』 41, 2012

울릉 경찰서도 한국 어부들을 보호하고 독도에 침입하는 일본인들을 감시할 목적으로 3명의 순경(경위, 경사, 순경)을 파견하고 이들에게 경기관총 2문을 제공했다. 한국 외교문서에는 이들을 순라반으로 묘사하고 있다. 이후 순라반(3명)이 주축이 되어 일본의 독도 침입을 저지하고 최전방에서 독도수호활동을 펼치게 된다. 이들은 독자적인 순찰선이 없어서 울릉도 어민의 작은 동력선을 빌려 타고 울릉도에서 독도로 건너갔는데, 목조 동력선은 5톤 정도의 규모였다. 이에 반해 일본 순시선 헤구라호는 450톤의 철선이었고, 약 30여 명의 해상보안부 승무원들이 탑승하고 있었다. 순시선의 규모와 인적 규모에서 한국은 일본과 상대할 수 없을 정도의 소규모였다.

일본 순시선의 빈번한 출몰로 인해 울릉도 주민들은 자신들의 생활공간을 위협받았고, 어로 활동에 지장을 받았다. 생존권 확보가 절실했던 울릉도 주민들이 독도의용수비대를 결성한다. 육군 특무상사 출신 홍순칠을 비롯하여 6·25전쟁에 참여하였다가 부상당한 상이용사들이 주축이 되어 이들과 친분이 있거나, 취지에 찬성하는 주민들로 구성되었다. 처음 결성할 때는 20명 미만의 대원으로 구성되었지만, 해산할 무렵에는 33명으로 증가했다. 이들은 생존권 확보를 위해 순라반과 협력하여 일본 순시선을 격퇴하는 등 일본의 독도 침입을 적극 저지했다.

한편, 한국산악회가 세운 독도표석을 53년 10월 23일 일본이 철거하자, 내무부장관은 관계 부처에 철거된 한국령 표석을 독도에 재건하라고 지시했다(1953.10.29.). 표석 설치는 경상북도가 담당하고 표문(標文)은 한글로 표기할 것을 주문한다. 그러나 설치공사는 악천후 등 여러 사정 때문에 여러 차례 연기되었다. 시마네현 자료에도 1954년 1월에 경상북도가 독도에 표석을 설치했다는 기록이 보이는데,[14] 이때도 기상 사정으로 독도에 입도하지 못했다. 한국의 해양경찰대 경비선이 1954년 5월 18일에야 독도에 입도했고, 이때 1953년 10월 23일에 일본이 세운 4차 영토 표주를 철거했다.

한국은 1954년 5월 이후 본격적으로 독도수호 활동에 나섰다. 일본의 영토 표주를 철거하고, 다시는 일본이 철거하지 못하도록 동도 정상에 '한국령'이라고 새겼다. 바위에 새기는 것에 그치지 않고, 8월 24일에는 동도에 있는 '독도조난어민위령비'[15] 부근에 독도표석을 설치하기에 이른다. 경상북도는 정부의 지침에 따라 한글과 한문을 병용하여 쓴 "대한민국 경상북도 울릉군 독도지표"라고 세로로 쓰고 경상북도 건립이라고 명기했다. 이후 독도에는 일본의 영토 표주는 영구히 사라지고, 한국이 세운 독도 표석들만 현존하고 있다.

한국 정부는 독도 표석을 설치하는데 머무르지 않고, 1954년 6월 17일 내무부 훈령에 따라 일본 침략으로부터 독도를 지키기 위해 해안경비대를 파견했다. 그러자 일본은 크게 반발하고 나서며 국회에서 독도 현지 조사를 결정한다. 이에 맞서 한국 국회는 7월 21~25일간 한국 국회의원의 독도 시찰단 파견을 결정했다. 일본 국회가 공식적으로 독도조사 파견을 결정함에 따라 새로운 국면으로 접어들게 되었다. 한국은 보다 강력하고 항구적인 대응방안을 모색하기 시작했고, 이는 1954년 7, 8월 독도 경비대의 상주, 막사 건설, 등대·무선 통신시설의 설치 등으로 구체화되었다.

한국은 1954년 8월 10일 독도에 등대를 설치했고, 8월 23일 이 사실을

---

14 田村清三郎, 『島根県竹島の新研究』[復刻版], 1965
15 1948년 6월 8일, 美 공군이 우리 측에 통보 없이 독도 주변해역에서 폭격 연습을 실시하면서, 조업 중이던 우리 어민이 다수 사망하고 어선이 파괴되는 사건이 발생했다. 1950년 6월 8일 조재천 경상북도지사 등 100여명이 미 공군의 폭격으로 희생된 사람들을 위로하는 위령제를 지내고 '독도조난어민위령비'를 건립했는데 위령비 이면에는 사망 및 행방불명 14명, 중경상 6명, 선박파괴 4척이라고 적혀 있다.

(좌)1954. 8. 24., 경상북도 건립 독도 표석. '대한민국 경상북도 울릉군 독도지표(大韓民國慶尙北道鬱陵郡獨島之標)'라고 쓴 영토 표석. (우)1954. 8. 28., '대한민국 경상북도 울릉군 독도 지표(大韓民國慶尙北道鬱陵郡獨島之標)'라고 쓴 영토 표석.

한국 주재 각국 외교 대표에게 통보했다. 또한 8월에 독도에 상주 경비대와 경비선을 파견했으며, 등대·무선통신시설 등의 영구시설을 설치 완료했다. 이에 대해 일본의 반발이 거셌고, 54년 9월 25일에는 독도문제의 국제사법재판소 제소를 제의했지만, 한국은 이를 일축하고 독도를 실효적 지배를 확고히 하며 오늘에 이르고 있다.

독도는 말한다

우리는 흔히 2005년 3월에 일본 시마네현이 느닷없이 독도를 일본의 영토라고 주장하고 나섰다고 말한다. 그러나 속을 들여다보면 일본은 1952년 1월부터 독도의 일본 영유권을 주장하기 시작하여 오늘날까지 그 주장을 쉬지 않고 있다. 실제로 일본은 1953년 5월 하순부터 그해 연말까지 약 7개월 동안 24차례나 독도를 침입했다. 1953년 5월 이후 독도를 침범하기 시작한 일본은 53년 6월부터 10월 사이에 4차례나 독도에 일본령 표주를

우리 땅 독도 전역을 한시도 빠짐 없이 순찰 근무중인 경비대원과 그 뒤를 따르는 '독도 지킴이' 삽살개. 사진 제공 = 김재도, "우리나라 독도(김재도 사진집)"

설치하였고, 조업 중인 한국 어부를 협박하는 등 물리적 강압을 동원했다. 이에 맞서 우리 선배들은 초기부터 장비, 인력의 열세에도 불구하고 총격전을 불사하며 독도를 수호했다.

　일본의 독도 침입, 그리고 독도에 일본령임을 알리는 표주를 4번이나 설치한 것에 대해 우리는 그 대답으로 다시는 뽑힐 수 없도록 독도 바위벽에 '韓國領'이라고 새겼다. 그리고 일본이 나무로 된 일본 표식을 설치한 것에 대해 우리는 영구적으로 남게 될 독도표석을 설치했으니 그 글귀는 독도가 이 세상에 존재하는 한 사라지지 않을 것이다. 그 염원대로 1954년 5월 18일 이후 일본의 영토 표주는 완전히 사라졌다.

　'한국령'을 통해 들여다 본 독도는 우리에게 이렇게 말하는 듯하다. '한국령'은 1953~1954년의 독도에서 일어났던 긴박했던 상황 속에서 탄생한

글이라고. 우리 선배들이 아주아주 열악한 환경 속에서도 일본으로부터 독도를 지켜냈다고. 불과 6, 70년의 역사조차도 우리는 모르고 있다고. 그 냥 "독도는 우리 땅", "독도야 사랑해!"라는 구호만 외칠 것이 아니라 독도 사랑을 보여 달라고. 그 사랑은 독도를 아는 것부터 출발해야한다고. 그리 고 다음 세대를 위해서 독도의 모든 것을 기록하라고.

… 독도표석 …

한국산악회가 2015년 8월 9일 새롭게 건립한 '독도표석'.

경상북도는 1950년대에 세워진 독도 표석들이 태풍 등에 의해 멸실되거나 훼손된 사실을 파악하고 2005년 8월 15일 광복절을 기념하여 올바른 역사 정립을 위해 독도표석을 복원하게 된다. 경북도가 복원한 표석은 경북도 명의로 건립한 '독도조난어민위령비'(1950)와 '대한민국 경상북도 울릉군 독도지표'(1954), 한국산악회 명의로 건립한 '독도' 표석(1953) 3점이다. 이때 '위령비'와 한국산악회 '독도표석'은 완전히 새로이 건립한 것이고, '독도지표'는 상단부와 기단부가 분리된 채 남아 있어, 상단부는 살려서 기존의 것을 이용하고 기단부를 새로이 만들었다.

2005년 8월에 경북도가 독도표석 3점을 재건립한 이후에 몇 가지 사건이 발생했다. 1950년에 건립한 '독도조난어민위령비'는 1959년 사라호 태풍 때 유실되었는데, 2015년 경북일보 독도탐사팀이 수중에서 위령비를 발견한 것이다. 울릉군은 2015년 9월 15일 이를 인양하고, 제염작업 등을 거쳐 2017년 10월에 안용복기념관에 전시하여 독도 교육의 장으로 활용하고 있다.

또 하나 2005년 8월에 경북도가 재건한 한국산악회의 '독도표석'은 그 내용에 'LIAN-COURT(리앙쿠르)'라는 글귀가 문제가 되어 다시 철거된다. 우여곡절 끝에 한국산악회는 자체적으로 2015년 8월 9일에 '독도표석'을 건립하고 제막행사를 개최했다.

한국이 독도에 세운 최초의 영토 표주. 1947_울릉도 독도학술조사대 건립(각주 9 참조/이상현제공)

1953_일본이 세운 영토 표주와 외국인(한국인) 독도조업 금지 경고판 (일본은 1953년 5월부터 10월까지 4번이나 건립했다)

2005년 8월 경상북도가 재건립한 표석 3점

1950_독도조난어민위령비

1953_ 한국산학회 건립 표석

1954_ 대한민국 독도표석

1950년에 건립한 독도조난어민위령비가 소실되었다가 2015년 경북일보 조준호 기자에 의해 발견, 인양 후 현재 안용복 기념관에 전시 중이다.

1950_경북도 건립의 독도조난어민위령비. 당시 제2대 조재천 경북도지사 헌화하고 있는 모습.

1959년 사라호 태풍으로 유실되었던 비석을 2015년 경북일보 조준호 기자가 수중에서 발견. 울릉군의 협조를 얻어 인양하는 모습 (2015).

울릉군 안용복기념관에 전시 중(2017).

독도대응팀에서 독도연구소까지

홍성근(동북아역사재단 독도연구소 연구위원)

2005년 3월 16일 일본 시마네 현(島根縣) 의회가 '죽도의 날을 정하는 조례'를 제정하였다. "1905년 2월 22일 일본 시마네 현 지사가 독도를 죽도(竹島), 곧 '다케시마(독도의 일본식 명칭)'라고 칭하고 시마네 현 소속 오키 도사(隱岐島司) 소관으로 함을 고시하였다." 시마네 현은 그 날을 기념하여 2월 22일을 '죽도의 날'로 정하였던 것이다. 시마네 현이 위 조례를 제정한 것은 "독도는 일본의 고유영토이며, 한국이 불법점거하고 있다"는 여론을 확산하기 위해서였다. 당시 독도를 둘러싸고 국내 여론은 이미 상당한 정도로 들끓고 있었다. 2005년 2월 23일 일본 시마네 현 의회에 '죽도의 날' 조례안이 정식으로 상정되었다. 바로 그날 서울에서는 주한일본대사(다카노 도시유키)가 외신기자 간담회에서 '독도는 역사적, 법적으로 일본의 영토'라고 발언했다. "대한민국의 수도 서울 한복판에서 어떻게 그런 발언을 할 수 있느냐"고 국민 감정은 악화될 대로 악화되어 있었다. 시마네 현의 '죽도의 날' 제정에 우리 정부는 즉각 대응조치를 취하였다. 문화재청장이 독도를 공개제한지역에서 해제하고 독도 입도를 허가제에서 신고제로 전환한다고 발표하였다. 독도가 1982년 천연기념물 제336호로 지정되어 보호되고 있어서 일반 국민들이 독도에 입도하는 것은 쉽지 않은 터였다. 그런데 정부가 독도 입도를 허가제에서 신고제로 바꿈으로써 국민들이 이전보다 자유롭게 독도를 방문할 수 있게 된 것이다. 한편 경상북도에서도 대응조치로 1989년에 맺은 시마네 현과의 자매결연을 단절하고 또 독도지킴이 팀을 신설하였다. 일본에서는 '죽도의 날' 제정에 이어, '독도는 일본의 고유영토로 한국이 불법점거'하고 있다고 기술한 후소샤(扶桑社)의 중학교 공민교과서가 문부과학성의 검정을 통과하였다.

우리 정부는 독도와 역사 왜곡 문제를 전담할 기구의 필요성을 인식하고 기구 설립을 추진하였다. 2005년 4월 8일 대통령 훈령 제147호로 '동북아의 평화를 위한 바른 역사 정립 기획단의 설치 및 운영에 관한 규정'이 제정되었다. 그에 따라 발족된 것이 '동북아의 평화를 위한 바른 역사 정립 기획단'(이하 바른역사기획단)이다. 그해 4월 20일 오후 2시 광화문 세안빌딩 3층에서는 관련 부처 장관 등 주요 인사들이 참가한 가운데 바른역사기획단 출범식이 있었다. 바른역사기획단의 발족 취지가 출범식 안내지에 적혀 있었는데, 기획단이 어떠한 기구인지를 잘 말해주었다.

"바른역사기획단은 정부가 독도와 역사 왜곡 문제에 대해 종합적이고 체계적으로 대응하면서, 장기적으로 동북아 역사문제를 다루게 될 싱크탱크인 상설적인 전담기구를 설립하기 위해 만든 대통령 소속 기구입니다."

독도의 다양한 시설물들을 한눈에 살필 수 있는 항공 사진.

바른역사기획단은 '재단설립·총무팀', '역사대응팀', '독도대응팀', '법률 팀', '홍보팀', '국제표기명칭팀'으로 조직되었다. 기획단은 크게 두 가지 기 능을 가졌는데, 하나는 동북아의 역사문제 및 독도 관련 사항에 대한 종 합적, 체계적인 대응방안을 연구·개발하는 것이었다. 다른 하나는 동북아 의 역사문제 및 독도 관련 사항을 장기적, 종합적으로 다룰 상설 전담기구 의 설립을 준비하는 것이었다. 기획단은 교육부, 외교부, 해양수산부, 해양 경찰청 등 역사 및 독도 관련 부처의 공무원들과 시민단체, 그리고 학계에 서 온 민간 전문가들로 꾸려졌다. 필자는 출범식 이틀 전에 기획단에 합류 하여 독도대응팀에서 근무하였다. 기획단이 추진한 독도와 관련된 일은 독 도 입도인원 확대, 독도의 영문 표기 및 지명 표기 통일, 독도의 거리·면적 수치 통일, 독도 표석 복원, 홍보책자 및 자료집 간행 등이다.

기획단에서 근무한지도 벌써 10여년 의 세월이 지났지만, 그때 겪었던 에피소 드 하나가 생각난다. 기획단이 출범하고 얼마 지나지 않았을 때였다. 기획단 독 도대응팀에서 독도에 관한 올바른 인식 의 확산을 위해 청와대 홈페이지에 독도 에 관한 칼럼을 써 올리게 되었다. 청와 대 홈페이지의 '청와대 브리핑'이라는 코 너에 '독도의 질문, 역사의 대답'이라는 이름으로 모두 네 편의 칼럼이 연재되었

노무현 정부의 '조용한 외교 재검토' 선언을 소개한 Korea Policy Review 2006년 5월호.

다. 그 중 두 번째 칼럼의 제목이 '1905년 러일전쟁 때 전격 침탈'이었는데,

2005년 5월 24일 게시되었다. 그 내용은 "일본 정부가 1905년 1월 러시아 발틱함대와 해전을 벌이기 위한 청원을 승인하는 형식을 취해 전격적으로 독도의 강제 편입을 단행했다'는 내용이었다. 칼럼이 게시되고 하루쯤 지났을까 사무실 직원들이 웅성웅성하였다. 그 글에 특별한 댓글이 하나 달렸는데, 그 작성자가 우리의 눈을 의심케 하는 분이었다.

노무현[2005-05-25 03:21:06] "좋은 글입니다. 한국 땅으로 의심 받는 쓸모없는---는 내용의 출전이 궁금합니다. 이 글을 장차 어떻게 활용할 계획인지요?"

당시 댓글

당시의 현직 대통령께서 댓글을 단 것이다. 언론은 '대통령이 참모들과 인터넷으로 쌍방향 통신을 해 화제'라며 기사화했다(연합뉴스 2005년 5월 26일, "노 대통령의 '인터넷 쌍방향 통신"). 그리고 또 하나 기자의 흥미를 자극한 것이 '대통령이 자판을 두드린 시간이 새벽 3시 21분'이라는 점이었다. 그런데 그 기자의 흥미는 '대통령이 잠도 자지 않고 새벽에 댓글을 단다'며 논란거리가 될 여지를 주고 있었다. 그래서인지 다음날 "청와대, '노 대통령 댓글 올린 시각, 새벽인 것은 시스템 오류"라는 제목의 기사가 떴다(데일리 서프라이즈 2005년 5월 27일). 청와대 관계자의 설명에 의하면, '대통령께서는 보통 자정 이전에 취침에 들어가 평소 충분한 수면을 취하는 편'이라고 하면서, '대통령께서 그 시간에 취침하고 계셨다는 점은 최종 확인된 내용'이라고 했다. 그리고 '사실이 아닌 내용이 적절하지 않게 나가 국민들에게 우려를 끼칠 것 같아 정정을 요구하게 됐다'고 덧붙였다. 그 요구 때문인지 댓글을 단 시간이 [2005-05-25 15:21:06]로 수정되었다. 아마 오후 3시가 새벽 3시로 잘못 표기되었던 모양이다. 대통령의 댓글에 다음과 같은 답글을 달았다.

"한국땅으로 의심받는 쓸모없는 일개 불모의 암초---라는 부분은 1904년 9월 나카이 요사부로(中井養三郎)의 독도 편입원 제출에 대해 일본 내무성의 이노우에 서기관이 한 말로 나카이 요사부로가 작성한 '죽도경영개요'(1910년) 및 오쿠하라가 저술한 '죽도 및 울릉도'(1907년)의 나카이 씨와의 대화 부분에 나와 있습니다. 이 글을 포함, 독도 관련 책자 및 자료를 제작하여 국내외에 널리 알릴 것입니다."

당시 댓글

그런데 대통령께서 왜 그 글에 댓글을 다셨을까를 생각해 본 적이 있다. 대통령께서 궁금증을 제기하셨던 칼럼의 내용은 다음과 같다.

"러일전쟁이 한창이던 1904년 9월만 해도 일본은 독도 편입을 주저하고 있었다. 나카이 요사부로(中井養三郎)가 같은 달 29일 제출한 '독도 편입 및 대하 청원(貸下請願)'에 대해 '한국 땅이라는 의혹이 있는 쓸모없는 암초를 편입할 경우, 우리를 주목하는 외국 여러 나라들에 일본이 한국을

한반도바위를 비롯한 독도의 아름다운 바위들

출처 : 경상북도 사이버 독도, 울릉군청.

병탄하려고 한다는 의심을 크게 갖게 한다'는 이유로 반대가 있을 정도였다."

대통령께서 그 내용의 출전이 정말로 궁금했을 수도 있겠으나, 진짜 의도는 다른 곳에 있지 않았나 하는 생각을 해보았다. '이 글을 장차 어떻게 활용할 계획'인지도 질의하신 만큼, "일본 스스로 독도가 한국의 땅이라는 것을 알면서도 1905년 러일전쟁 때 전격 침탈했다"는 내용이 널리 알려지길 원하지 않으셨나 생각했다. 과거나 현재나 우리 정부의 독도에 대한 기본적인 입장은 "독도는 과거 일본 제국주의의 한반도 침탈의 첫 희생물"이라는 것이다. 2006년 노무현 대통령의 '한일관계에 대한 특별 담화'에 나온 독도 관련 내용도 그에 맞추어져 있고, 그 이전 1954년 변영태 외교장관의 성명이나, 최근 2018년 문재인 대통령의 삼일절 경축사에 나온 독도 관련 내용도 그에 맥이 닿아있다.

2006년 5월 드디어 동북아역사재단 설립·운영에 관한 법률안이 어렵게 국회를 통과하였다. 2006년 9월 22일 노무현 대통령이 직접 참석한 가운데 서울 서대문 임광빌딩 11층 대회의실에서 동북아역사재단 출범식이 열렸다. 동북아의 역사문제와 독도 관련 사항을 장기적, 체계적, 종합적으로 다루어가면서 동북아시아 지역의 평화와 번영의 기반을 마련하겠다는 포부를 밝히는 순간이었다. 동북아역사재단의 조직은 그 설립 목적에 따라 정책 개발, 연구 조사, 교류 홍보 등의 기능을 효과적으로 수행할 수 있도록 설계되었다. 독도 관련 연구와 대응은 제3연구실에서 담당하였다. 필자는 제3연구실에 근무하였는데, 독도 관련 시민단체와의 교류·협력 사

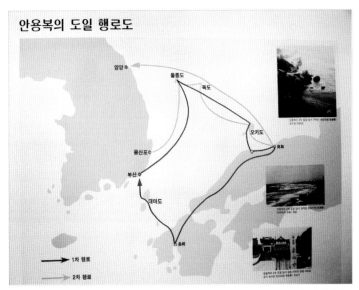

안용복의 도일행로도. 독도박물관 전시 자료

업을 주로 담당하였다. 지금도 시민사회단체와의 교류·협력은 동북아역사재단의 주요한 임무 중 하나이다. 당시 필자는 시민단체와의 교류·협력사업에 한껏 열의를 갖고 있었다. 정부가 동북아역사재단의 설립을 추진하게 된 이유 중 하나도 정부가 나서기 어려운 동북아의 역사문제나 독도 관련 사항에 대해 시민단체와 협력하여 새로운 길들을 열어주길 바랐던 것이라고 생각했기 때문이다. 관련 사업으로 독도 관련 시민단체 대표자 역사기행을 추진하였다. 단체 대표들이 함께 독도 관련 역사의 현장을 돌아보며 각자의 견문도 넓히고 또 그 기회에 상호간 협력도 도모할 수 있기를 기대했다. 그때 추진했던 역사기행이 울릉도 검찰사 이규원 행적 답사, 독도 관련 러일전쟁 유적지 답사, 조선시대 수토정책 관련 역사 유적지 탐방 등이었다.

경상북도에서 펴낸 독도주민생활사 책자

　그중 기억에 남는 것이 '안용복의 도일(渡日) 활동 행적 답사'였다. 17세기 일본인들이 울릉도에 몰래 들어와 어로작업을 하고 불법으로 나무를 베어 갔다. 그것이 동래 사람 안용복의 도일 활동을 계기로 중단되고, 결국 일본 막부에서 일본인들의 울릉도 도해를 금지하는 명령까지 내리게 되었다. 그로부터 300여년이 지나, 우리는 두 차례에 걸쳐서 일본을 오갔던 안용복의 행적을 따라가고자 했다. 당초에는 피스보트(Peace Boat)와 같은 방식으로 안용복의 도일 행적을 따라 가고자 기획했지만, 대형 선박의 임차나 입항 등 현실적으로 넘어야 할 파고들이 너무나 높았다. 비록 안용복의 행적을 완주하지는 못했지만, 시민단체 대표자들과 함께 안용복과 그 일행이 머물고 지나갔던 한·일 양국의 역사 현장을 조금이나마 더듬어 볼 수 있었다. 그 때 함께 했던 기자의 글이 신동아 2008년 7월호에 '독도 사나이, 안용복 탐구'라는 제목으로 실려 있다.

동북아역사재단이 출범하고 2년이 되어가던 2008년 7월 다시 한 번 독도 문제가 크게 불거졌다. 그 달 14일 일본 문부과학성이 중학교 사회과 학습지도요령(學習指導要領) 해설에 독도를 명기하였다. 학습지도요령이란 교육과정의 기준을 정하는 것으로 학교 교육의 목적과 내용을 담고 있다. 학습지도요령의 내용을 보다 자세히 설명한 것이 학습지도요령 해설이다. 학습지도요령 해설은 교과서 집필이나 검정에 사실상 구속력을 갖고 있기 때문에 교과서는 그에 따라 집필되기 마련이다. 학습지도요령 해설에 독도에 관한 내용이 기술되었다고 하는 것은 교과서에 독도 기술이 대폭적으로 증가한다는 것을 의미했다. 동북아역사재단은 중학교 사회과 학습지도요령 해설에 독도 관련 내용이 명기되자, 바로 다음날(2008년 7월 15일) '일본 역사교과서 학술세미나'를 개최하며 긴박하게 움직였다. 그 시기에 독도 문제가 동시 다발적으로 일어났다. 미국 정부의 지명 표준화를 담당하는 미국 지명위원회(USBGN)가 독도의 관할국 표시를 '대한민국(South Korea)'에서 '주권미지정구역(Undesignated Sovereignty)'으로 바꾸었다는 소식이 전해졌다. 그 표기 시정을 요구하는 국내 여론은 극에 달하였고, 우리 정부가 나서 미국 측에 강력하게 요구하며 발 빠르게 대응했다. 미국도 사태의 심각성을 인지하고 표기를 'South Korea'(대한민국)으로 1주일 만에 원상회복하면서 일단락되었다.

　　이러한 시기에 우리 정부는 갖가지 독도 영토수호 강화 대책을 내어놓았다. 그중 하나가, 독도 관련 사항에 관한 연구·조사 및 홍보 업무 강화를 위해 동북아역사재단에 '독도연구소'를 설치하는 것이었다. 동북아역사재단에는 제3연구실로서 이미 독도 관련 부서가 있었지만 '독도연구소' 설

독도 상공에 펼쳐진 태극기 플래카드. '서기 512년부터 독도는 한국땅!'이라 적혀 있다.

치로 그 조직과 기능을 대폭 확대·강화하는 방안이 강구된 것이다. 독도 연구소를 설치한 목적은 독도 관련 사항에 대해 장기적, 종합적, 체계적으로 대응하고, 독도 관련 연구, 전략·정책 대안의 개발 및 대정부 정책 건의를 하도록 하자는 것이었다. 그래서 2008년 8월 14일 국무총리가 참석한 가운데 독도연구소 개소식을 갖고 더욱 강화된 모습으로 업무를 시작하게 되었다. 당초 독도연구소는 설치 목적에 맞추어 정책대응팀, 연구조사팀, 대외협력팀으로 구성되었다. 정책대응팀과 연구조사팀은 명칭 그대로 독도 관련 정책 대응 및 연구 조사 등을 담당하였고, 대외협력팀은 독도 관련 대국민 교육·홍보, 독도·동해 표기의 국제적 확산 및 오류 시정 작업 등을 수행토록 하였다. 어느새 동북아역사재단이 출범한지도 벌써 열 두 해나 되었다. 2005년 바른역사기획단을 통해 동북아역사재단을 설립할 때와 지금을 비교한다면 독도에 관한 상황은 어떻게 변하였을까?

일본은 더욱 집요하고 조직적으로 독도 도발을 계속하고 있다. 일본 시마네 현은 매년 '죽도의 날' 행사를 개최하여 올해로 13년째 행사를 가졌다. '죽도의 날' 행사를 제정할 때, "지방에서 하는 일이니 어찌할 수가 없다"던 일본 중앙정부가 2013년부터 차관급 인사를 '죽도의 날' 행사에 파견하여 국민 여론을 자극하고 있다. 심지어 자민당은 '죽도의 날'을 정부 행사로 승격시킬 것을 총선 공약으로 내걸기도 했다. 2013년 일본 정부는 내각 관방에 영토·주권대책기획조정실을 신설하여 독도에 관한 여론 확산을 위해 각종 홍보와 연구 조사 등을 벌이고 있다. 지난 2017년 일본 문부과학성은 초·중학교 학습지도요령에 독도를 명기한데 이어서, 2018년에는 고등학교 학습지도요령에까지 독도를 명기하였다. 학습지도요령은 법적 구속력을 갖는 것으로, 독도는 '일본의 고유영토, 한국이 불법점거'하고 있다는 내용으로 교과서에 기술할 것을 강제하고, 그에 따라 독도 교육을 실시하도록 의무화하였다. 초·중·고등학교의 거의 모든 사회과 교과서가 독도에 관한 한 2005년 후소샤 교과서 보다 더 악화된 교과서로 변해 있다. 최근 일본의 독도 도발은 2005년 '죽도의 날'을 제정할 때와는 비교가 되지 않을 정도로 조직적이며 다양화되었다. 그에 맞추어 동북아역사재단에서도 독도 관련 활동들을 다양하게 추진해왔다. 그 때문인지 '죽도의 날' 행사를 주도하는 사람들은 일본에도 동북아역사재단과 같은 독도 관련 전담기구를 만들어야 한다고 주장하고 있다.

2005년 바른역사기획단 독도대응팀에서 동북아역사재단 독도연구소에 이르기까지의 시간들을 되돌아보며 깊이 되새겨 볼 점이 있다. 그것은 10여 년 전 국민적 요구로 출범한 동북아역사재단의 설립 목적이다.

" …… 동북아시아의 역사문제 및 독도 관련 사항에 대한 장기적·종합적인 연구·분석과 체계적·전략적 정책개발을 수행함으로써 바른 역사를 정립하고 동북아시아 지역의 평화 및 번영의 기반을 마련함을 목적으로 한다."(동북아역사재단 설립·운영에 관한 법률 제1조)

일본의 독도 도발이 조직화되고 노골화되면 될수록 그 설립 목적은 더욱 강한 국민적 외침으로 들여올 것이라 생각한다.

울릉도 수산직 공무원으로
독도와 함께 한 1만 5252일

김경학(前 울릉읍장, 前 울릉군청 독도관리사무소장)

나의 운명을 바꾼 울릉도 여객선, 청룡호

울릉도와 육지를 이어주는 유일한 교통편은 여객선이다. 울릉도 주민들의 삶은 항상 여객선과 함께 했으며 나의 운명을 바꾼 것도 이 여객선이었다. 1959년 9월 사라호 태풍이 울릉도에 막대한 피해를 입힌 뒤 그해 겨우내 도동항에 4m를 넘는 엄청난 폭설까지 내려 울릉군민들은 감자죽으로 생계를 연명할 지경에 이르렀다. 그러자 울릉군민들은 교통선 추진위원회를 발족하게 되었고, 때마침 박정희 국가재건최고회의 의장의 울릉도 방문(1962년 10월)을 계기로 울릉도 저동항 항구 증축과 함께 울릉도행 교통선 취항이 시작되었다. 이 선박이 바로 1963년 7월 취항하여 포항-울릉간을 12시간 가까이에 운항하던 150톤급 철선 청룡호였다. 그동안 울릉도는 청룡호가 접안할 부두조차 없어 하시게라고 불렀던 조그마한 전마선으로 사람과 소를 배로 이동시켜야 했고, 심지어 배로 옮겨 타다가 바다에 빠진

청룡호와 함께 포항-울릉간을 운항했던 동해호. 1970년대 모습.

주민들도 있었다. 이제는 추억 같은 얘기들이다. 필자는 울릉도에서 초등학교와 중학교를 졸업하고 경주에 있는 한 고등학교 토목과에 진학하기 위해 원서를 제출하였다. 이어 입학시험을 보기 위해 울릉도와 포항을 오가는 청룡호를 탔지만 기상악화로 배가 회항하고 말았고 시험이 있는 날까지 기상악화로 청룡호가 운항하지 못해 입학을 포기해야만 했다. 결국 경주에 있는 고등학교 대신 울릉종합고등학교 어업과로 진학하게 되었다. 어업과 3학년 때 필자를 평소 눈여겨보시던 교장선생님의 추천으로 울릉군청에 입사해 군청과 인연을 맺기 시작하였다. 이후 정식 시험을 거쳐 필자의 수산직 공무원 생활이 시작되었다. 그때 청룡호가 운항했더라면 나의 운명은 어떻게 달라졌을까 가끔 상상해본다. 그처럼 필자의 운명을 바꿨던 청룡호이다. 여객선은 그렇게 울릉주민의 삶과 함께 해왔다.

울릉군청 수산직 하급 공무원 시절(1976~2007)

필자는 1976년 9월 27일 공무원 근무를 시작으로 2018년 6월 30일 정년퇴임을 하기까지 1만 5252일 42여 년간 공무원 생활을 했다. 그동안 울릉군 수산과, 해양농정과, 해양수산과, 경상북도 독도수호대책본부 등의 직원으로 근무했고 그 가운데 울릉군 해양수산과장, 독도관리사업소장으로 있으면서 울릉도와 독도의 어업현장 그리고 독도의 현대사를 지켜봐 왔다. 수산직 하급 공무원 시절 독도 최초 주민인 최종덕 씨와 맺은 인연은 참으로 특별했다. 최종덕(1925-1987) 씨는 고향 선배로 1964년 무렵부터 독도에 상주하기 시작했으며, 1981년에는 최초로 독도에 주민등록을 이전하기도 하였다. 독도에서는 바위 웅덩이를 활용하여 자연산 전복의 양식 기술 개발에 힘쓰기도 하셨다. 최종덕 씨와의 만남은 독도 어업의 현실 그리고 수산직 공무원으로서 가져야 할 독도에 대한 사명감을 깊이 배울 수 있는 시간이었다. 2005년 4월, 울릉군청에 독도관리사무소가 신설되기 전까지는 독도 업무를 울릉군청 수산과(1998년에 해양농정과로 개편)에서 담당했기에 수산과에 근무하면서 독도 관련 업무를 맡아왔다. 1993년에는 독도 근해의 수산자원 조성을 위하여 울릉어촌지도소와 공동으로 독도에 전복 종묘 3만미를 방류한데 이어, 1994년에는 4만미, 1995년에는 1만5천미를 방류하였다. 이러한 수산자원 조성 노력으로 독도 어장을 관리하는 도동 어촌계에서는 1995년 한 해 동안 8톤가량의 전복 소라 등을 잡기도 하였다. 당시 독도 관리선은 1992년 건조된 27톤급 울릉군청 어업지도선인 경북202호로 독도까지 3시간가량 소요되는 선박이었다. 이 배는 2018년 현재 건조된 지 26년이 지난 지금까지 현역에 근무하고 있다. 선령이 오래되어 새로운 어업지도선 건조를 위해 해양수산과장(2012~2015) 시절부터 노

독도평화호 취항식. 2009년 6월 26일.

력한 결과, 2019년에는 60톤급 새 어업지도선이 배치될 예정이다. 후배 공무원들이 새로운 어업지도선을 타고 울릉도와 독도의 수산자원 조성, 연근해 불법어로 관리 등 여러 방면에서 훌륭한 성과를 쌓아 가리라 생각한다.

독도업무를 하면서 보람된 일이 많은데 그중 독도어업인숙소(2009년 독도주민숙소로 명칭 개칭) 설치와 한국해양과학기술원 울릉도독도해양연구기지 유치가 대표적이다. 먼저 독도어업인숙소는 원래 최종덕씨가 독도 서도에 지은 어업인숙소가 있던 자리에 새 건물을 세워 1998년에 완공한 건물이다. 수산과 공무원 시절 포항지방해양수산청에 이를 꾸준히 건의한 결과, 지금으로 보면 여러 불편함이 있지만 그나마 어업인들이 독도에서 한결 수월하게 어업활동을 펼칠 전초기지가 생긴 것이다. 다음으로 오창근 울릉

2014년 3월 28일, 대망의 울릉도독도해양연구기지 개막식을 마치고 기념 촬영을 가진 관계자들과 가족들.

군수 재직시(2002.7~2006.6) 군수께 울릉도 수산이 발전하기 위해서는 울릉도에 정부출연연구기관인 울릉도 연구소가 있어야 한다는 건의를 올렸는데, 이에 군수께서 흔쾌히 동의하여 결과적으로 한국해양과학기술원 울릉도독도해양연구기지에 청신호가 생겼다. 이 일은 2005년 3월 일본 시마네현의 다케시마의 날 조례 제정에 대응한 경상북도의 독도지키기 대책사업으로 더욱 탄력을 받았다. 2005년 3월 22일 당시 경북도 과학기술진흥과 김상길 계장 등과 함께 울릉군청 해양농정과 어정계장으로서 독도해양과학연구기지를 울릉도에 건설하고자 한국해양연구원(현 한국해양과학기술원)에 방문하여 협의하였다. 몇 년에 걸친 진통 끝에 150억 원이라는 건립 예산을 확보하였고, 2013년 들어 해양수산과장 시절 비로소 준공에 이르렀다. 하지만 개소까지 운영비 문제로 많은 우여곡절이 있었다. 운영비를 국비로 확보하고자 노력했지만 이는 미완의 꿈이 되고 말았다. 기지의 해양생태관도 예산 여건으로 마무리하지 못했다. 2014년 1월 드디어 한국해양과

2014년 3월 28일 울릉도 현포항에서 개관하여 울릉도 수산업의 허브로 자리 잡은
울릉도독도해양과학기지의 여름(위)과 겨울(아래) 전경.

학기술원 울릉도독도해양연구기지가 울릉도 현포에 개소하였다. 개소에는 당시 경상북도 독도수호대책본부장을 역임한 김남일 실장의 오랜 관심이 큰 힘이 되었다. 개소하던 해에는 김종만 1대 대장 포함 박사급 3명에 불과한 총 7명 남짓한 직원이 근무하였지만, 2018년 5월 현재 박사급 6명에 직원 19명이 근무한다고 하니 그와 같은 성장을 지켜보는 마음이 뿌듯했다. 다만 울릉도독도해양연구기지에 근무하게 될 직원들에게 더욱 좋은 근무 여건과 더욱 좋은 장비를 마련해주지 못한 점 못내 아쉽다. 울릉도독도해양연구기지가 앞으로 울릉도 해양수산업 발전과 독도 현장 연구 활성화를 위한 울릉도의 씽크탱크로 거듭 발전해 나가기를 마음 깊이 응원한다.

경상북도 독도수호대책본부(2008.7~2012.3) 근무기

2005년 일본 시마네현의 다케시마의 날 조례 제정이 계기가 되어 경상북도의 독도지키기 대책의 일환으로 경상북도 독도수호대책본부가 출범한 뒤 4년여를 독도수호대책본부에 근무하였다. 울릉도에서 수산직 공무원으로 독도를 담당하였던 다양한 경험을 경상북도 차원에서 진행할 수 있는 좋은 계기가 되었다. 독도수호대책본부 시절 기억에 남는 일로 독도평화호 건조사업(2009년 6월 26일 취항)을 들 수 있다. 승선인원 80명, 최대속력 30노트, 177톤의 독도평화호는 사업비 약 80억 원이 소요되었으며, 독도평화호 건조로 독도 행정업무와 주민 생활 지원, 독도경비대 업무교대지원 등 다양한 독도 업무가 훨씬 편리해지게 되었다. 그밖에 독도수호대책본부 시절에 필자는 국내의 수많은 독도 연구자 그리고 해양수산부 등 중앙부처 공무원들을 독도에 안내하면서 독도의 현실과 울릉도 수산의 현실을 알리기 위해 이리저리 뛰어다녔다.

울릉군청 해양수산과장(2012.7~2015.12) 근무기

5급 진급과 함께 울릉군청 해양수산과장에 선임되었다. 해양수산과장 시절에는 울릉도에서 독도 뱃길 확장에 노력하였다. 울릉도에서 독도로 가는 주요 항구중의 하나인 저동항의 입지조건 개선을 통해 신규 여객선들이 저동항에 취항하기 시작하였다. 2014년 10월에는 태성해운의 우리누리 1호가 저동항을 주정박지로 신규 취항했으며, 2015년 6월에는 대저해운의 썬라이즈호가 신규 취항하였다. 이러한 저동항의 활성화를 통해 독도방문객이 2014년 139,892명에서 2015년 178,785명, 2016명 206,630명으로 점차 증가하였다. 해양수산과장 시절에는 울릉도독도해양연구기지와 협력하여 울릉 어민의 소득증대를 위해 각종 인프라를 확대해 나갔다. 오징어 위주의 수산물 생산구조를 탈피하고 새로운 고품질 지역 특산 어종을 육성할 목적으로 관계전문가들과 함께 국내 외해가두리양식 시설들을 답사했다. 예를 들어 비교적 성공적으로 외해수중가두리사업을 진행하는 국립수산과학원 제주 미래수산양식센터를 방문해 울릉도에서도 외해가두리양식의 가능성이 있음을 확인하고 울릉도독도해양연구기지 전면 해상에 외해가두리양식 시범어장 개발을 진행하였다.

또한 울릉도 현포항 내에 수조 8기 규모의 어패류 중간육성장을 건립하고 전복, 홍해삼, 홍합, 삿갓조개(따개비) 등 다양한 어패류들을 입식하여 울릉 특성에 맞는 우량 종묘의 확보, 산란시기 조사, 부착 조건의 규명, 실내 배양을 통한 시험 종묘 생산 연구 등을 진행하였다. 이러한 시험 연구를 통해 홍합의 경우, 산란시기가 울릉도에서는 남해안 보다 1~2개월 늦은 4~5월에 주로 산란하는 것으로 나타나 양식 산업을 고려할 때 울릉도의 특성

울릉도 수산양식 및 해조류 자원 활성화 방안 심포지엄 발표. 2014년 9월.

에 대한 이해가 필요함을 다시금 확인할 수 있었다. 또한 어패류 육성장 인근에는 수산종묘배양장을 건립하였다. 현포항을 울릉도 수산양식의 허브로 고려한 것은 부지 조건이 적합한 데다 또한 세계최고수심인 1,500m 깊이의 물을 활용한 해양심층수공장이 위치하고 있어 해양심층수의 풍부한 영양염을 활용할 수 있기 때문이었다. 또한 중간 육성장 인근에는 한국해양과학기술원 울릉도독도해양연구기지가 위치하고 있어 기지 연구원들의 풍부한 인적요소를 활용할 수 있다. 시설 및 연구 인프라와 함께 해양심층수라는 천연의 입지조건이 어우러진 최적의 장소라 할 수 있다. 이러한 울릉도 수산양식기술을 향후 독도에 적용함으로써 독도 수산연구 활성화에도 이바지할 것으로 생각된다. 울릉 해양수산에 대한 관심은 울릉도의 부속섬인 독도의 영토주권 강화와도 직결되어 있다. 독도 어장 및 독도 주민이 울릉 도동어촌계 소속임이 이를 증명한다. 단순히 지키는 독도에서 해양생태계를 보호하면서 생산하는 독도로 전환하게 되는 것이다.

울릉군청 독도관리사무소장(2016.1~2016.12) 근무기

2016년 독도관리사무소장으로 부임한 뒤 가장 역점을 두었던 일이 독도 물골 정비사업이었다. 담수의 존재 여부는 섬에서 사람이 생존하는데 가장 중요한 요소 중의 하나이다. 그래서 독도에서 물이 나온다는 사실은 사람의 거주에 결정적인 의미를 띤다. 현재 독도의 유일한 식수원은 서도 북서쪽 해안가에 위치한 물골인데, 물골은 상류에 내린 강수가 토양을 따라 지하로 흐르다가 모인 곳이다. 이러한 이유로 갈매기 유입 방지 시설 등 물골 식수원 보호 사업에 역점을 두었다. 독도관리사무소장 부임시, 역시 가장 기억에 남는 일은 이제는 대통령이 되신 문재인 당시 국회의원의 방문(2016.7.24.~7.26)이었다. 울릉도를 2박3일 일정으로 방문하면서 독도에서 1박을 하셨다. 독도평화호 승조원, 독도 등대 직원, 독도경비대 대원 격려가 주목적이었다. 독도를 방문하셨을 당시 독도를 찾은 많은 관광객들과 함께 어울리시는 모습은 참 인상적이었다. 대화를 나눌 때는 상대방을 편안하게 하

문재인 당시 국회의원과 함께 독도에서. 2016년 7월.

는 무언가를 지니고 계셨다. 독도에 대한 인상을 묻자 "참 웅장합니다" 하신 말씀이 떠오른다. 저녁식사를 위해 독도새우, 오징어 등을 준비했는데, 독도새우는 대통령이 되신 뒤 트럼프 미국 대통령 방한 때 만찬 메뉴로 등장하기도 하였다.

울릉도 어업인 감사패 1호 공무원
– 무엇보다 소중한 어업인에게 받은 감사패

울릉도 어업인 감사패 1호 공무원. 2016년 4월.

독도관리사무소장 재직 시인 2016년 4월 필자는 울릉도 공무원으로서는 처음으로 울릉도 어업인들에게 감사패를 받았다. 사단법인 전국채낚기실무자 울릉군 어업인 총연합회 명의의 이 감사패는 울릉도 수산직 공무원으로 재직하면서 중국 어선들의 동해 오징어 불법 조업 방지에 나서는 등 어업인과 한마음이 되어 노력한 결과였다. 어느 무엇과도 바꿀 수 없는 소중한 감사패였다. 이후 울릉읍장(2017.1~2017.12)을 마지막으로 공직을 떠나게 되었다. 돌이켜보면 1976년 9월 27일 첫 근무를 시작으로 2018년 6월 30일 정년퇴임을 하기까지 1만 5252일의 공무원 생활은 여러 아쉬움도 있었지만, 울릉도 어업인 소득 증대와 울릉도 어민들의 삶의 터전인 독도의 현대사를 몸으로 지켜봐 온 기간이었다. 결코 짧지 않은 42년 남짓한 공무원 생활을 대과없이 마무리하게끔 음으로 양으로 도움을 주신 울릉군 및 경상북도 선후배 공직자 분들, 울릉군의 현실을 함께 고민하고 많은 도움을 주신 국내 해양수산계 관계자 여러분에게 깊은 감사를 드리고 싶다.

《울릉도행 여객선 변천사》

취항시기	여객선명	항로	회사	비고
1901년	개운환		민관합자	
1911년	第二隱岐丸 第三隱岐丸	일본-울릉	은기기선	
1919년	新隱岐丸	일본-울릉	조선우선	
1930년	伯洋丸	일본-울릉	岡田汽船	월1회 운항
1933년	大東丸	일본-울릉	조선기선	월2회 운항
1945년	동산환		대한해운공사	500톤급
	여주호			
	개선호			한국전쟁으로 중단
1950년대	금파호	포항-울릉	김만수	· 150톤급 목선 · 월 3~4회 운항 · 편도 약 16시간 소요
1950년대	천양환			

울릉도에 취항한 여객선들. 왼쪽으로부터 시대순으로 1950년대 금파호, 1963년 청룡호, 이어 1960년대 동해호.

1963.06.	제1청룡호	포항-울릉	동양해운	· 350톤급 철선 · 월 약5회 · 편도 약10시간 소요
1960년대	제1동해호	포항-울릉		200톤급
1977.07.	한일1호	포항-울릉	한일고속	· 808톤급, 529명 · 편도 6시간 소요
1980.05	코모도호	임원-울릉	코모도고속	192톤, 198명
1982.	한일3호	포항-울릉	한일고속	504톤, 381명
1983.08	대원훼리1호	포항-울릉	대아고속해운	한일1호 인수
	대원훼리2호	후포-울릉	대아고속해운	한일3호 인수
1986	대아고속 카훼리호	포항-울릉	대아고속해운	· 2,035톤, 763명, 차량 수송 · 편도 7시간 소요
1989.05.	대원 카타마란호	포항-울릉	대아고속해운	· 273톤, 36노트 운항 · 편도 3시간 이내 소요 · 후포,묵호,속초 운항
1991	씨플라워호	포항-울릉	대아고속해운	439톤, 340명
1991.08.	오션플라워호	포항-울릉	대아고속해운	· 368톤, 341명 · 속초, 후포 운항
1995.08.	썬플라워호	포항-울릉	대아고속해운	· 2,394톤, 984명, 차량 수송가능 · 편도 약 3시간 소요
2001.09	한겨레호	묵호-울릉-독도	대아고속해운	445톤, 445명
2005.04	씨플라워호	묵호-울릉-독도	대아고속해운	439톤, 402명
2006.04	나리호	포항-울릉	독도관광해운	921톤, 625명

2007.07	독도페리호	포항-울릉	가고오고	나리호 인수
2011.03	씨스타1호	강릉-울릉-독도	씨스포빌	388톤, 443명
2011.04	우리호	후포-울릉-독도	동해해상해운	368톤, 350명
2011.08	오리엔트호	포항-울릉	나리해운	독도페리호 인수
2012.05	썬플라워2호	묵호-울릉	대아고속해운	4,599톤, 985명
2012.09	씨스타3호	강릉-울릉-독도	씨스포빌	550톤, 597명
2012	씨플라워2호	묵호-울릉-독도	대아고속해운	363톤, 376명

* 정리 김윤배(이학박사, 한국해양과학기술원 울릉도독도해양연구기지 근무)

독도와 함께 한 따뜻한 세계여행

옥나라(前 경상북도 독도정책과 주무관, 現 새만금개발청 교류협력과 사무관)

울릉도 동남쪽 뱃길 따라 이백리 외로운 섬하나 새들의 고향
그 누가 아무리 자기네 땅이라고 우겨도 독도는 우리땅 우리땅
경상북도 울릉군 남면도동 일번지 동경 백삼십이 북위 삼십칠
평균기온 십이도 강수량은 천삼백 독도는 우리땅 우리땅
오징어 ― 꼴뚜기 대구 명태 거북이 연어알 물새알 해녀대합실
십칠만 평방미터 우물하나 분화구 독도는 우리땅 우리땅
지증왕 십삼년 섬나라 우산국 세종실록 지리지 오십쪽에 셋째줄
하와이는 미국땅 대마도는 몰라도 독도는 우리땅 우리땅
러일전쟁 직후에 임자 없는 섬이라고 억지로 우기면 정말 곤란해
신라장군 이사부 지하에서 웃는다 독도는 우리땅 우리땅

1. 독도를 만나면 재미있습니다

먼저, 독도 노래가 재미있습니다. 우리 국민 대부분이 그렇듯이 필자가 처음 독도를 만난 것은 1980년대 초등학교 시절 노래를 통해서였습니다. 경쾌하고 단순한 리듬 그리고 재밌는 가사는 어린 마음에 '이 노래를 외워야겠다' 하는 감동을 주어 다 외우고 말았던 기억이 납니다. 지금은 초등학교 2학년, 1학년 두 아들을 둔 아빠인데요. 아이들이 어린이집을 다니면서 독도는 우리 땅 노래를 흥얼거리면서 다 외우고 있었습니다. 그 때 왜 그랬냐고 지금 물어보니, 노래가 재미있어서 외웠다고 합니다.

두 번째로 독도를 가보시면, 가는 길도 재밌습니다. 독도를 가기 위해서는 울릉도를 거치게 되어 있는데요. 울릉도는 깊은 동해바다 한 가운데 우뚝 솟은 섬으로 어디서도 본적 없는 짙은 옥빛색은 다른 나라에 온 듯한 기분을 들게 합니다. 독도를 가기 전에 만나는 울릉도의 낯설고 아름다운 풍경은 언제든 다시 가고 싶을 정도로 인상적입니다. 울릉도를 떠나 독도를 가면서, 드넓은 동해바다 한가운데에 있으면 대자연 속에 겸허한 마음도 갖게 되지요. 그리고 마침내 독도 선착장에 도착하여 독도에 발을 내딛는 순간! 작고 귀여운 우리나라 막내 영토인 독도가 아니라 동해바다 한가운데 웅장한 거인이 서있는 것을 보고 놀랍니다.

세 번째로 독도를 아끼고 사랑하는 마음으로 독도 관련 일을 해보시면 더 재밌습니다. 독도와 관련된 직접적인 일은 공무원이 되어서 하실 수도 있구요. 반크와 같은 민간홍보단체를 통해서 사이버 독도외교대사 등으로 활동할 수도 있습니다. 또, 독도경비대로 근무할 수도 있지요. 아니면 동북아역사재단과 대학에서 박사님이 되셔서 독도에 대한 연구를 하실 수도 있습니다. 필자는 과거 경상북도 도청의 독도정책과에서 독도 국제홍보 업무를 하였습니다. 이 기간에 독도주민숙소가 증축되면서, 그곳에서 1박을 하고 독도주민 김성도 어르신과 함께 보트를 타고 나가 일출을 보았던 순간, 그리고 직원 분들과 독도에서 수영을 했던 순간, 서도에서 숙소 뒤로 난 계단을 따라 물골에 가서 독도의 물을 먹어보았던 일 등 독도 일을 하면서 직원으로 맛본 독도의 재미였습니다. 그리고 독도홍보를 위한 다양한 아이디어를 생각하고 실천하는 과정에서 세계 곳곳 한인들이 있는 곳에 독도홍보물을 보내고, 세계 곳곳에서 격려전화를 받을 때는 큰 보람을 느꼈습니다. 또한, 힐링캠프가 유행할 때, 독도에 가보기 어려운 우리 사회의 소외된 이들을 직접 찾아가서 독도의 꿈을 주제로 스토리텔링식의 강의를 진행했던 일도 잊을 수 없습니다.

2. 독도는 꿈의 일입니다

2011년 경상북도 도청에서 독도국제홍보 담당자를 모집할 때, 필자는 몽골 울란바타르에 있었습니다. 그곳에서 몽골국제대학(Mongolia International University) 교수로 재직하면서 또 몽골국제학교에 근무하면서 재미교포 및 우리나라 청소년들에게 영어로 한국사를 가르치기도 했습니다. 한번은 특별히 독도를 주제로 강의를 했습니다. 독도에 살았던 수만 마리의 바다사자, 강치들을 죽인 일본의 만행에 대해서도 소개했습니다. 그러자 학생 중 한 명이 자신은 이제 국제법을 공부하여 미국변호사가 되어서 독도 문제를 해결하는 꿈을 갖게 되었다고 했습니다. 가슴이 뭉클하기도 했으나, 왠지 모를 미안함이 있었습니다. '한일 간의 독도문제가 나의 세대

독도에 자생하던 바다사자, 강치의 비극. (위)1950년대 말 독도 해녀 김공자 씨가 서도 물골 근처에서 새끼 강치를 잠시 어루만지는 모습. 사진 제공 = 김공자 씨. (아래)일제강점기 일본에 의한 독도 바다사자(강치) 남획모습, 화면의 장소는 독도 접안장 몽돌 밭으로, 이곳은 일본인들이 천막을 치며 독도 바다사자를 남획했던 장소로 알려져 있다. 사진 = 울릉도독도해양연구기지 제공.

에서도 해결되지 않고 또 다음세대로 넘어가야 하는가? 언제까지 이렇게 가야할까?' 그러던 중 어머니의 병환으로 귀국하는 상황에서 경상북도청에서 독도국제홍보 업무를 할 사람을 찾는다는 소식을 접하였습니다. 또 나중에 안 사실입니다만, 대학원 행정실에서 필자의 본적이 독도라는 것을 기억하고 졸업생 추천 의뢰가 왔을 때도 필자를 추천하였다고 합니다.

그런데, 독도국제홍보 업무를 하는 것이 과연 나의 길인가? 지원에 앞서 소명을 생각해보았습니다. 그러던 중 몽골에서 꿈을 꾸었습니다. 꿈에서 저는 독도 바다 속에 있었습니다. 독도에서 수영하는 꿈, 독도 생각이 너무 많아서 그랬을까요? 마치 독도가 필자를 부르는 것 같았습니다. 나라에 보탬이 되는 보람된 일이라 믿고 독도 업무에 지원하였고 감사하게도 일을 시작하였습니다. 경북도청 독도수호과에서 근무한 지 한 달이 되기도 전인 2011년 6월 17일 이번에는 독도에서 강치(바다사자)를 만나는 꿈을 꾸었습니다. 과거 일본 어부들이 어린 강치부터 잡고, 새끼의 울음소리를 듣고 나온 어미를 잡고, 그리고 가족을 구하러 나오는 아빠 강치까지 일가족을 잡아서 이제는 사라진 그 바다사자들이 생각났습니다. '바다사자 소리를 내면, 바다사자가 오지 않을까?' 꿈속에서 이상한 소리를 내었습니다. "꾸이이익~~~ 꾸이이익~~~" 그때, 바다 깊은 곳에서 바다사자가 나타나 마치 인사라도 하듯이 필자의 몸을 스치고 지나가는 것이었습니다. 우리는 함께 넓적바위 위에 올라 일광욕을 하며 서로 기대기도 하였습니다.

2017년 5월 문재인 대통령께서 독도강치 넥타이를 하고 나오신 것이 화제가 되기도 하였습니다. 제가 근무하는 새만금개발청 초대 청장님의 퇴임 때, 비서실에서는 독도 강치 넥타이를 선물해드렸지요. 독도에 수만 마리 강치들이 지금도 있다면, 독도는 세계적인 관광지가 되었을 텐데요. 참 안타까운 일이 아닐 수 없습니다. 물론 독도강치 DNA 복원을 위한 사업도 있었습니다만, 실제로 복원하기는 어려운 것 같습니다. 일본 초등학생들은 과거 자신들의 선조가 독도에서 강치를 잡았다고 배우고 있다지요. 더불어 그들의 선조들이 멸종시켜서 지금은 그 흔적이 없어졌으니 반성해야 한다는 건설적인 교육도 포함되면 좋겠습니다.

3. 독도는 문화와 예술로 옷을 입습니다

우리 땅 독도를 전 세계에 알릴 필요가 있을까요? 그런데 어떻게 알려야 할까요? '독도는 우리 땅'이라고 외국인에게 알리는 것은 무슨 의미가 있을까요? 객관적인 입장을 취하려는 외국인이 '독도는 우리 땅' 하는 이야기를 들으면, '독도가 아직 한국 땅이 아닌가? 일본에서는 뭐라고 하지?' 이런 질문이 생길 수 있습니다. 그래서 외국인 친구와 좋은 관계로 지내려다가 영유권 논쟁에 자신을 끼어 넣으려는 것은 아닌가 하는 오해를 줄 수도 있습니다. 그러나 일본이라는 상대가 왜곡된 독도 정보를 적극 알리는 상황에서 우리는 더욱 효과적이고 지혜로운 방법으로 독도를 알려야 합니다.

이에 경상북도에서는 예전부터 독도는 우리 땅이란 주장보다 우리 땅인 독도를 문화적으로 향유하는 모습을 보여주자는 전략으로 독도를 문화와 관광자원으로 홍보해왔습니다. 대한민국의 아름다운 섬, 독도를 알리고자 독도에서 한복패션쇼, 음악회, 태권도, 농구대회 등 다양한 문화활동을 개최하고, 학술대회·기념품공모전도 개최하였습니다. 이러한 내용들을 특이

한 디자인에 담아 족자를 만들어서 해외 홍보효과가 있는 곳으로 보내기도 하였습니다. 어엿한 주인으로서 독도를 누리는 삶을 세계인에 보여주는 것이 보다 효과적이라는 논리입니다.

동북아역사연구소에서 독도국제홍보를 담당하는 곽진오 박사님은 일본의 독도도발 행위 때마다 우리 정부가 주한 일본외교관을 초치하는 반복되는 지루함을 즐길 수 있어야 한다[16]고 말했습니다. 곽 박사님은 일본의 도발에 대해 매번 반박해야 하는 이유를 이렇게 말했습니다.

"110년전 1905년 2월 22일 시마네현 고시 40호를 말할 수 있겠는데요. 일본이 독도를 강탈해갔을 때 한국은 14개월 뒤에 대한매일과 황성신문에 일본의 독도 강탈에 대해 항의하는 내용이 나옵니다. 14개월 침묵했으니까 긴 시간이죠. 일본이 한국 모르게 훔쳐갔기 때문에 독도를… 그럴 수 있죠. 하지만 일본은 그때 이런 말을 합니다. 그때 왜 한국은 14개월 동안 항의하지 않았나.. 이렇게 항의하지 않았기 때문에 그때는 무주지 인정한 것 아니냐라는 이렇게 발언하거든요. 이게 사실 우리가 일본의 대응에 대해서 지루함을 주게 하는 그런 교훈이라고 생각합니다"[17]

특히 독도 국제홍보는 일본이라는 상대가 있는 일입니다. 일본이 어느 정도 어떤 방식으로 왜곡된 독도의 정보를 전파하느냐에 따라 그 수위에 맞추어 대응이 필요합니다. 양국의 외교부 누리집은 각기 12개 언어버전의

---

16 [인터뷰] 곽진오 "일본의 반복되는 독도 도발에 우리도 지루함을 즐길 줄 알아야" cpbc 뉴스. 출처 : http://www.cpbc.co.kr/CMS/news/view_body.php?cid=564435&path=201504(최종확인 2018.6.6.)
17 상동

2014년 10월 29일, 진도 소포리마을회가 주최하여 독도항에서 펼쳐진 진도 소포 강 강술래 공연 모습.

독도 7시 26분

2012년 3월 13일, 팔라우공화국을 방문해 독도를 알리고 독도 관련 서적을 기증한 필자(맨 왼쪽)와 김남일 본부장.

독도 관련 자료를 게시하는데요. 일본 외무성은 중국어를 간체, 번체 모두 게시한 반면, 우리 외교부는 중국어는 간체만 그리고 베트남어를 포함하는 것이 차이점입니다.

또 다른 차이점으로 첫 화면에서 우리나라는 이미지 위주로 구성이 된 반면, 일본 누리집은 내용 중심으로 구성이 되어 있습니다. 양측이 주장과 논거 등을 밝히고 있으나, 우리는 이미지 디자인이 강조되었고, 일본은 내용이 좀 더 강조된 것으로 보입니다. 2012년 어느 날 미국 코리아헤리티지재단에서 연락이 왔습니다. 미국 전역의 60여개 한글학교에 출석하는 18세 미만의 한인청소년들을 대상으로 독도그림그리기 대회를 하겠다는 것이었습니다. 어린이들의 작은 그림을 통한 설치미술로 유명한 강익중 작가의 작품을 모티브로, 작은 그림들을 모아 워싱턴 D.C 등에서 전시회를 개최

물골 입구와 998 계단. 독도 서도 물골 입구를 방문한 경북도 독도정책과 직원들. 서도 대한봉에서 물골로 내려가는 998 계단이 조성되어 있다.

하는 아이디어였습니다. 결국, 경북도에서는 도지사 명의의 상장과 상품이 나가는 행사가 되었습니다. 놀라운 것은 2011년 국내 일반인 및 청소년을 대상으로 문학, 그림, 사진 분야에 개최한 대한민국 독도문예대전에 응모작이 2,230여점이었던 반면, 미국에서 3,200점이 모인 것이었습니다. 독도에 대한 뜨거운 열정으로 자택에 작은 독도박물관을 운영 중이셨던 재미 건축가 윤삼균 회장님은 언제나 반갑게 연락을 주시고 격려해주셨습니다.

호주의 제주도라 불리는 타즈매니아에 소재한 한인회에서도 독도 홍보를 위한 자료를 요청하시고 격려의 말씀을 주시기도 하셨습니다. 영국에서 교포 할머니 한 분도 연락을 주셔서 독도 일을 잘 해달라는 격려가 있었습니다. 캄보디아에서 독도홍보관을 운영하시는 한인회 회장님도 독도행사를 하시며, 문화와 예술의 옷을 입은 독도와 함께 해주셨습니다. 독도에 대한 관심으로 외신에 나타난 독도를 보다가 영국 BBC의 독도 정보에서 문

독도 7시 26분

경북도가 2012년 8월 10일 자 영국 BBC 방송의 독도 프로파일 오류를 수정했다. (좌)BBC 홈페이지의 수정된 독도 기사와 (우)경북도의 수정 사실을 보도한 국내 기사.

제점을 발견하고 이를 개선하고자 하였습니다. 외교부에서 해야 하는 일이 아닌가 하였으나 당시에 인지하지 못한 것으로 판단되는 상황이라, 프로파일이란 이름으로 계속 인용되는 독도 정보의 오류 확산을 막고자 직접 이메일을 보냈습니다. 물이 없는 섬 독도(with no fresh water) 라는 표현이 독도에서 물을 먹어 보았던 저로서는 그냥 넘어가기가 불편함이 있었습니다. 독도 물골에 대한 관련 자료를 모아, 영국 BBC에 오류수정을 요청하는 이메일을 보냈습니다. BBC는 며칠 후 내용을 수정하겠다며 고맙다는 이메일 회신이 왔습니다. 이후 프로파일의 내용은 물이 없다는 표현이 삭제되는 것으로 바뀌었습니다. 독도와 관련된 오류를 보았을 때, 누군가 하겠지 하는 것보다, 할 수 있으면 내가 해보자는 태도 그리고 구글 등에서 독도 Dokdo로 검색해보는 습관도 필요합니다.

2018년 4월 호사카 유지 교수님을 강의실에서 뵙게 되었습니다. 한국인

부인과 결혼하셔서 일본에서 한국으로 국적을 바꾸신 한국사람 호사카 유지 교수님. 그분이 자신의 이름을 한국 이름으로 바꾸려고 했으나, 일본식 이름을 그대로 두는 것이 독도 연구와 한일 간의 연구를 하며 주장을 펴는데 더 설득력이 있을 것이라는 주변의 권유로 일본 이름을 그대로 쓰고 계신다고 하셨습니다. 교수님과의 아주 짧은 인터뷰를 정리해봅니다.

〈인터뷰 일자 : 2018. 4. 19. 장소: 과천 국가공무원인재개발원 새롬관 복도〉

옥나라 : 교수님, 안녕하세요? 저는 예전에 경북도청에서 독도 국제홍보 업무를 하다가 지금은 새만금개발청에서 외국기업 투자유치 업무를 하고 있습니다. 그래도 군대 시절 본적을 독도로 옮겨서 마음은 늘 독도에 있는데요. 몇 가지 간단한 질문을 드리고자 합니다.

호사카 유지 : 아, 네. 그러시군요. 좋습니다.

옥나라 : 먼저, 교수님 보실 때, 이번 새 정부 들어서 독도에 대한 우리나라 정책이 바뀐 것이 있나요?

호사카 유지 : 아, 바뀐 것은 없어요. 똑같아요.

옥나라 : 그러시면, 일본은 어떤가요?

호사카 유지 : 일본은 독도를 외교적인 수단으로 쓰는 것 같아요. 최근 위안부 문제 등에 대응하는 수단으로 독도를 이슈화해서 사용하구요. 우리 쪽에서 외교적으로 강력한 것이 나오면 거기에 대응해서 고등학교 교과서에 독도를 가르치겠다 하는 것처럼 말이지요.

옥나라 : 교수님, 독도업무를 시작할 때 두 살이던 아들이 이제 초등학교 2학년이 됩니다. 아들에게 일본이 우리 땅인 독도를 갖고 자기들의 땅이

라고 한다, 어떻게 하면 좋겠니? 하고 물었더니, 첫째, 일본에서 가서 독도가 우리 땅이라고 이야기를 한다는 것입니다. 그래도 안 된다고 했더니, 그러면 국제적인 재판소에 가서 독도가 우리 땅인 것을 밝혀서 일본이 더 그런 말을 못하도록 하면 된다는 것입니다.

호사카 유지 : 네. 그렇게 국제재판소에 가자는 이야기도 있지만, 그래서는 안 됩니다. 국제재판소에 갈 때는 우리가(독도를) 분쟁지역이라고 인정해야 가는 거예요. 분쟁지역이라고 인정한다는 것은 독도가 한국 것임을 포기하는 것입니다. 그러니까, 한국 것인지 일본 것인지 모르는 분쟁지역이니까 재판소에 가자는 것이고. 우리가 안가도 되는 이유 중에 하나가 일본은 분쟁지역이라고 하지만, 우리는 고유영토이기 때문에 국제재판소에 갈 필요가 없다고 아이들에게 말해주어야 합니다. 그리고 전쟁이 되면, 전쟁이니까 그러한 재판소 논리가 필요가 없구요.

옥나라 : 그렇다면, 어떻게 해야 한일 간의 오랜 독도 문제를 해결할 수 있을까요?

호사카 유지 : 그래서 오늘 강의시간에 위안부 문제를 먼저 하고 그 다음에 독도에 대해서 강의할 생각입니다.

4. 독도를 새롭게 생각합니다

(1) 독도와 통일

통일의 분위기에서 독도는 어떤 역할을 할 수 있을까요? 2016년 독도를 방문했던 탈북대학생들은 '북에서도 독도는 우리 땅 똑같이 배운다' 고 인터뷰[18]를 하였습니다. 최근 판문점선언에도 남북평화 분위기에서 독도가

---

18 탈북대학생, "北에서도 '독도는 우리 땅', 똑같이 배워", 코나스, 2016.8.16. 출처: http://www.konas.

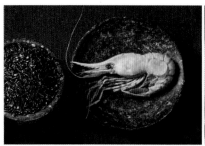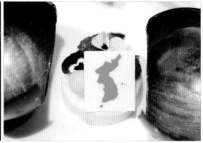

(좌)2017년 11월 도널드 트럼프 대통령 국빈만찬에 등장한 독도새우. (우)2018년 4월 27일 열린 남북정상회담에 등장한 만찬 디저트 '민족의 봄'. 사진 청와대 제공.

특별히 등장하고 이에 대한 일본의 항의가 있었습니다. 과거 금강산 관광이 허용되었던 것처럼, 북한주민들에게 울릉도, 독도 여행이 허용된다면, 독도는 한민족 공동의 아름다운 관광의 섬으로, 또 다른 국제홍보의 좋은 기회가 되지 않을까요? 또한, 남북이 공동으로 일본에게 독도에 대한 입장 정리를 요청하고 평화로운 미래를 향한 동반자가 되어줄 것을 주문한다면, 조정이 될 수 있는 가능성은 없을까요?

(2) 독도 폭격사건에 대한 진실규명

올해는 독도 폭격사건이 발발한지 70주년 되는 해라고 합니다. 2018년 6월 7일과 8일 이틀간 경북도에서는 독도 폭격사건 70주년 학술제와 위령 행사를 개최합니다. 1948년 6월 8일 오전 11시 30분 독도에서 사격연습을 하는 미군 폭격기에 폭격을 받아 당시 어로활동을 하던 어민들 가운데 사상자가 발생했습니다. 당시 미군사정부는 사망자 14명, 부상자 6명으로 집계하였으나, 2005년 진실화해를 위한 과거사정리위원회는 증언 조사를 통

net/article/article.asp?idx=46539(최종확인 2018.6.6.)

미군의 독도 폭격 당시 사용된 포탄들. (사)푸른 울릉·독도가꾸기모임 사무실 내 비치.

해 사망·실종자가 200명 내외, 침몰 선박은 50척 내외로 추산하였습니다. 경북지역에서는 특별법 마련 및 진상조사에 대한 여론이 다시 나오고 있습니다. 70년 전에 일이므로 조사가 쉽지 않을 것으로 보이지만, 일본개입설도 있는 만큼 앞으로 추가적인 조사에 대한 여론이 더 있지 않을까 생각합니다.

(3) 위그선, 신재생에너지 그리고 독도

작년부터 새만금에서 시험운항 중인 하늘을 나는 배, 위그선은 2018년 하반기 운항예정이며, 기존 포항-울릉간 3시간 거리를 1시간으로 단축시킬 것이라고 합니다. 포항-울릉을 1일 생활권으로 만들어 줄 위그선의 도입은 독도관광에도 영향을 미칠 것입니다. 아울러 지난 5월 해양수산부에서는 염분에 대한 내구성을 높이는 기술적 보안 등 재생에너지 사업의 일환으로 해상태양광도 검토한다고 발표했습니다. 현재는 항만 주변이나 향후 기술발전이 이루어지면, 독도주변 일대에도 대규모 해상태양광 발전이 이뤄질 수도 있겠지요. 축적된 전기를 전기선박 등에 제공하게 되면 독도가 또 다른 에너지 충전섬이 될 수 있지 않을까 하는 상상도 해봅니다. 다만 독도에 해양시설물을 설치하는 것에 대한 일본 측의 반대 및 이를 빌미로 한 국제해양재판소 제소 등 또 다른 이슈가 제기될 수 있어 신중한 검토가 필요할 것입니다.

(4) Korea's Beautiful Island

CNN Travel은 2017년 11월 10일 "33개의 멋진 한국 섬들이 당신을 기다린다"라는 기사를 통해 22번째섬으로 독도를 소개했습니다. CNN은 우리나라에 3,358개 섬이 있다면서, 만약 한국의 섬을 하루에 한 곳씩 방문한다면 9년이 넘게 걸릴 것이라고 했습니다. 독도에 대해서는, 일본식 표기도 하며, 15세기부터 한일 간의 영유권 갈등이 있어온 곳이라고도 했습니다. 독도가 우리나라의 아름다운 섬이라고 소개되어도, 제3자 또는 해외언론과 기관에서는 일본식 이름을 표기하고, 갈등 관계를 언급합니다. 우리

CNN Travel 온라인 독도 관련 기사(2017.11.10.) 명칭을 영문으로 Dokdo라 적고 괄호 안에 Takeshima in Japan이라 병기했다.

가 아무리 문화예술의 섬, 독도라고 알리더라도 한·일간의 갈등의 섬이라는 꼬리표가 붙는다는 것입니다. 그러면 어떻게 해야 할까요? 근본적인 해결책은 없을까요?

(5) 독도의 열매, 다음세대

이 글을 마무리하며 초등학교 1,2학년 아들에게 물어보았습니다. 일본에 대해서 어떻게 생각하니? 답은 나쁜 나라라고 합니다. 왜 그렇게 생각하느냐고 물으니, 독도를 자기네 땅이라고 하기 때문이랍니다. 그러면 일본사람들은 다 나쁜 사람인가 하고 묻자 거기에 대해서는 바로 답

독도 서도의 주민숙소 준공일에 방문한 김성도 씨 가족 등과 함께 김남일 당시 독도수호대책본부장이 찍은 사진.

을 하지 못합니다. 대신 일본말을 배워서 일본 사람들과 친구로 지낼 필요성은 느끼지 않는다고 합니다. 일본의 교과서 독도역사 왜곡 문제에 대해서 국내 및 일본 내 양심세력이 우려하는 것은 일본의 다음 세대가 한국에 대한 적대감정을 가져 미래의 양국 관계에 부담을 줄 수 있다는 점입니다. 그러나 이미 우리 현실은 독도로 인하여 우리나라의 다음세대가 일본에 대해 부정적인 인식을 가지는 상황에 이르고 있습니다.

(6) 장애물을 도움닫기로, 좋은 친구 프로젝트

독도에 대한 일본 정치권의 야심, 정치적 이용 등을 보면서 우리는 일본

의 본심을 엿볼 수 있지 않을까요? 주변 강대국과 국경을 접한 네덜란드는 주변 강국들의 언어를 배우는 것을 당연시 합니다. 자신들이 작은 나라라고 하면서 그들의 언어를 배우는 것을 당연시 합니다. 그런데 우리는 어떤가요? 중국은 중국이라고 무시하고, 일본은 일본이라고 무시하며, 러시아는 멀리 있다고 무시하는 마음이 있지는 않을까요? 어느 나라 하나 무시할 수 없는 강대국인데 말이지요. 독도 문제의 근본적인 해결은 두 가지일 것 같습니다. 우리가 포기하든지, 일본이 포기하든지요. 그런데 우리는 포기할 수가 없습니다. 그렇다면, 일본을 포기시켜야 하는데요. 일본의 포기는 결국 일본 내에 양심적인 국민들이 일어날 때만 가능한 것입니다. 흩어진 일본인들의 양심이 뭉쳐져 독도를 향한 정책을 바꾸도록, 우리는 일본인들의 좋은 친구가 되어야 합니다. 정부를 바꿀 수 없다면, 민간차원의 외교를 활성화하여 양국 관계의 장애물인 독도로 인해서 오히려 친해지고 가까워지는 계기를 마련해야 하는 것입니다.

이를 위해서는 어린이집부터 초중고교, 대학까지 주변국가에 친구를 두는 것에 대한 중요성을 강조하고, 그들의 언어와 문화를 이해하고자 노력해야 하지 않을까요? 1억2천7백만명의 일본인들에게 5천7백만의 남한, 2천5백만의 북한이 친구가 되어 올바른 역사를 전한다면, 남북한 사람들이 1인당 2명의 일본사람을 평생의 친구로 삼고 설득을 해나가는 방법이 있습니다. 앞으로 빠르면 한 세대 30년, 아니면 60년 정도 이러한 노력을 하여, 한국 사람은 누구나 일본말을 구사하고, 일본말로 한일간의 올바른 역사에 대해 토론할 수준이 된다면, 그리고 그들의 흩어진 양심이 역사적 정의를 구현할 수 있도록 돕는다면, 독도문제는 올바로 해결되지 않을까요?

독도 7시 26분

독도 바다를 수놓은 코리아컵 국제 요트 대회의 한 장면. 사진 제공 = 울릉군.

어쩌면, 독도가 바라는 것도 자신을 통해서 한일 양국이 상호 존중하는 진정한 친구가 되는 것이 아닐까요? 마치 함께 마주 보는 동도와 서도처럼 말이지요. 글을 마무리하며, 평생 만날 두 사람의 일본사람을 생각하며, 오늘 일본어 공부를 다시 시작하고자 합니다. 그리고 늘 독도를 위해 연구하시고 다양한 활동으로 노력하시는 경상북도청 독도정책관실 관계자분들, 그리고 모든 독도 관련 종사자 분들께 감사의 인사를 드립니다.

나는 2005년 시마네 현에 있었다

김경동(前 울릉군 독도관리사무소장, 現 바르게살기운동 경상북도협의회 사무처장)

2005년 "한일 우정의 해"

2005년 3월 16일 일본 시마네 현은 '독도의 날 선포식'으로 우리의 뒤통수를 무자비하게 후려쳤다. 공교롭게도 그때 필자는 시마네 현립 대학원에서 공부를 하고 있었다. 욘사마 열풍이 불고 한류 바람이 일본 전역을 휩쓸던 그 시기였다. 시마네 현은 독도를 자기네 땅이라고 억지 주장을 한 관보를 발행(1905년)한 지 100주년이라는 역사적 의미를 부여하면서 독도의 날(일본명 다케시마의 날) 조례를 제정한 것이다. 공직생활 30년 참 바쁘게도 보냈다. 나이 서른에 늦깎이로 김천에서 공무원을 시작하여 4년 남짓 근무하다가 경북도청으로 전입한 지가 1991년이었으니 도청공무원으로 27년을 보내고 공무원 생활 만 30년이 되던 2017년 5월에 공직을 떠났다. 무엇보다도 일본 시마네 현과의 인연은 필자의 공직생활에서 전환점이었으며 우리 가족에게도 적지 않은 시간속의 흔적들로, 추억이라는 이름으로 간직되고 있다. 초등학교 1학년과 3학년을 마친 딸과 아들을 데리고 주저하는 아내를 설득하여 당시만 해도 영광스러운 공직자 해외근무를 시작한 때가 1995년이었다. 중간에 국가적인 사태인 IMF 외환위기가 터져 우리는 이산가족이 되기도 했다. 아까운 외화를 해외에서 낭비할 수 없어 가족은 귀국하고 필자만 홀로 남아 1년을 더 버틴 영광스런 해외근무는 국가적 재난 속에 개인적으로도 불안하고 어려운 시기였다. 필자가 다시 일본을 찾은 것은 도비유학생 신분이던 2004년이었다. 초등학생이던 딸은 고등학생, 아들은 중3으로 한창 예민한 사춘기 시절, 공무원 해외연수의 일환으로 당시 이슈가 되던 지방분권을 공부하기 위해 떠난 40대의 유학길이었다.

지금 생각해 보니 한창 예민한 사춘기를 일본의 중고등학교에서 보내게 될 딸과 아들에 대한 배려는 눈곱만치도 없었다. 사춘기가 무엇인지도 모르고 보낸 필자만 생각해서인지 우리 딸과 아들에 대해 신경 쓸 마음의 여유도 없었다. 중3이던 아들은 당시 독도이야기가 이슈화될 때 한국인으로서 시마네 현의 중학교에 다니고 있었는데 독도란 단어에 꽤나 민감한 반응을 보이고 있었다. 알고 보니 학교의 친구들과도 쉽게 사귀지 못하고 있었던 모양이었다. 항상 경계심으로 스스로를 지키기 위해 마음의 문을 열지 못하고 전학생으로 이방인의 생활을 한 모양이었다. 어느 날 친하고 싶어 아들에게 마음으로 다가서던 친구를 받아주지 않자 그 친구가 적극적으로 친하고 싶다는 의사표시를 하느라고 장난을 걸어 왔는데 우리 아들이 한창 민감하고 경계를 하던 시기라 오해하여 심하게 두들겨 패준 사건이 있었다. 아들이 중3 때에 키가 180cm에 몸무게가 90kg 나갈 정도로 거구에 일본 학교 유도부 무제한급 지역대표로도 뽑힐 정도였으니 완력으로는 상대가 되질 않았나 보다. 일본에서 학교폭력은 교육위원회가 당사자와 학부모 모두에게 지역사회 차원에서 대응할 정도로 크고 중대한 사안이었다. 이때 딸의 학교 교사이던 오오우에 선생님이란 분이 당시 우리 가족의 후견인으로서 우리의 일본 생활 적응을 도와주고 있었다. 그는 한국어도 독학으로 공부해서 의사소통이 가능할 정도였다. 거리가 좀 떨어진 학교까지 우리 딸의 등하교를 도맡아 주고 학교 생활을 자신의 딸같이 도와주던 50대 중반, 중년의 독신남이었다. 이 선생님이 나서서 아들을 적극적으로 해명하고 도와주어 2년간의 학교생활을 무난히 마칠 수 있었다.

이분은 이후에도 2년간 우리 가족을 자신의 가족처럼 돌봐 주었고 자기 집으로 초대하여 바베큐 파티를 해 주곤 했다. 그때 아버지와 단둘이 사는 그 선생님의 집에서 1박도 하고 함께 어울린 기억이 너무나 고맙고 감사한 추억으로 우리 가족에게 남아 있다. 그때 함께했던 오오우에 선생님의 아버지는 80세가 넘으셨는데도 정정하고 항상 한국인들에게 미안함을 가지고 있었던 것 같다. 그 분은 산악지대인 시마네 현의 철도건설에 한국인 징용자들이 많이 동원되어 지금도 그 후손들이 산촌에 남아있다고 이야기해 주곤 했다. 그러면서 종종 그 분은 마음의 빚을 갚을 수 있게 되어서 오히려 우리들에게 고맙다고 하시면서 당시 북한의 일본인 납치사건이 메인 뉴스로 일본 매스컴에 나오자 "자신(일본인)들도 옛날에 그렇게 했다. 어린 시절에 직접 목격도 했다. 어쩌면 북한사람들이 우리들에게 배워서 그런 것 같다. 정말 본인이 대신이라도 사과하고 싶다"고 말하면서 이 사실을 말로만이 아니라 글로 적어줄 수도 있다고 직접 써서 준 적이 있다 (다음 쪽 사진 참고). 이웃집 아저씨와 같은 그 선생님은 아버지와 함께 살면

오오우에 선생님의 부친이 써준 독도 관련 사과 글

서 주말이면 우리가족들을 자신의 차에 태워 인근 관광지로 안내해 주는 것을 마치 밀린 숙제하듯이 했다. 그러나 떠나온 이후 연락도 자주 못하고 그렇게 필자도 고마움을 잊어버리고 살아왔다. 못내 미안하고 죄송하기도 하다.

필자의 두 번째 일본생활이 이렇게 이어지던 시절인 2005년 3월 시마네현 의회는 독도의 날을 의결하였다. 2004년 중앙정부에 요청을 해도 안 되니 자기들이 했다는 핑계를 대며. 공교롭게도 2005년 그 해는 '한일 우정의 해'였다. 그 때는 정말 한일관계가 봄바람이었다. 욘사마 열풍 덕에 유학생 신분인 필자에게 자기소개서 한통으로 일본 고쯔시의 공민관을 무료로 빌려주고 한글강좌를 열 수 있도록 지원해주었으며 학생들도 대부분이 욘사마를 비롯한 한류스타들의 광팬들로 한글 공부보다는 한국이야기로 수업시간의 열기가 뜨거웠던 시기였다. 2005년 3월 23일 저녁 무렵이었던 가 보다. 한국 유학생들에게 대학 학장명의로 편지 한통이 전달되었다. 10년이 훌쩍 지났으니 어떻게 받았는지 구체적으로 기억은 나지 않지만 그 때의 편지 내용은 대략 이러했다.

> "해외에서 공부하느라 고생 많은 한국 유학생 여러분. 학생들은 본연의 사명인 학업에만 전념하면 된다. 학생 여러분의 신분이나 학업에 지장이 되는 일은 아무것도 없다. 동요하지 말고 평소대로 학업에 충실하라."

당시에 시마네 현립대학교 유학생들 대부분이 중국과 한국 유학생들로 자비유학생들은 거의 없었다. 모두가 일본 국비나 현비 유학생들로 대부분이 기숙사를 제공받고 도서비 등의 명목으로 생활비까지 지원받는 까닭에 아르바이트를 통해 용돈을 저축해 가며 학교를 다니는 학생들도 있을 정도로 지원이 많았다. 그래서 학생들의 신분에 문제가 생길까봐 걱정하는 차원에서 배려하는구나 하는 정도로 이해하는 친구들도 많았다. 당시에 필자도 그런 쪽으로 이해를 했고 그렇게 믿었다. 며칠 뒤 필자가 시마네 현 친구와 통화하는 가운데 독도조례 제정에 대한 이야기가 나왔고 예상보다 한국의 반발수위가 덜하다는 말을 들었을 때 방망이로 한방 맞은 기분이 들었다. '아, 이들은 정말 지나칠 정도로 주도면밀하고 계획적이었구나. 독도의 날을 의회에서 의결하고 선포하기 전에 미리 예상되는 문제점을 시뮬레이션으로 돌리고 대책까지도 준비하였구나' 하고. 의회는 의결을 담당하고 집행부는 예상문제점과 한국의 반발 수위까지 포함한 주도면밀한 기획을 통해 모든 상황을 시뮬레이션에 포함시켰구나. 경북도립대학의 유학생이 많던 시마네 현립대학 특성상 의회의결 당일 학장 명의로 발송한 편지는 그들이 얼마나 철저히 사전 기획하고 준비해서 독도의 날을 제정하고 선포했는지 단적으로 보여주는 사례였던 것이다. 당시에 자식뻘 되는 유학생들과 교류가 많지 않았던 필자는 한 번씩 만나면 일본 시마네 현에서의 독도 관련 대화법이라는 이야기를 종종 전해주곤 했다. 물론 우리 딸과 아들에게 전해주기 위해 생각한 시마네 현 현민과의 대화법 가운데 일부인 독도에 관한 논리이기도 했다. 요지는 단순하고도 명료했다.

첫째, 독도 관련해서 먼저 논쟁의 주제로 꺼내지 마라. 논쟁이 붙으면 일본어로 토론을 해야 하는데 모국어와 외국어로 토론하면 이길 방법이 없다.

둘째, 먼저 이야기해오면 피하지는 말아라. 그리고 바로 민비 시해사건을 이야기해라. 그들은 천황을 입으로 거론하는 것조차 황송해 한다. 그러니 을미사변 즉 1895년 8월 20일에 너희 나라 사람들이 감히 황송해서 입에도 못 올리는 일본 천황의 황비와 같은 대한제국의 황후를 너희들이 대한제국의 황궁까지 침범해서 끔찍하게 시해했다. 그러고도 10년이 지난 1905년에 독도를 너희 땅이라고 시마네 현 관보에 공포했다. 그 1년 전인 1904년에 울릉도에 이미 일본 우편 취급소를 설치할 정도로 한국 전체를 일본이 마음대로 지배하고 있었다. 울릉도에서 독도는 맑은 날에 보이는 거리에 있다. 그런데 무슨 독도가 무주지라는 둥 아무도 모르는 새로운 땅을 발견했다는 둥 떠들며 관보로 일본 땅에 편입시키느냐.

그날 이후 우리 학생들에게 이러한 내용의 이야기를 다시 전하면서 어쭙잖게 대처방안이라고 이야기한 게 참으로 부끄럽다. 이웃은 어쩌면 잔

독도 동도 정상부에 위치한 독도항로표지관리소(독도 등대). 독도 등대는 1954년 8월 10일 동도 해안가에 무인등대로 최초 점등되었으며, 1955년 7월 동도 정상부로 이전된 뒤 1998년 12월 유인등대화되었다. 현재 포항지방해양수산청 소속 직원들이 2개조를 이루어 3명이 1개월씩 교대근무하고 있다. 독도 등대는 10초마다 1회 섬광하며, 불빛은 41해리(76km, 광학적 광달거리)까지 다다를 수 있다. 사진 제공 = 김재도, "우리나라 독도(김재도 사진집)"

인하다. 이웃의 아픔을 자신의 정권 연장과 인기 상승의 도구로 이용하려는 위정자들의 의도적인 편집 탓이었는지, 아니면 이슈가 없어서 매일 기삿거리를 찾아나서는 일본 매스컴의 무미건조한 일상에 먹잇감으로 이용되었는지 모르지만 세월호 참사 당시 일본 언론의 대응이 딱 그러했다. 유학생활을 마치고 귀국했던 필자는 2014년에는 통상투자 주재관으로 오사카 총영사관에서 근무하였다. 오사카 파견 근무시절에 한국에서 일어난, 지금도 진행 중인 세월호 참사는 필자에게도 크나큰 아픔이 되어 아직도 가슴을 쓰라리게 한다. 2014년 4월 16일 한국의 진도 앞바다에서 세월호가 침몰되어 수많은 인명이 희생되는 사고가 일어나자 일본 매스컴은 온종일 세월호로 도배를 하였다. 신문이면 신문, 뉴스는 뉴스 모두가 매일 하루종일 세월호 이야기였다. 대한민국이 선진국의 반열로 들어서는 것을 온몸으로 느끼고 있던 우리 재일교포들에게는 정신적으로 엄청난 고통의 나날이었다. 그동안 음지에서 숨죽이고 살던 재일교포들이 욘사마, 한류 신드롬으로 자랑스럽게 한국 사람임을 이야기할 수 있게 된 바로 그 무렵이었다. 거꾸로 일본은 잃어버린 10년, 잃어버린 20년이라는 주장 속에 국민들이 패배감에 젖어있을 바로 그 무렵에 터진 일이었다. 일본의 매스컴은 집요하게 세월호 사고를 보도하며 한국인임을 부끄럽게 여기도록 했다. 잔인할 정도로 분석에 분석을 더하며 너무도 적나라하게 파헤쳤다. 공·사석에서 공무원인 필자를 만나면 그렇게 반가워하던 우리 교포들, 그들도 얼마나 가슴이 아프고 쓰렸는지 누구에게도 말하지 못하고 가슴앓이 하다가 필자를 만나면 눈물로 조국에 너무나 실망했다. 당신들 뭣 하느냐고 화를 내기도 하고 항의를 하기도 하여 필자 또한 무척이나 괴로웠다. 어쭙잖은 변명을 하다가 꾸중도 들었다. 물론 일본어로 하는 의사소통이니 완벽하게 전해지지 않는 부분도 있었으리라. 그러나 부끄러웠다. 고개를 들 수 없었다. 우리의 잘못은 물론이려니와 일본의 매스컴도 정말 집요했다. 기름을 붓고 또 부었다. 이웃은 정말 너무나 잔인했다.

그런 일을 겪은 뒤 필자는 공직의 마지막을 울릉도에서 보냈다. 어쩌면 이것이 필자의 운명이라고 생각했는지도 모른다. 경상북도 국제통상주재관으로 오사카 총영사관 근무를 끝내고 돌아온 곳이 경북도청 독도정책관실이었다. 공무원을 마무리하는 시점에서 자신을 돌아보았다. 경상북도청 그리고 시마네 현청 국제과 파견공무원, 시마네 현립대학 도비유학생, 그리고 독도정책사무관으로 근무해온 것이 독도와 무슨 인연이 있어서일지도 모른다는 생각을 하게 되었다. 이어 훌쩍 울릉도로 자원하여 떠난 필자는 2017년 4월 독도관리사무소장을 끝으로 경북도청 국제통상과로 복귀하자마자 공직을 마감했다. 누구는 말한다. 독도는 한국 땅이며 일본과 전쟁이 날 리가 없다고. 우리가 실효지배하고 있으니 독도는 우리 땅이라고. 그러나 그렇게 간단한 문제가 아니다. 준비하고 준비해야 한다. 그리고 기록하고 기록해야 한다. 일본은 급하지 않다. 우리도 물론 급하지 않다. 그러나 일본은 계획적이고 꼼꼼하고 철두철미하다. 기록하고 기록하며 내일을 만들어 간다. 새로운 기록을 모으고 모아 역사로 만들어 가는 것이다. 우리는 종종 기록에 익숙하지 않고 현재에 흥분하여 에너지를 소비하고 내일이면 잊는다. 필자 역시 마찬가지다. 시마네 현립대학 유학시절 학장으로부터 시마네 현 의회가 독도의 날을 제정하던 날 받았던 편지도 몇 년 전까지 보관하고 있었는데 어느 날 없어졌다. 얼마나 자료 보관을 어설프게 하는지 스스로 반성해 본다.

1965년 10월 1일 울릉도우회가 발행한 1호 및 9호 회보.

　필자가 울릉도에서 독도관리사무소장을 하던 2017년 3월 경 독도박물관에 가서 깜짝 놀란 적이 있다. 자료 중에 일본인들의 울릉도 향우회란 책자가 있지 않는가.[19] 그것만이 아니었다. 몇 년 전만 해도 시마네 현립대학의 교수가 한 번씩 다녀갔다고 한다. 이름을 물으니 필자도 아는 교수였다. 이제 일본의 울릉도 향우회도 대부분 거동이 불편하고 나이가 들어 하나둘씩 이 세상을 하직하고 있지만 그들의 후손들은 그들의 이야기를 찾아서 채굴하고 확인하고 녹음하고 구술하여 이렇게 역사적 기록으로 남기고자 노력하는 것이다. 필자가 일본에 있을 때 보면 그들은 구술하고 녹취한 기록들을 매우 소중하게 생각하고 기록물들로 정리하여 잘 보관하고 있다. 우리가 바다를 소홀히 할 때 그들은 자기들 안방 마냥 와서 살았는데, 당시만 해도 일본 어민들은 국가적 영토적 의미도 모르고 그저 바다

---

19 울릉도우회 : 울릉도에 거주했거나 울릉도에 연고를 가진 일본인들이 중심이 되어 1964년 10월 1일 발족한 모임이다. 창립당시 회장은 구와모토 구니타로(桑本邦太郎)이며, 시마네현 의원이었던 니시노 시게루(西野盛)가 고문으로 추대되었다. 가입회원은 창립당시 161명이었다. 울릉도우회는 회원들의 동정과 울릉도 경험담 등을 담은 『울릉도우회보』를 1964년(창간호)부터 1973년(제9호)까지 9권 간행하였다.

2005년 12월 일본 시마네현립대학원에서 도비유
학생으로 공부하던 시절, 시마네현 하마다에 있는
하치에몬 위로비(1836년 울릉도 도해 사실이 발각
되어 처형당한 하치에몬을 후일에 하마다 지역민이
그를 위로하는 비석을 세움) 앞에서. 당시 독도지킴
이팀 직원이던 정선홍 사무관, 이소리 씨와 함께.

일본 시마네현청 파견근무시절 함께 파견근무한 중국 길림성 직원,
현청 국제과 직원들과 함께 한 필자(앞줄 왼쪽).

건너에 섬이 있고 그 섬에 고기가 많은데 주인도 없이 방치되어 있으니 생
업의 터전으로 활용하였을 것이다. 그러나 그것이 일상이 되고 상식이 되
어 이후 그들은 주인이 나타나도 무단 사용하는데 따른 미안함 보다는 일
상의 권리로 생각해 거꾸로 자신들 것이라고 주장하는 무모함을 보여주고
있다. 일본의 주장이 당시에 살았던 어민들의 증언만으로 뒷받침되는 것이
아니라 중앙과 지방정부가 계획적이고 체계적으로 왜곡된 연구와 덧씌우
기를 통해 그럴듯하게 포장해 억지주장을 사실처럼 만들어낸다는 점이 무
서운 것이다. 남의 땅을 무단으로 침범해 생업의 터전으로 이용했던 어민
들의 생활기록이 역사로 둔갑되어 영토주장의 근거로 활용되는 것이다.

독도가 일본령이 아님을 역사적으로 공언해 온 일본

일본 에도막부 시절인 1833년, 시마네현 하마다 시에 거주하는 하치에몬 (八右衛門)이 도해면허 없이 울릉도로 건너가 밀무역을 하다 발각되어, 오사카 마치봉행소에서 취조 받은 뒤 1836년 사형에 처해졌다. 이를 일본에서는 '덴포(天保) 죽도일건'이라 하고, 에도막부는 이듬해인 1837년 2차 울릉도 도해 금지령을 내렸다.

일본이 1905년 독도를 시마네현에 불법 편입하기 전에, 일본 정부는 독도가 일본령이 아님을 3차례 공언했다. 첫 번째로 1693년 일본 어부들이 울릉도에서 조업하던 안용복 일행을 만나, 안용복과 박어둔을 일본 오키로 납치했던 사건이 있었다. 이 사건으로 조일 간에 외교교섭이 진행되었고, 결국 1696년 1월 에도막부는 일본인의 울릉도 도해금지령을 내린다. 즉 울릉도는 일본령이 아니라고 일본 정부가 인정한 것이다. 이 사건을 한국에서는 '울릉도 쟁계'라고 하고, 일본에서는 '원록(元祿) 죽도일건'이라고 한다.

두 번째가 이 하치에몬 사건으로 결말지어진 '덴포 죽도일건'이다. 이에 대해 일본은 울릉도만 도해금지령을 내렸고, 독도를 도해 금지한 것이 아니라고 주장하고 있다. 그러나 오사카 마치봉행소에 하치에몬을 취조하면서 그린 '죽도방각도' 채색지도를 보면 울릉도와 독도가 조선과 같은 붉은 빛으로 채색되어 있다(아래 사진 참고).

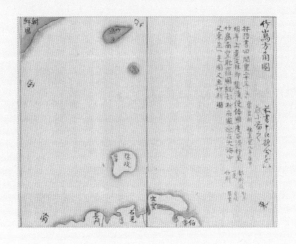

세 번째로 일본 정부가 독도를 한국령이라고 공언한 것이 1877년 3월 29일 '태정관 지령'이다. 메이지 시대 일본 최고 행정기관인 태정관(太政官)은 에도막부와 조선 정부 간 교섭(1,2차 울릉도 도해금지령) 결과 울릉도와 독도가 일본 소속이 아님을 확인했다고 판단하고 "죽도(울릉도) 외 1도(독도)는 일본과 관계가 없다는 것을 명심할 것"을 내무성에 지시했다.

독도는 한국침략의 리트머스 종이

그들은 우리가 약할 때 독도부터 건드린다. 어린애들 말로 간을 본다고나 할까. 한일합방 5년 전에 일본은 독도를 시마네 현 땅으로 억지 편입했다. 그뿐만 아니다. 2차 대전 이후 패전국으로 국가가 거의 망한 그 시점에서도 그들은 샌프란시스코 조약의 5차 초안까지 대한민국의 땅이라고 명기되었던 독도를 로비를 통해 자기네 땅으로 만들려고 전승국인 미국을 이용하였다. 가깝게는 1998년 한국의 최대 경제위기인 IMF 때도 그들은 독도를 이용했다. 이후 한일어업협정을 파기하고 재 협정을 요구하여 신한 일어업협정을 탄생시켰다. 경상북도의 공무원으로 일본 시마네 현에서 그리고 독도와 인연을 맺어 독도정책사무관으로, 마지막으로 짧은 기간이었지만 독도관리사무소장으로 독도와 함께 한 인연들은 필자의 30년 공직 생활에 너무나 소중한 순간이었다. 그중에서도 일본에서 생활하며 배우고 느낀 점 가운데 한 가지만은 강조하고 싶다. 일본 사람과 일본 정부를 구분할 줄 아는 지혜가 무엇보다 필요하다는 점이다. 국화와 칼을 쓴 베네딕트 교수는 일본인을 "절제되고 겸손한 행동양식과 칼을 숭배하는 호전성을 지닌 국민"으로 이해하려 했다. 우리는 일본을 '가깝고도 먼 나라'로 표현하곤 한다. 그 뜻을 음미해 보면 모두 일본의 양면성을 지적하는 표현으로 같은 맥락임을 이해할 수 있다. 필자는 이렇게 생각한다. '가깝고도 먼 나라'에서 가까운 일본은 일본 국민을 이야기한다. 그리고 먼 나라일 때의 일본은 일본 정부(지방정부 포함)를 지칭하는 것이다. 일본과 무슨 일이 일어나면 무조건 일본 전체와 전쟁하듯이 흥분하여 이성을 잃고 온 국민들이 야단법석을 피우면 우리가 진다는 말이다. 대부분의 일본인 개개인은 절제되고 겸손하며 다정한 우리의 이웃이며 우리도 냉정하고 이성적으로 국민 개개인과 국가를 분리해서 대응할 줄 알아야 한다. 일본인들은 여전히 우리의 친구이다. 그러나 일본정부에 대해서는 강하고도 당당하게 맞서야 한다. 아직도 전문가가 대접받지 못하고 순환보직이 당연시되는 우리 공무원 사회가 수십 년을 전문가라는 자부심으로 살아가는 일본의 사회 패러다임을 얼마나 극복할 수 있을지 퇴직공무원으로서 쓸데없는 걱정도 없지 않다. 이것이 기우로 그치기를 간절히 기원한다.

세계사의 한 장면에 있었던
울릉도·독도의 역사

김윤배(이학박사, 한국해양과학기술원 동해연구소 울릉도독도해양연구기지 책임기술원)

230년만에 울릉도를 찾은 라페루즈 탐험대

2017년 7월 2일, 프랑스 남부에 위치한 인구 약 52,000명의 소도시 알비(Albi)에 거주하는 59세의 한 프랑스인이 경상북도의 초청으로 9,600킬로미터 너머의 먼 울릉도의 한국해양과학기술원 울릉도독도해양과학기지[20]를 찾았다. 그의 첫 인상은 마치 옆집 할아버지 같은 친숙한 인상이셨다. 그는 왜 유라시아 대륙을 건너 유라시아 대륙의 동쪽 바다인 동해에 위치한 울릉도를 찾았을까? 장 마리 페스텔(Jean-Marie Pestel) 라페루즈재단 이사장. 페스텔씨의 몸은 비록 울릉도 첫 방문이었지만, 그가 담고 있는 프랑스 역사는 결코 첫 방문이 아니었다. 장-프랑수아 갈로 드 라페루즈(Jean-François Galaup de Lapérouse, 1741~1788)가 이끄는 프랑스왕립탐험대

---

20 2018년 7월 1일, 울릉도독도해양연구기지로 명칭이 변경되었다.

프랑스 라페루즈재단 장 마리 페스텔 이사장(왼쪽에서 4번째)의 울릉도 방문과 라페루즈 기념 주물 기증식(2007년 7월 2일).

가 1787년 5월 29일, 울릉도를 다녀간 이후 230년만의 방문이었다.

18세기 서구사회는 과학기술의 발달에 따른 항해술의 발달에 힘입어 세계 탐험을 활발히 추진하고 있었다. 특히, 영국의 대탐험가 쿡(James Cook)의 1768~1779년 사이의 세계 탐험에 자극을 받은 프랑스 국왕 루이 16세는 프랑스 알비 출신의 해양탐험가이며, 해군 제독 출신이었던 라페루즈에게 세계 탐험 임무를 맡겼다. 1785년 8월 1일, 프랑스 프레스트 항을 출항한 두 척의 함정과 약 246명의 탐험대원들은 대서양, 칠레남단, 하와이, 알래스카, 태평양 횡단, 필리핀, 제주도 남단을 거쳐 대한해협을 통해 동해로 진입하였다. 유라시아 대륙의 동쪽 바다 동해로 진입한 라페루즈 탐험대는 1787년(조선 정조 11년) 5월 28일, 탐험대가 당시 보유하고 있던 해도에 기록되지 않았던 섬을 발견하였다. 라페루즈 항해보고서에 함께 실린 지도

프랑스 알비(Albi) 시에 있는 라페루즈 박물관. (위)라페루즈 박물관 내부와 (가운데)1787년 장-프랑수아 갈로 드 라페루즈를 비롯한 프랑스왕립탐험대를 태우고 울릉도 해안을 지나갈 당시 함정의 모형. (아래)라페루즈 박물관 입구에서 포즈를 취한 김남일 본부장. 2017년 4월 25일 촬영.

독도 7시 26분

는 분명 이 섬이 울릉도임을 보여주고 있다.

탐험대는 이 섬을 가장 먼저 발견한 천문학자 르포트 다즐레(Lepaute Dagelet)의 이름을 따서 다즐레(Dagelet) 섬이라 명명하였다. 그렇게 울릉도는 다즐레라는 이름으로 서양에 소개된다. 라페루즈 탐험대는 비록 해류와 기상 조건 때문에 울릉도 상륙 직전에 포기해야 했지만, 당시 울릉도 해안가에서 자신이 본 기록을 자세히 남겼다.

"그곳에서 우리는 중국 선박과 완전히 똑같은 형태의 배를 건조하는 작업장을 발견했다. 일하던 사람들은 단거의 포의 사정거리까지 접근한 우리 함선을 보고 놀랐는지, 작업장에서 50보도 채 떨어지지 않은 숲속으로 몸을 숨겼다. 게다가 오두막 몇 채를 제외하면 마을도, 밭도 보이지 않았다. 그러니까 이들은 다즐레 섬에서 겨우 20리 떨어진 육지에서 사는 조선 목수들로, 여름이면 섬에 식량을 가지고 와서 배를 건조한 후 본토에 가져다 판매하는 것 같았다. 이 추측은 거의 확실했다."

(라페루즈의 세계 일주 항해기, 2016, 국립해양박물관)

라페루즈 탐험대가 본 조선인은 누구였을까?

라페루즈 항해기는 당시 울릉도에서 배를 건조하는 조선인 목수들을 만난 기록을 자세히 남기고 있다. 라페루즈 탐험대가 본 그 조선인 목수들은 누구였을까? 이에 관해 조선 고종의 명에 의해 1882년 4월, 울릉도를 다녀간 이규원 검찰사는 울릉도 검찰일기에서 흥미로운 기록을 남긴다. 이규원 검찰사는 당시 울릉도에서 140명의 조선인을 만나는데, 그들 대부분은 울릉도 해안가에서 주로 배를 건조하고 있었다. 라페루즈 항해일기의 기록과 유사하다. 특히, 140명의 출신지를 조사한 결과 82%인 115명이 전라도 출신으로 대부분 흥양의 삼도 혹은 초도에서 건너온 사람들이었다. 흥양은 현재의 전라남도 여수시이며, 삼도는 거문도를 말한다.

조선후기 전라도 사람들의 울릉도 항해 기록은 다수의 기록에서 발견된다. 전라남도 강진으로 유배 온 다산 정약용 선생은 그의 강진 유배 시절(1801~1818) 기록인 탐진어가에서 치범동향울릉행(治帆東向鬱陵行; 돛을 동쪽으로 달아 울릉도로 간다네)라는 가사를 남겨 당시 지역 주민들의 울릉도 항해 사실을 엿볼 수 있으며, 울릉군 북면 석포 마을지는 울릉도 재개척당시 전라도 지방에서 왕래하는 풍선(나선)을 타고 개척민들이 울릉도에 입도하였다는 기록을 남기고 있다. 관련 연구자들에 따르면 전라도인들의 울릉도 항해 및 활동은 임진왜란 이후부터 1900년대 초까지 계속된 것으로 연구되고 있다. 라페루즈 탐험대의 항해기에 등장하는 조선인 목수들은 아마도 전라도 등지에서 온 사람들이었을 것으로 짐작된다.

울릉도·독도에 건너온 거문도 사람들

그들은 왜 울릉도까지 건너왔을까? 지난 2017년 10월 17일 독도에서는 흥미로운 공연이 개최되었다. 경상북도(독도정책관실)의 후원으로 독도시민연대가 주관한 〈거문도 뱃노래 전수회 울릉도·독도 공연 및 학술보고회〉 행사의 일환으로 독도에서 거문도 뱃노래 공연이 있었다. 전라남도 무형문화재 1호인 거문도 뱃노래의 술비소리 대목에는 "울릉도를 가서 보면 좋은 나무 탐진 미역 구석구석에 가득 찼네. 울고 간다 울릉도야"라는 구절이 등장해 거문도와 울릉도의 오랜 인연을 엿볼 수 있다. 당시 행사에 참석한 거문도 뱃노래 전수회 회장이면서 집안 어른들이 1800년대 거문도에서 울

거문도 뱃노래 전수회의 독도 공연(2017.10.17.)

릉도와 독도를 오가기도 했던 이귀순(1936년생) 회장은 "울릉도까지 건너온 가장 큰 이유는 울릉도의 단단한 나무로 배를 짓기 위함이었다. 배를 짓기 위해서는 단단한 나무가 필요한데 당시 남해안 섬들은 관리들의 감시가 심해 구하기가 쉽지 않았으며, 울릉도는 단단한 나무가 많고 미역 등 해산물이 가득해서 상당히 매력적인 섬이었다."고 증언하고 있다.

그들은 울릉도에서만 머물렀을까? 울릉도에 머물렀던 주로 전라도 출신의 조선 사람들은 울릉도뿐만 아니라 울릉도의 부속섬이었던 독도까지 왕래하며 미역, 전복 등 해산물 뿐만 아니라 가제(강치)를 포획하였다. 독도의 북서쪽에는 큰가제바위, 작은가제바위라고 이름이 붙여진 바위들이 있다. 예전에 울릉도와 함께 독도에 서식하였던 가제가 주로 머물렀던 바위라고 해서 붙여진 이름이다. 이들은 주로 기름을 추출하기 위해 얼마의 가제를 포획했다고 한다. 그들은 가제 기름을 "에우 지름(기름의 방언)"으로 불렀다.

북서쪽에서 본 독도(큰가제바위와 작은가제바위가 보인다).

당시 전라도 출신 조선인들의 독도 활동은 1905년 일본 시마네현이 독도를 불법 편입하기 훨씬 이전부터 조선 사람들이 독도를 실질적으로 오고 간 증거로서 매우 역사적인 의미를 지니고 있다. 앞으로 이들의 활동에 대한 추가적인 활발한 연구가 필요하다.

이들은 또한 독도를 독도라 부르지 않고 '독섬'이라고 공통적으로 부른다. 지난 2011년 6월 21일, 여수시 디오션리조트에서는 경상북도와 여수시 공동주최, 푸른울릉독도가꾸기회 주관으로 〈전라도 지역민들의 울릉도(독도) 도항과 독도 명칭 유래〉라는 제목으로 심포지엄이 개최되었다. 당일 2012 여수세계박람회 준비로 여념이 없었지만 당시 김충석 여수시장님께서 모든 일정을 함께 하셨던 것이 무척이나 흥미로웠던 기억이 새롭다. 김

(좌)2011년 12월 7일, 독도 영유권 강화와 더불어 전남도민과 동해안-울릉도 지역간의 문화적 교류에 기여한 공로로 경상북도지사 감사패와 독도기념 사진을 받은 김충석 전남 여수시장. (우)2012 여수세계박람회 개막 D-300일을 맞아 박람회 성공개최를 기원함과 동시에 독도가 우리땅이라는 사실을 국내외에 널리 알리기 위해 여수시와 여수시스킨스쿠버연합회가 독도 해저에 설치한 표석(수중기념비).

충석 시장님 또한 여수시 초도 출신으로 집안 어른들이 울릉도와 독도를 오갔던 분들이었다. 심포지엄에서는 거문도, 초도 등 여수와 울릉도, 독도의 오랜 인연에 관한 다양한 내용들이 토론되었다. 라페루즈 탐험대가 울릉도 접안을 시도했던 해안가로 추정되는 울릉도 북면 현포는 옛이름이 거문작지인데 이 지명 또한 당시 거문도, 초도에서 흔한 작지(해안가의 자갈밭을 일컫는다)라는 지명에서 유래하여 검은 자갈이 많았다는 데서 기원한다. 독도의 부속도서인 보찰바위라는 지명 또한 남해안에서 흔한 거북손(보찰)과 생김새가 비슷한데서 유래한 것으로 연구되고 있다. 전라도에서는 돌을 독이라고 부르는데 독도가 대부분 돌로 덮여진 섬이었기 때문에 독섬이라고 불렀다 한다. 흔히 우산도로 여러 고문헌에 등장했던 독도는 1900년 10월 25일 반포된 대한제국 칙령 41호에 의해 석도(石島)라는 지명으로 등장한다. 석도는 돌을 독으로 불렀던 당시의 명칭을 한자로 표기한 것임에 명백하다.

라페루즈 탐험대의 1787년 울릉도 탐사와 탐험대가 남긴 항해일지는 이러한 조선인의 울릉도와 독도 활동에 대한 소중한 기록의 한 단면을 남기고 있다. 라페루즈 탐험대는 한반도 주변 항해 동안 수심을 측정하고, 바닥 저질의 상태, 해상기온 등을 기록하였다. 라페루즈 탐험대의 당시 한반도 연안 탐사는 한국해양사를 오랫동안 연구해 온 한상복 박사에 따르면 한국 근해 최초의 해양조사 활동으로서 또한 역사적 의미를 가지고 있다. 라페루즈 탐험대가 1787년 5월 울릉도를 탐사한지 230년 만에 이뤄진 장 마리 페스텔 라페루즈 재단 이사장의 울릉도 방문에는 이러한 역사적 무게들이 실려 있다.

독도를 부르는 또 다른 이름, 리앙쿠르락(Liancourt Rocks)의 유래

프랑스 라페루즈 탐험대의 1787년 울릉도 탐사 이후 1849년 1월 27일, 한 프랑스 포경선이 그들이 보유한 해도에 기록되지 않았던 울릉도 동쪽에 위치한 한 섬을 발견하게 된다. 그 포경선의 이름은 리앙쿠르호였으며, 리앙쿠르호가 발견한 섬은 독도였다. 왜 프랑스 포경선이 동해까지 왔을까? 동해는 울산의 반구대 암각화의 고래 그림에서 보듯 신석기 혹은 청동기 시대부터 활발한 고래잡이 활동이 존재하였다. 옛 문헌에는 동해를 고래의 바다를 의미하는 경해(鯨海)로 표기하기도 한다. 1832년 건조된 약 431톤 규모의 프랑스 포경선 리앙쿠르호는 1847년 10월 26일 프랑스 르아브르항을 출항하여 북태평양과 동해, 오호츠크해를 목적지로 정하여 항해하였다. 리앙쿠르호가 포경활동을 할 당시인 1848년에는 미국, 프랑스 등의 포경선 약 60척이 동해에서 활발하게 포경활동을 한 것으로 연구되고 있다. 리앙쿠르호는 1850년 4월 19일 프랑스로 귀항한 직후에 작성한 귀항보고서에서 1849년 1월 27일, 다줄레(울릉도)의 동쪽에서 당시의 그들이 알고 있는 책자나 지도에 나타나지 않았던 큰 암석을 발견하였다고 기록하였다. 이러한 보고서에 따라 프랑스는 프랑스 수로지(1850년)와 프랑스 해군의 『태평양 지도』(1851년) 등에 이 암석의 명칭을 발견한 리앙쿠르호의 선명을 따서 리앙쿠르암(Rr. du Liancourt)이라 표기하면서, 독도는 서양 지도에 Liancourt Rocks라는 이름으로 널리 알려지게 된다.

사실 서양에서 독도를 처음 발견한 나라는 프랑스가 아닌 프랑스와 함께 동해에서 포경활동을 했던 미국이었다. 미국의 포경선 체로키(Cherokee)호는 프랑스의 리앙쿠르호 보다 9개월 앞선 1848년 4월 17일, 독도를 발견하고 항해일지에 기록했지만 국제적으로 발표하지 않았기 때문에 리앙쿠르락이라는 이름이 널리 알려지게 되었다. 이후 1854년에 러시아 선박이, 1855년에 영국 선박이 독도를 찾아 그들 나름의 지명을 붙였다.

동해 표기 지명 확대를 위한 노력

현재 Liancourt Rocks라는 독도를 가리키는 지명은 미국 CIA에서 발행하는 World Factbook의 인터넷판 등에는 아쉽게도 Dokdo라는 지명 대신 널리 통용되고 있다. 특히, World Factbook은 동해 명칭을 Sea of Japan으로 일본식 동해 표기로 단독 표기하고 있어 그 아쉬움이 더더욱 크다. 바다 명칭을 다루는 국제기구인 국제수로기구(IHO)에서 발간한 대양과 바다의 경계(3판)에서도 아쉽게도 동해를 일본해(Japan Sea)로 표기하고 있다. 부산대학교 지리교육과 정인철 교수는 2014년 발표 논문에서 18세기까지 서양의 해도에 한국해로 표기되던 동해가 일본해로 점차 명칭이 변경된 이유에 대해 당시 동해에서 주로 포경활동을 했던 미국, 프랑스 포경선들이 식료품 조달 목적 등으로 일본을 중간기착지로 활동한 것과 연관이 있을 것이라는 부분도 주목할 만하다. 한국정부는 유엔 가입 직후인 1992년부터 유엔지명표준화회의를 통해 일본해를 동해로 시정하여 줄 것을 줄기차게 요청하고 있지만 일본의 적극적인 방해 활동에 결코 쉽지 않은 것도 사실이다. 다행히 국제사회를 대상으로 동해 표기의 정당성을 지속적으로 홍보한 결과, 2014년 7월 미국 버지니아주가 '공립학교 교과서에 동해와 일본해를 병기'토록 하는 법안을 발효하는 등 여러 성과들이 이어지는 중이다. 경상북도에서도 동해와 독도 알리기를 위한 다양한 활동을 하고 있는 사이버외교사절단 반크와 2009년 2월, 독도(동해) 및 경북 문화의 해외 홍보대사 육성을 위한 청소년 독도사관학교 공동 운영 협약을 맺는 등 글로벌 독도(동해)홍보 전략가 양성을 위한 다양한 노력을 기울이고 있다.[21]

울릉도 사동에서 발견된 일본 해군 해저통신케이블

지난 2017년 6월 10일, 필자는 오랫동안 울릉도 주민의 기억에 잊혀 있었던, 일본이 지난 1904년 설치한 해저통신케이블의 일부를 지역 원로의 증언에 힘입어 울릉도 사동 아랫구석에서 재발견하였다. 1992년 당시 한국통신(현 KT)에서는 주변 공사중에 발견된 일제의 해저통신케이블의 역사적 의미를 고려하여 『울릉도 해저케이블 육양지점 표지석』을 설치하기

21 폐지 위기에 몰린 '국제표기명칭대사'
외교부에는 재외공관에 파견된 특명전권대사 외에 본부대사라는 직제가 있는데 그중 2005년 3월 신설된 국제표기명칭대사가 있다. 2005년 초 일본 시마네현이 다케시마의 날을 지정한 데 대한 대응 차원에서, 국제기구나 각국 지도 및 역사 교과서 등에 있는 우리나라 관련 지명과 명칭, 역사적 표기에 관한 오류와 인식을 바로잡고자 설립된 것이다. 동북아역사재단에 파견 형식으로 활동한 국제표기명칭대사는 독도와 동해 표기와 관련 중요한 역할을 수행했다. 예를 들어 우리에겐 동해라는 이름이 익숙하지만 국제수로기구(IHO)의 국제표준해도집인 '해양과 바다의 경계(S-23)'엔 일제 치하였던 1929년 초관을 만드는 바람에 일본해로 명기돼 있다. 이후 국제표기명칭대사의 노력에 힘입어 세계 여러 나라 지도에 일본해·동해 병기가 눈에 띄게 늘었다. 그런데 외교부와 동북아역사재단이 2018년 9월 말 임기를 마친 유의상 국제표기명칭대사 후임 인선을 중단한 채 직제조차 폐지할 예정인 것으로 알려졌다.
(2018년 10월 2일자 매일경제 [필동정담] 칼럼에서 재인용)

울릉도 사동에서 발견된 일본 해군 설치 해저통신케이블.

도 했지만, 그동안 태풍 등으로 인해 유실된 것으로 추정되어 왔던 케이블
이었다. 왜 이 케이블이 울릉도에서 발견되었을까? 일본은 어떤 목적에서
해저통신케이블을 설치하였을까? 일본 해군은 러일전쟁(1904년 2월 8일 ~
1905년 10월 15일) 기간 동안 러시아 함대를 감시할 목적으로 1904년 9월에
울릉도 서쪽(도동 망향봉 주변)과 동남쪽(태하등대 주변)에 2개의 망루를 설
치하였다. 이어서 1905년 8월에는 울릉도 북동쪽(석포 보루산 정상 주변)과
독도(독도경비대 주변)에 망루를 추가로 설치하였다. 이들 망루에는 일본 해
군 6~11명이 주둔하였다. 현재도 석포 보루산의 일본 해군 망루터에는 낭
시의 해군 주둔을 유추할 수 있는 흔적들이 남아있다. 이들 울릉도와 독도
의 망루들은 울진의 죽변과 일본의 오키섬을 연결하는 해저통신케이블을
통하여 한반도 본토 및 일본 본토와 연결되어 있었다. 울진 죽변과 울릉도
를 연결하는 해저통신케이블은 1904년 9월 30일 완공되었으며, 1905년에

는 울릉도-독도-오키섬-일본 본토(시마네현 마츠에)를 연결하는 해저케이블을 추가로 설치하였다. 울릉도 사동 아랫구석에서 발견된 해저통신케이블은 일본 해군이 러일전쟁 개전 직후에 러시아 함대를 감시할 목적으로 설치한 해저통신케이블의 일부로서 이 케이블은 울진-울릉도-독도-일본 본토를 연결하고 있었다.

당시 일본 해군의 독도 망루 설치는 1905년 2월 22일, 일본 시마네현이 독도를 일본 영토로 편입하는 결정적 계기였음에 주목할 필요가 있다. 일본 해군성은 독도 망루 설치 계획을 추진하는 도중, 독도에서의 독점적 강치(가제)잡이를 위해 한국 정부에 교섭해 줄 것을 요청하는 나까이 요사부로(中井養三郎)의 신청을 접하고 이를 기회로 독도를 아예 일본 영토로 편입해 독도에 망루를 설치하고자 하였다. 이에 따라 1905년 2월 일본 영토로 불법 편입하고, 일본 해군성은 1905년 8월 독도에 망루 설치를 완료하였다. 울릉도에 흔적이 남아 있는 망루 및 해저통신케이블은 일본의 독도 침탈 역사를 알려주는 중요한 자료이며, 청소년 독도 역사 교육의 훌륭한 배움터임에 분명하다.

동해 해전과 러시아 침몰선, 돈스코이호

돈스코이호는 러일전쟁 중인 1905년 5월 29일 아침 6시 46분, 일본 함대와의 동해해전 과정에서 함장 레베데프 대령의 명령에 따라 울릉도 저동항 앞바다에서 스스로 침몰한 러시아 제2태평양 함대(발틱함대에서 재편됨) 소속의 순항함이다. 드미트리 돈스코이는 1380년 돈강 상류에서 타타르족을 물리친 대공의 이름으로, 돈스코이는 '돈강'이라는 뜻이다. 침몰 98년이 흐른 지난 2003년 5월 30일, 한국해양과학기술원 유해수 박사팀에

울릉도 저동 앞바다에 침몰한 러시아 군함 돈스코이호.

의해 울릉도 저동항에서 약 2km 떨어진 수심 약 400m 해저의 경사진 절벽에서 침몰된 선체가 모습을 드러냈다.

사실 돈스코이호는 우리 근대사와 인연이 깊은 선박이다. 관련 연구에 따르면, 조선 고종이 일본세력 견제와 왕권회복을 위해 1896년 러시아 공사관으로 거처를 옮기는 이른바 아관파천과 관련하여 당시 돈스코이호는 조선에 파견되어 고종의 왕권확립을 방해하려 했던 일본 세력을 견제한 러시아 군함 중 하나였다. 당시 고종은 돈스코이호 함장을 면담하기도 했으며, 또한 돈스코이호 승무원은 고종의 요청에 의해 조선 군대의 현대화에도 기여하였다.

울릉도 연안에서 침몰한 돈스코이호는 울릉도 주민들과도 인연이 깊다. 상처투성이로 울릉도에 상륙한 돈스코이호 장병들이 울릉도 민가에서 치료 받았다는 이야기, 당시 울릉도 주민들의 적극적인 구조와 치료에 대한 감사 표시로 돈스코이호 장병들로부터 동주전자를 받았다는 울릉도 주민 홍재현씨 이야기, 울릉도에서 사망한 러시아 장병 시체를 도동에서 저동으로 넘어가는 곳에 묻었다는 이야기 등이 주민들에 의해 구전되어 오고 있다.

사실, 울릉도와 러시아의 인연은 돈스코이호 이전으로 올라간다. 아관파천 기간인 1896년 9월, 러시아의 상인 브린너는 조선 정부로부터 두만강과 함께 울릉도의 산림채벌권을 획득하게 되는데, 이 러시아 상인 브린너가 바로 러시아 출신의 미국 영화배우였던 율브린너(Yul Brynner)의 할아버지였다. 당시 브린너는 러시아 블라디보스토크를 기반으로 연해주 등에서 장사를 해서 부를 축적했는데, 당시 연해주에서 거주하고 있던 조선인들과도 친숙히 지냈다 한다. 당시 러시아의 울릉도 산림채벌권 획득은 일본을 견제하는 중간 거점으로 울릉도를 상정한 데 따른 조치였지만, 러일전쟁에서 러시아의 패배로 러시아의 이런 전략은 수포가 되고 말았다. 돈스코이호를 둘러싼 역사적 근거가 희박하며 크게 과장된 보물선이라는 시각에 집중하기보다 침몰선 그 자체로서 돈스코이호의 역사적 가치, 한러협력의 견인차로서 국제 협력적 가치, 그리고 당시 세계사의 한 복판에 있었던 울릉도의 역사적 자원으로서의 가치에 보다 주목해야 하지 않을까 싶다. 지난 2009년 7월, 한러국제공동 동해해양조사의 일환으로 일본 홋카이도에 위치한 일본 최북단 마을을 다녀왔다. 러시아와 일본을 가르는 소야해협(라페루즈 해협이라고도 한다)이 한눈에 펼쳐지는 그 곳에 2차 세계대전 당시에 침몰한 미군과 일본 해군을 기리는 추모비가 한 켠에 자리 잡고 있었다. 일본과의 동해해전 당시에 울릉도 주변에서 침몰한 러시아 해군 전사자들을 기리는 추모비를 울릉도에 세워보는 건 어떨까. 어디 추모할 사람

울릉도 석포에서 본 동해의 일출(독도가 보인다). 사진 = 울릉군청 김철환님

들이 러시아 해군뿐이랴 마는 기억해야 할 울릉도의 역사임에는 분명하다.

세계인과 다시 나누는 울릉도·독도이야기

세계사의 한 복판에 있었던 울릉도와 독도의 역사. 그곳에는 서구 열강의 세계 탐험 과정에서 프랑스의 라페루즈 탐험대가 있었고, 세계 포경업사의 한 장면으로 남은 프랑스의 포경선 리앙쿠르호와 미국의 포경선 체로키호가 있었다. 동북아시아의 근대사를 가르는 전쟁의 한 복판에 울릉도에서 침몰한 돈스코이호가 있었다. 그들은 대서양과 태평양을 가로질러 유라시아 대륙의 동쪽 바다인 동해를 찾아와 동해의 한 복판에 있는 울릉도 그리고 울릉도의 부속 섬인 독도 역사의 한 장면을 그들의 눈빛으로 기록하였다. 250만 년 전 해저 화산 분출로 우리 곁에 다가온 섬 울릉도, 그리고 울릉도가 생성되길 기다리며 동해를 묵묵히 지켜온 섬 독도이다. 조선의 해금정책에 때로 사람들의 거주를 허락하지 않기도 했지만, 해류와 거친 바람을 타고 울릉도·독도에 건너와 울릉도·독도가 주는 풍요를 누리며, 이 땅에 가장 먼저 뜨는 독도의 태양을 보았을 것이다. 그리고 그들을 이방인의 눈빛으로 바라 본 세계인들이 있었다. 이제 세계인과 함께 이 땅과 이 바다를 일궈온 사람들의 올바른 역사를 다시 나눌 때이다.

생태와 보존

대한민국 동해 해양영토의 출발점

김윤배(이학박사, 한국해양과학기술원 동해연구소 울릉도독도해양연구기지 책임기술원)

독도 방문은 울릉도로부터 시작된다

울릉도에서 독도까지의 거리는 87.4킬로미터로 보통 약 28노트(시속 약 52킬로미터)의 속도로 운항하는 독도행 여객선을 타고서 1시간 40분 남짓 소요된다. 독도는 1982년 11월에 섬 전체가 천연보호구역으로 지정된 뒤 독도 경비나 학술조사 등 특별한 경우를 제외하고는 입도가 제한되었지만, 독도에 관한 국민적 관심이 커지면서 정부가 2005년 3월부터 입도를 완화했다. 최근 연간 약 20만 명이 독도를 찾고 있으며, 2005년부터 2015년까지 156만 명이 독도를 방문했다. 입도 제한이 완화되었음에도 생각보다 독도 방문이 적은 것은 바다 날씨 때문이다. 대한민국의 섬 중에서 본토로부터 가장 멀리 떨어진 섬인 독도는 동해 한가운데 자리 잡은 지리적인 특성상 동해의 해상 조건에 따라 방문 가능성이 좌우된다. 해상 상태가 비교적 양호해서 독도를 가더라도 항상 독도를 밟을 수 있는 것은 아니다. 통상적

독도의 사계. 사진 위 왼쪽에서 시계방향으로 봄, 여름, 가을, 겨울. 사진 = 울릉군청 제공

으로 울릉도에서 독도행 여객선이 연중 약 185일가량 출항하지만, 독도 접
안부두의 높은 파도로 인해 그중 약 150일 정도만 독도 땅을 밟을 수 있다.
그렇게 독도는 바닷길이 열릴 때 다다를 수 있는 대한민국 동쪽 땅 끝이
며, 또한 대한민국 동해 해양 영토의 출발점이다. 참고로 국립해양조사원
에 따르면 한반도~울릉도 간 최단거리는 130.3km, 육지~독도 최단거리는
216.8km, 울릉도~독도 간 공식 최단거리는 87.4km이다.[22]

22 구체적으로 울릉도~독도거리는 울릉도 최동남 부속 바위인 행남등대 밑 해상바위(살구바위로 제안

연중 6월에 독도 입도 가능성 가장 높아

　동해 해상의 변화무쌍한 날씨로 인해 독도로 가는 여정은 쉽지 않다. 독도로 가는 바닷길을 번번이 가로막는 독도 해상의 특성은 어떨까? 동해 해상 기상 특성을 이해한다면 독도로 가는 시기를 적절하게 선택하고 더 안전하게 갈 방법을 찾을 수 있을 것이다. 독도 동쪽 3.2킬로미터 해상에 2009년부터 설치된 한국해양과학기술원 독도해양관측부의 자료에 따르면, 독도 해역 바람의 특성은 겨울철에는 북서풍이 우세하며, 여름철에는 남서풍 또는 남동풍이 우세하다. 겨울철에는 초당 15미터 이상의 강한 북서풍이 빈번하게 불며, 여름철에는 초당 10미터 미만으로 비교적 약한 바람이 불지만 태풍이 오면 초당 20미터 이상의 강한 바람이 불기도 한다. 독도 가는 길에 영향을 미치는 태풍은 언제쯤 주로 영향을 미칠까? 2000~2015년 사이에 동해를 통과한 태풍은 31개로 연평균 1.9개 정도가 독도에 직·간접적으로 영향을 미쳤다. 태풍은 6월 중순부터 10월 초순 사이에 영향을 미치며, 8월 15일부터 9월 20일 사이에 집중되어 이 시기에 절반 이상의 태풍이 찾아왔다. 2000~2015년 사이 태풍은 6월에 2회, 7월에 6회, 8월에 11회, 9월에 11회, 10월에 1회 독도에 영향을 미쳤다. 기상청은 해상에서 풍속이 초당 14미터 이상으로 3시간 넘게 지속되거나 유의 파고(특정 시간 동안 관측된 모든 파고 중에서 가장 높은 3분의 1에 해당하는 관측치만을 평균한 파고)가 3미터 이상으로 예상될 때 풍랑특보를 발령한다. 1999년

함, 북위 37도 29분 6.012초, 동경 130도 55분 16.234초)에서 독도의 89개의 부속도서 중 최북서 바위(북위 37도14분36.832초, 동경 131도51분40.991초)까지의 거리다. 한반도~독도 최단거리는 경북 울진군 죽변등대 인근의 부속도서(북위 37도03분27.343초, 동경 129도25분52.188초)에서 독도 부속 섬 중 최남서 바위(보찰바위, 북위 37도14분22.982초, 동경 131도51분41.637초)까지다. 한반도~울릉도 간 최단거리는 경북 울진군 죽변등대 인근의 부속도서에서 울릉군 서면 구암 곰바위 인근의 부속도서(북위 37도 29분 01.309초, 동경 130도 48분 01.929초)까지다.

독도 해역을 조사중인 한국해양과학기술원 온누리호.

~2017년 사이에 울릉도와 독도를 포함하는 동해 중부 먼바다의 풍랑특보 발령 기간(발령부터 해제까지의 기간)은 연 평균 63.1일이었다. 월별로는 6월의 풍랑특보 발령기간이 평균 1.2일로 연중 가장 짧고, 그 다음으로는 7월이 2.4일로 짧았다. 반면에 12월이 평균 10.9일로 연중 가장 길었고, 1월이 10.6일로 그 다음으로 길었다. 2014년 12월의 경우, 풍랑 특보가 무려 16일 발령되어 포항과 울릉도를 매일 오가는 여객선이 불과 9일만 운항하기도 했다. 풍랑특보 발령기간의 통계로 보면 연중 6월이 독도 방문의 최적기인 셈이다. 연휴나 휴가에 맞춰 독도를 주로 찾는 달인 5, 6월과 8월은 풍랑특보 발령기간 또한 월 평균 1.2~2.8일로 비교적 짧은 편이었다. 울릉도와 독도 해역의 가을철과 겨울철을 중심으로 한 강한 바람과 여름철 태풍 등으로 인한 높은 파고는 독도로 가는 배를 번번이 멈춰 서게 한다. 바람과 파도 탓에 한해에 절반도 안 되는 150일 정도만 독도 땅을 밟을 수 있는 것이다.[23]

23 조선 시대에 울릉도는 배를 만들기에 적합한 나무들로 울창한 섬이었다. 다산 정약용은 당시 호남 목

독도를 만들고 지켜준 바람과 파도

비록 인간의 입장에서 바람과 파도는 독도로 가는 바닷길을 가로막는 방해물이겠지만 독도를 터전으로 사는 해양생물에게 바람과 파도는 동반자이며 선물이다. 강한 바람에 의해 발생된 파도는 해양생물이 살아가는 데 필수적인 산소를 대기로부터 공급하는 중요한 매개체다. 파도로 인해 독도 바다가 숨을 쉬고 있다. 바람 또한 해수를 움직이고, 바람에 의해 생성된 파도는 바닷물을 깊은 곳까지 섞어주면서 해양생물에게 필요한 물질들을 표층에서부터 운반해준다. 강한 파도는 때로 독도의 해저 암반에 붙어있는 해조류들을 떨어뜨리기도 하지만, 물을 섞어 해조류가 자라는데 필요한 영양염을 공급해주기도 한다. 독도의 바람과 파도는 현재 독도의 모습을 만든 주인공들이기도 하다. 460~250만 년 전에 해저 화산폭발에 의해 독도가 생성될 즈음에는 현재의 울릉도만큼이나 큰 섬이었을 것으로 추정되지만, 오랜 세월 바람과 파도에 깎이면서 지금의 독도가 만들어졌다. 독도의 바람과 파도는 독도를 찾는 이들의 발길을 때로 막기도 하지만, 독도와 주변 바다는 바람과 파도에 기대어 숨을 쉬어왔고 독도의 역사를 만들어왔다. 그렇게 바람과 파도에 의해 만들어진 독도는 단순히 대한민국 동쪽 땅 끝으로서가 아니라 대한민국 동해 해양 영토의 시작으로서 당당히 서서 우리를 기다리고 있다.

수들이 울릉도에까지 가서 배를 만들어 오는 모습을 보고 아래와 같은 시를 지었다.
구름 바다 사이의 한 조각 외로운 돛(一片孤帆雲海間) / 울릉도 갔던 배가 이제 막 돌아왔다네(橐岾新自鬱陵還) / 만나자 험한 파도 어떻던가는 묻지 않고(相逢不問風濤險) / 가득 실은 대쪽만 보고 웃으면서 기뻐한다(刳竹盈船便解顏) 출처 : 다산시문집 제4권 기성잡시(鬐城雜詩) 27수 중에서(1801년)

(위)독도의 수중 생태계. 최상학 촬영. (아래)독도 해양 생태계 조사를 위해 수중 탐사에 나선 다이버들이 독도 표석을 지나고 있다.

동해 해양생태계의 오아시스, 독도

대한민국 본토에서 가장 멀리 떨어진 섬인 독도는 울릉도와 동해 한복판에 위치하며, 동해로 회유하는 뭍 해양생물들에게 삶의 보금자리를 내

어준 가히 동해 해양 생태계의 오아시스라 부를 만한 섬이다. 독도 주변 바다는 울릉도 주변 바다와 함께 남쪽에서 올라오는 따뜻한 난류와 북쪽에서 내려오는 차가운 한류가 만나는 해역으로, 이들 해류를 따라 이동하는 다양한 해양생물을 만날 수 있다. 특히 독도 연안은 바닷말류 숲이 발달해 있어 동해에 서식하는 해양생물들에게 마치 사막의 오아시스와 같은 역할을 하고 있다. 독도 연안에는 난류성 해조류인 대황, 감태를 비롯하여 미역, 괭생이모자반 등 약 220여종의 바닷말류가 서식하는 것으로 보고되고 있다. 독도 연안의 바닷말류는 어류들의 산란장, 서식장, 먹이원으로서 매우 중요한 역할을 하고 있다. 한마디로 어류들의 인큐베이터, 유치원, 그리고 먹이 저장창고 역할을 하는 셈이다. 독도 연안의 바위 틈 사이에는 전복, 해삼, 홍합, 성게, 문어 등 약 230여종의 무척추동물이 서식하고 있다. 이들 무척추동물은 때로 개체 수가 급속히 감소하기도 하여 체계적인 자원 관리 또한 필요하다. 독도 연안은 어종도 풍부하다. 자리돔, 망상어, 인상어, 파랑돔, 조피볼락, 혹돔 등 약 110여종의 어류들이 계절에 따라 다양한 분포를 보이며 서식하고 있다. 독도 연안은 계절에 따라 난류와 한류가 교차하면서 수온 등의 해양환경이 변하기 때문에 어류들의 구성도 매우 다양한 편이다.

문무대왕의 숨결을 간직한 동도의 접안시설 준공 기념비

연간 20만 명이 저마다의 사연을 간직한 채 찾아오는 독도. 그 독도가 뭍사람들을 처음 맞이하는 곳이 선박의 접안장이 있는 동도이다. 동도 접안시설에는 '대한민국 동쪽 땅 끝'이라 새겨진 접안시설 준공 기념비가 자리 잡고 있다. 독도에 접안하는 출·입항 선박의 안전을 위하여 1997년 11

독도 접안시설 준공기념 표석(1997년).

월 준공된 접안시설은 500톤급 선박 접안이 가능한 물양장이다. 준공 기념비는 둥근 모양의 상부에 삼태극 문양을 새겼으며 팔각형의 받침돌로 이루어졌다. 둥근 모양은 동해의 떠오르는 태양을 상징하며, 팔각형의 받침돌은 무궁화 태극의 팔괘를 형상화하여 세계로 도약하는 민족의 기상을 표현하였다. 삼태극이 이채롭다. 준공 기념비의 삼태극은 죽어서도 동해의 용이 되어 왜적을 막겠다고 한 문무대왕의 큰 뜻을 기리기 위해 세운 경주 감은사 금당지 서탑 앞에 새겨진 삼태극 모양을 새긴 것이다. 신라 30대 왕인 문무대왕(626~681)은 역사상 최초의 해양수산부라고 할 수 있는 독자적인 수군 통설기구인 선부를 설치하여 신라의 해양력을 정비하였으며, 해상 활동을 강화하여 당나라를 한반도에서 축출하는 데 큰 기여를 한 인물이다. 2016년 국민 참여 설문조사를 통해 해양수산부가 선정한 해양역사인물 17인(시대순으로 근초고왕, 광개토대왕, 이사부, 문무왕, 김시득, 혜초,

장보고, 왕건, 최영, 최무선, 최부, 이순신, 안용복, 정약전, 문순득, 김옥련과 제주해녀회, 홍순칠과 독도의용수비대)에 선정된 바 있는 문무대왕은 해양역사인물의 대왕으로서도 손색이 없을 것이다.

가제바위의 아픔 – 일본인의 남획에 의해 자취를 감춘 독도 바다사자

동도 접안장에는 또한 지난 2015년 해양수산부에서 광복 70주년을 맞이하여 독도에 서식하였던 강치를 기념하여 설치한 기념벽화가 접안장 벽면에 위치해 있다. 독도 북쪽 연안에는 편평한 모양의 바위들이 즐비해 있다. 큰가제바위와 작은가제바위라고 부르는 바위들이다. 독도는 울릉도와 함께 예전에는 가지, 가제, 현재는 강치로 널리 알려진 독도 바다사자가 주로 서식했던 장소였다. 독도에서 바다사자잡이가 본격적으로 시작된 것은 1903년 무렵이다. 나까이 요사부로를 비롯한 일본인들은 가죽이나 기름을 얻을 목적으로 본격적인 독도 바다사자잡이에 나섰다. 물론 일본인의 독도 바다사자잡이는 대한제국의 어떠한 허가도 없이 불법적으로 이뤄진 것이다. 일본 측 기록에 따르면, 1904년 한 해 동안만 무려 3,200여 마리를 잡았다고 하며, 1941년까지 약 1만 5,000여 마리의 바다사자를 총이나 몽둥이로 잡았다고 한다. 이렇듯 무자비한 바다사자 포획으로 당시 독도는 물론 울릉도까지 바다사자의 피 냄새가 진동했고, 심지어 일본 해군조차 바다사자잡이를 자제해달라고 요청했을 정도였다고 한다. 이런 엄청난 남획 속에 바다사자는 독도에서 자취를 감추기 시작했고, 급기야 국제자연보존연맹은 1990년대 중반에 독도 바다사자를 멸종동물로 분류하였다. 무자비하게 자행했던 일본인의 강치잡이. 최근 바다사자가 떠난 독도에 물개, 물범 등 유사한 해양 포유동물이 주로 봄철에 나타나고 있어 해양 포유류

(위)독도 동도 접안부두에 마련된 강치 벽화. (아래)일본 시마네현 산베박물관의 독도강치 박제 전시물.

를 비롯한 대형 해양 동물은 해양 생태계의 최상위에 있는 존재로서 해양 생태계의 건강성을 대변하는 척도라 할 수 있다. 독도는 지켜야 할 우리의 영토를 넘어 우리가 보호하고 관리해야 하는 생태계이며, 미래 세대로부터 빌려온 자연이다.

독도 주민 숙소 그리고 최종덕

동도 접안시설에 서서 서도 쪽을 바라보면 해안가에 독도 주민 숙소가 있다. 2011년 준공된 이 4층 건물은 해수담수화 시설, 발전실, 숙소 등을 갖추고 있다. 숙소에는 울릉도 도동어촌계 계원으로서 독도 마을어장 및 협동어장을 관리하는 독도 주민, 독도 방문객들의 행정 관리를 담당하는 울릉군 독도관리사무소 직원이 거주한다. 해방 이후 독도에 경비 목적이 아닌 주민이 본격적으로 상주하기 시작한 것은 1964년 무렵인데 울릉도 주민 최종덕(1925~1987) 씨가 그 당사자였다. 독도의 풍부한 해산물에 주목하였던 최종덕은 처음에는 독도의 식수원이 있었던 물골에 움막을 짓고 임시로 지내다가 1965년에 울릉군수협 도동어촌계로부터 독도 공동어장 채취권을 획득하면서 본격적으로 독도에 상주하였다. 현재의 주민 숙소 자리에 집을 짓고 9월에서 이듬해 7월 무렵까지 1년에 많게는 10개월 정도 독도에 상주하였던 최종덕은 고순자, 문영심 등 제주도 출신 해녀들과 미역·해삼·소라·전복 채취, 문어잡이 등 활발한 어업활동을 진행하였으며, 특히 독도의 자연환경을 이용하여 자연산 전복의 양식기술을 개발하기도 하였다. 또한 최종덕은 자신의 2.5톤짜리 목선 덕진호로 당시 사정이 열악한 독도경비대의 업무를 적극 지원하기도 하였으며, 독도의 선착장 공사, 동도 계단 공사, 헬기착륙장 공사 등 독도의 정주 여건 개선을 위한 크

독도 앞바다에서 잡은 생선으로 찬거리를 준비하는 독도관리사무소 직원들.

고 작은 공사에 도움을 주었다. 특히 1982년 11월, 독도경비대원이 물골 해안 순찰 중 순직한 사건을 계기로 서도 물골 계단 공사가 시작되자 최종덕, 김성도씨 등 울릉도 주민들과 해녀들은 앞장서 이를 도왔다. 독도의 주민으로서 독도가 대한민국의 영토임을 온몸으로 증명한 최종덕은 1981년 10월 14일에 주민등록상 주소지를 독도로 옮긴 최초의 인물이기도 하다. 최종덕과 함께 독도 어로활동에 종사했던 김성도, 김신열 부부가 뒤를 이어 독도 주민으로 독도에 거주하고 있다. 김신열 씨는 제주도 한림 출신 해녀이기도 하다.

해양영토의 기점, 독도의 진정한 가치

독도에서 반드시 찾아보아야 할 세 곳의 시설물을 꼽으라면 우선 독도 경비의 역사를 담은 독도 등대 주변의 순직 경비대원 비석을 들 수 있다.

독도 서도의 야경과 서도 주민숙소 모습. 서도 주민숙소에는 김성도, 김신열씨 부부가 거주하고 있으며, 입도객의 안전과 어민보호를 위해 울릉군 독도관리사무소 공무원 2명이 근무하고 있다. 사진 제공 = 민원기 박사.

두 번째로 국토지리정보원에서 설치한 독도의 국가기준점 표식으로, 국가 기준점은 국가 기본 측량 및 지도 제작 등 국토 이용개발을 위한 지리적 위치 정보를 제공하는 국가 중요 시설물로서 동도 정상부의 헬기장 주변에 있다. 그리고 국립해양조사원에서 동도 정상부 북동쪽 끝단 등에 설치한 대한민국 영해기점 표식을 꼽을 수가 있다. 세 군데 모두 동도 정상부에 위치하고 있어 동도 접안시설에 잠시 머물러야 하는 일반 방문객들이 사실상 다다르기 어려운 위치에 있지만 독도의 상징적 시설물들이라 할 수 있다. 특히 대한민국 영해기점 표식은 독도의 가치를 상징적으로 보여주는 장소이다. 비록 바다 위에 드러난 독도는 18만 7554제곱미터에 불과하지만 독도의 진정한 가치는 독도가 품는 해양영토에 있다. 섬의 가치를 극명

동도 정상부의 대한민국 영해기점 표식.

하게 보여주는 사례는 태평양 한복판에 있는 일본의 오키노도리시마에서 찾아볼 수 있다. 1994년 유엔해양법협약 발효를 계기로 영해기점으로부터 200해리(약 370킬로미터)까지 해역을 대상으로 연안국의 배타적 해양 관할권을 인정하는 새로운 국제 해양질서가 성립되었다. 이러한 배타적 경제수역 내에서는 연안국이 배타적으로 자원을 이용 및 개발할 수 있는 권리를 갖는다. 일본은 가로 2미터, 세로 5미터의 암초에 불과한 오키노도리시마를 개발하여 일본 본토 면적 38만제곱킬로미터보다 더 넓은 43만제곱킬로미터에 달하는 해역을 일본의 배타적 경제수역으로 선언하였다. 비록 이 섬이 배타적 경제수역의 기점으로서 타당한 국제법적 조건을 갖는지에 대해서는 논의가 필요하지만 오키노도리시마의 사례는 섬의 가치를 극명히

김남일 독도수호대책본부장을 모시고 가족들과 함께 한 필자.

보여준다.

　전 세계 해양경계의 자료를 관리하는 벨기에의 플랜더스 해양연구소 자료에 따르면, 독도로 인해 한국과 일본 사이의 배타적 경제수역 경계획정 미합의 수역은 약 6만 574제곱킬로미터이다. 이 면적은 9만 9720제곱킬로미터의 면적을 갖는 대한민국 영토의 60.7퍼센트에 해당하는 실로 엄청난 면적이다. 특히 2차원의 육지 면적과 다르게 바다는 수중까지 고려한 3차원 면적이기에 그 면적은 상상을 뛰어넘는다. 독도의 해저에는 고체 천연가스로 소개되는 메탄 하이드레이트가 존재하지 않는다. 하지만 독도 근처에 약 150조원에 달하는 양의 메탄 하이드레이트가 묻혀 있다고 추정되고 있어, 독도 주변 수역의 심해 해저에서 메탄 하이드레이트 탐사가 진행되고 있다. 흔히들 독도를 부속도서로 보유하는 울릉군을 대한민국에서 가장 작은 규모의 군이라고 한다. 하지만 해양영토를 고려한다면 대한민국에서 가장 넓은 군이 울릉군일 것이다. 바다도 영토라는 점을 우리는 잊지 말아야 한다.

나는 모태 울릉도·독도인이다

이병호(독도가 보이는 울릉도 정들포 주민)

나는 모태 울릉도·독도인이다

필자는 대한민국 동쪽 끝 독도가 보이는 울릉도의 작은 산골마을 석포에서 태어나 첫 걸음마를 떼던 그 순간부터 아버지를 따라 독도를 내 집 드나들듯 하였다. 우리에게 독도는 단순히 자연경관이 아름다운 곳이 아니라, 감격과 뜨거움과 생명을 전해주는 그야말로 살아있는 역사 그 자체였다. 내 인생의 과거와 현재에는 독도라는 수식어가 항상 따라다닌다. 독도가 보이는 마을에 위치한 전교생 3명의 석포초등학교 졸업, 독도수호중점학교인 울릉북중학교 졸업, 첫 정식 직장이 독도를 지킨 인물의 이름을 딴 안용복재단(現 독도재단), 울릉도·독도바다를 직접 들어가 보고 연구하는 한국해양과학기술원 울릉도독도해양과학기지 근무, 현재는 내 고향 석포마을로 다시 돌아와 1950년대 독도를 지킨 인물들을 기념하는 독도의 용수비대기념관에서 근무하고 있다. 이러한 이력들이 모태 울릉도·독도인

울릉도·독도 해양연구기지 앞에서 기념촬영을 한 사단법인 이덕영 기념사업회 현판식 관계자들. 2014년 3월 29일.

이라고 하는 이유다.

본론으로 들어가기 전에 부모님에 대해 잠시 소개하고자 한다. 필자의 아버지(故이덕영)는 청소년시절 관음도(울릉도 북동쪽에 위치한 섬으로 본섬에서 100m 남짓 떨어져 있으며 '깍새섬'이라고도 함)에서 생활하며 호박을 엮은 뗏목, 대나무뗏목, 삼나무 뗏목 등을 타고 주변 바다와 해상 동굴을 놀이터 삼아 탐험정신을 기르셨다고 한다. 증조할머니가 사셨던 독도가 보이는 석포마을(정들포)에서 유년기를 보내시던 아버지는 청명한 날 독도를 바라보며 성인이 되면 저곳에 꼭 한번 가보리라 다짐을 하셨고, 어린 시절 다짐이 독도 나무심기 운동으로 이어져 푸른독도가꾸기 모임 초대 회장으로 추대되기도 하셨다. 울릉도 청년들과 한국탐험협회 사람들이 힘을 합쳐 울릉도-독도 간 뗏목 탐사(1988년)를 성공으로 이끄시기도 하셨으며, 이때

(위)러시아 블라디보스토크항을 출항하기 직전의 발해 1300호 뗏목(1997. 12. 31)과 (아래)이덕영(왼쪽) 임현규 (오른쪽) 선생.

발해1300호 탐사대원들을 기리는 식수와 심포지엄. (좌)부산 영도 한국해양대 관내에 소재한 발해 탐사 추모 식수. 장철수(대장), 이덕영(선장), 이용호(촬영), 임현규(통신) 네 명은 1997년 12월 31일 발해 건국 1300주년을 맞이하여 물푸레나무로 만든 뗏목을 타고 러시아 블라디보스토크항을 출발해 옛 발해 해상항로를 따라 남하하던 중 1998년 1월 24일 일본 도고섬 앞바다에서 동해 깊은 곳으로 흘러갔다. 그들을 기념하고자 1999년 3월 18일 한국해양대 내에서, 고 임현규 대원의 모교인 고 이덕영 선장의 고향인 울릉도에서 가져온 나무로 이 식수가 진행되었다. (우)'발해1300호와 울릉도 그리고 독도'라는 주제로 울릉도 한마음회관에서 진행된 심포지엄. 발해 해상항로 학술뗏목탐사대가 거쳐간 길과 발해1300호를 재조명하는 내용이 심도 깊게 논의되었고 심포지엄 직후 추모제가 거행되었다.

작곡가 한돌 씨가 동행하였는데 그 자리에서 즉석으로 탄생시킨 노래가 국민 애창곡 '홀로아리랑'이다. 또한, 아버지는 애국심, 애향심을 바탕으로 '토종은 맛있고, 토종은 아름다우며, 토종은 강하다'라는 토종사상을 주창하시며 농심마니(삼국시대 이전부터 야생인삼의 보고였던 우리 강산 복원운동)운동을 선행하셨고 토종식물, 울릉특산식물 연구 및 보급에 힘쓰셨다. 발해건국 1300년이 되던 해(1998년 12월)에는 우리 역사인 발해가 중국의 역사라는 중화사상의 잔재에 맞선 학술탐사의 일환으로 가장 기초 선박인 뗏목(발해1300호)을 타고 발해의 옛 항로를 재연하시고자 러시아 블라디보스토크(발해의 옛 영토)를 출항, 울릉도·독도를 거쳐 부산, 제주 성산포로 항해하던 중 불의의 사고로 돌아가셨다.

독도 7시 26분

이덕영 선생을 기리는 추모비. 2006년 10월 30일 농심마니가 제작해 울릉도 석포 선생 생가에 설치.

　어머니(故 김임숙)는 결혼 후 아버지를 따라 울릉도라는 낯선 곳으로 들어오셔서 처음 겪는 열악한 환경 속에서 갖은 고생을 하시며 고난의 신혼을 보내셨다고 했다. 사회활동이 잦으셨던 아버지와 함께 여러 지역 활동을 자처하셨고, 아버지의 토종식물 사랑을 고추냉이 김치 등 여러 음식으로 만들어 보급하기도 하셨다. 어머니는 아버지와 함께 일구셨던 야생화 농장을 이어 가시던 중, 아버지가 돌아가신 그해 아버지를 여읜 슬픔이 채 가시기도 전에 차량이 절벽으로 추락하는 사고로 돌아가셨다(당시 석포마을의 도로는 차량 교행이 불가능했으며 절벽 쪽에 난간조차 없었다). 어머니께서 사고를 당하시던 날 필자와 필자의 어린 여동생 역시 차 안에 함께 타고 있었다. 생사의 갈림길에서 어머니의 싸늘해져만 가던 피부의 그 차가운 감촉은 20년이 지난 지금도 생생히 느껴진다. 필자는 사고 지점과 불과 500미터 남짓한 곳에서 현재 근무 중이며 어머니를 떠나보낸 그 길을 다시 오가기까지 적지 않은 시간이 걸렸다.

본론으로 들어가서 필자가 하고 싶은 이야기는 아버지의 영향을 받은 모태 울릉도·독도인의 이야기이며 모태 울릉도·독도인으로 살아오면서 느낀 점들이다. 필자는 독도가 보이는 석포마을에서 자랐고 현재 그곳에서 일하고 있다. 필자가 다닌 전교생 3명의 서포초등학교는 한때 100명이 넘게 다닌 학교였지만 현재 폐교로 방치되어 있다. 물론 전국적으로 인구가 감소하고 있지만 울릉도 전체 인구 역시 1970년대에 비해 1/3로 줄어 이미 초고령화 사회에 접어들었다.[24] 석포는 개척당시 주민들이 정착한 후 수년간 살다가 외지로 이주할 때 정이 들어 눈물을 많이 흘렸다고 하여 '정들포' 라고도 하였는데, 개인적으로는 현재의 석포라는 지명보다 정들포가 더 정겹다. 하지만 정든 곳을 다 떠나버리고 남은 인구는 스무 명 남짓이다. 이 부분에서 우리는 사람들이 정든 곳을 등지고 떠날 수밖에 없었던 이유에 대해 깊이 생각을 해봐야 할 것이다. 석포마을은 독도와 참 인연이 많다.

'석포'는 울릉도에서 독도가 가장 잘 보이는 곳 중 하나이며, 경상북도는 이곳을 '독도시티'로 명명하며 독도시티 마스터플랜을 세우기도 하였다. 독도시티 마스터플랜은 전체가 다 실현되지는 못했지만, 그 중 독도를 지킨 상징적인 인물들을 기리기 위해 설립된 안용복기념관(2013. 10. 8.)과 독도의용수비대기념관(2017. 10. 27.)이 자리 잡음으로써 목표의 절반 정도는 이룬 셈이다. 다만 독도시티 마스터플랜에서 그곳에 살아온 사람들과 살아갈 사람들에 대한 고민이 부족하지 않았나 하는 아쉬움이 들었다. 우선,

---

24 1975년 최고 29,199명에 이르렀던 울릉군 인구는 2018년 4월 현재 9,988명으로 줄었으며 그중 65세 이상은 22.7%인 2,271명을 차지한다.

독도 7시 26분

백억이 넘는 예산으로 지어진 두 건축물(안용복기념관, 독도의용수비대기념관)이 자리하고 있고, 독도가 보이는 마을이라고 하면 상당히 대단해 보이지만 석포라는 마을은 국가나 지방자치단체, 심지어 현지 관광업체까지 외면해 온 것이 사실이다. 국가기관, 지자체의 감독 하에 지어진 두 건축물은 현지의 지형, 기후, 도로여건 등을 전혀 반영하지 않은 일반적인 설계로 공사하는 사람들도 애를 먹었고, 완공이 된 후에도 바닥이 일어나고 균열이 생기는 등 하자 투성이에 실용성까지 떨어지는, 일명 겉멋만 잔뜩 든 건축물이라 표현하고 싶다. 인프라가 갖춰지지 않은 상태에서 마을에 백억이 넘는 두 건축물이 지어진 것은 정부나 지자체의 울릉도·독도에 대한 단발성 관심도를 대변하는 것이라 생각한다.

게다가 석포에서 독도 조망이 가능한 부동산들은 거의 대부분 자연환경 보존지구로 묶여있어 마을사람들조차 영업활동을 하기에 어려움이 있고 그로 인해 석포마을에 놀러온 관광객들은 물 한잔 얻어 마시기도 힘든 실정이다. 동절기(비수기)에 눈이 조금이라도 내리는 날은 마을버스가 아예 다니지를 않는다. 동절기 1월 중순부터 2월 말까지는 항상 눈이 있으므로 연로하시고 차량이 없는 분들은 겨울철에 완전히 고립된다. 급하게 내려갈 일이 생겨 면사무소 차량(전천후 4륜구동 스터드 타이어 장착)을 지원해 주기를 요청하였으나 면사무소 차량운전자는 동절기(눈이 온 후 제설작업이 이루어진 상태임에도 불구하고) 석포행을 '자살행위'라 표현하였다. 그렇다면 독도의용수비대 기념관, 안용복기념관 직원들은 동절기에 매일같이 자살행위를 하는 셈이다.

관광버스 기사1 왈, "33인승 버스는 승객을 태우고 기념관으로 갈 때 버스하부가 바닥에 닿아서 올라갈 엄두가 안 난다."
관광버스 기사2 왈, "비가 오면 미끄러워서 오르내릴 때 위험하여 비오는 날에는 석포행을 거부한다."

내 고향이자 독도가 보이는 마을이며 독도를 지킨 인물들의 성지인 석포마을(정들포)의 앞으로 나아가야할 방향과 비전에 대해 깊이 고민해야 할 시기라고 생각된다.

나의 모교는 울릉북중학교, 독도 수호 중점학교다. 독도수호중점학교로 지정된 필자의 모교는 해마다 울릉도·독도 관련 활동에 대한 지원비를 받고 있다. 하지만, 울릉도·독도 관련 활동을 할 수 있는 인원이 너무 부족하다. 현재 독도수호중점학교인 필자의 모교의 중3 학생의 경우 여학생 3명이 전부다. 그마저도 3명중 2명은 현지 토박이가 아닌 울릉도에서 잠시 머무르는 사람의 자녀다. 결국 떠날 사람들이라는 뜻이며 향후 10년 뒤 필자의 모교가 독도수호중점학교로 남아있을 지 의문이 든다.

독도와 관련된 기관의 근무 여건은 어떨까? 필자가 근무한 곳들은 울릉도·독도의 상징이 되는 기관들이다. 대구에 소재하는 경상북도 산하의 독도재단(구 안용복재단)과 울릉군 북면 현포리 소재 해수부 산하의 한국해양과학기술원 울릉도독도해양과학기지, 독도를 사수하기 위해 청춘을 바쳤던 이들을 기리는 울릉군 북면 석포길 소재 국가보훈처 산하의 독도의용수비대기념관이다. 지극히 개인적이고 주관적인 의견이지만, 세 곳 중 경

경상북도와 울릉북중학교 간 독도 수호 중점학교 운영을 위한 현판식 기념 촬영 장면. 2010년 10월 25일 울릉북중학교 교문.

쟁력이 가장 높고 운영이 잘되는 곳은 독도재단이 아닌가 한다. 독도재단은 상위기관인 경상북도 동해안발전추진본부와 인접해 있으며 먼발치에서 영상, 문예, 퍼포먼스 등을 활용해 독도를 홍보하는데, 우리 정부의 독도 정책을 잘 수행하면서도 아이러니하게도 근무지가 울릉도·독도에 위치하고 있지 않아 돋보이는 곳이다.

한국해양과학기술원 울릉도독도해양과학기지는 필자가 일한 울릉도·독도기관 중 가장 현장감이 넘치는 곳이다. 울릉도·독도의 바다환경을 고가의 장비로, 몸으로, 직접 모니터링하며 주로 지역거점 해양수산업 양성을 위한 노력을 진행 중이다. 하지만 기본적인 시설인프라가 너무 부족하고 전문가들이 울릉도·독도에서 근무하기를 꺼리기 때문에 취지는 좋으나 힘에 부치는 것이 현실이다. 필자가 현재 일하는 독도의용수비대기념관은 울릉도 청년들로 구성된 근대의 의병인 독도의용수비대를 기념하기 위해 설립된 곳이다. 독도의용수비대의 구성원과 활동시기에 대한 이야기는 명확한 검증이 필요하지만 수년째 만족할 만한 해결이 나지 않고 있다. 이 때문에 현재 기념관에 전시된 내용을 반박하는 기사들이 올라오고 있어 기념관 근무자들이 답변하느라 애를 먹는 실정이다. 독도의용수비대기념관은 울릉도 내에서도 가장 오지에 속하는 석포에 위치하고 있으며 주변에 직원 숙소가 없어 앞서 언급한 바와 같이 동절기에 목숨을 건 출퇴근을 하는 실정이다. 동절기 출퇴근 차량에 설치된 블랙박스 영상을 보면 20도가 넘는 경사면 도로에서 차가 눈길에 줄줄줄 미끄러지는 장면과 파도가 도로를 덮치는 장면, 차량운행 중 차량 옆으로 토사가 무너져 내리는 장면 등과 같은 거의 재난영화 수준의 장면들이 찍혀 있다. 2017년 12월경부터 2018년 3월경까지는 마을 급수라인이 얼어 마을 전체에 물이 공급되지 않기도 했다. 당시 20개월 남짓한 딸아이를 육아중이던 필자는 물동냥을 하기도 하였고 해안가로 내려가 물을 길어와 최소한의 물을 쓰며 그해 겨울을 났다.

필자가 보기에 현재의 독도 정책들은 독도가 우리 영토임을 알 수 있는 사료를 찾아 홍보하거나, 황금어장이나 메탄 하이드레이트 매장량 등 경제적 가치에 대해 홍보하며 국민들이 독도를 밟아 보게끔 독려하는 수준에서 벗어나지 못하고 있다. 울릉도·독도는 육지면적으로 볼 때 대한민국 8번째 정도 되는 섬이지만 해양영토로 볼 때 대한민국 1등 섬이자 대한민국 동쪽의 유일한 섬이며 북한, 일본, 러시아와 해양국경을 맞대는 최전방 섬

(위)독도 연안 해양생태계 조사 장면. (아래)독도 수중에서 탐사중인 다이버.

이라 볼 수 있다. 하지만 경제적 가치, 군사적 요충지, 천혜의 관광자원, 특산식물, 식용·약용작물의 보고인 울릉도·독도가 변방에 위치하고 있다고 하여 중앙정부의 관심이 너무 부족한 것이 아닌가 하는 걱정이 머릿속에서 떠나질 않는다. 모태 울릉도·독도인은 울릉도가 경상북도 울릉군이지만 군 차원에서 다루기 힘든 너무나 거대한 가치의 섬이라고 보며 중앙정부의 관심과 장기계획 수립이 필요함을 주장한다. 일본의 경우 본토에서 약 1800km 떨어진 최동단 섬인 미나미토리섬(해발 9m이고 한 변의 길이가 2km인 정삼각형 모양의 섬)에 공항을 짓고 지속적으로 관리하고 연구하여 최근 전 세계가 수백 년 쓸 정도의 희토류 매장량을 발견하여 화제를 일으키기도 하였다. 관심 가지는 만큼 알게 되고 아는 만큼 보이게 될 것이며 보이기 시작하는 그 순간부터 어마어마한 가치가 될 보물섬이 울릉도·독도이다. 부디 "독도는 우리 땅"이라고 외치지만 말고 독도의 모섬이 어디이며 그곳에 사람들은 어떻게 살며 어떠한 자원이 있으며 앞으로 어떻게 관리를 해나가야 할 것인지 고민해 나가는 것이 제대로 우리 땅임을 주장하는 방법이고 독도수호 원칙인 실효적 지배를 하는 길이다. 앞으로 동해학, 울릉도·독도학이라는 학문이 나올 정도로 우리나라의 보물섬 울릉도·독도에 대한 깊이 있는 연구가 이루어지길 희망한다.

뭍사람들은 울릉도 내에 독도가 있다는 것을 망각하고 있다. 최근 인기리에 방영중인 '나혼자 산다'라는 프로그램에서 한 패널이 '울릉도가 무인도 아니냐'라는 질문을 한 적이 있다. 이는 정부에서도 언론에서도 독도에 대한 관심은 있지만 울릉도에 대한 관심은 상대적으로 부족한 데서 나타나는 현상이며 울릉도와 독도를 분리해서 보기 때문이라 생각한다. 앞

(위)죽도를 바라보는 석포마을, 일명 독도시티에 자리잡은 독도의용수비대기념관과 (아래)동절기 경사진 눈길을 위태롭게 오르는 자동차 모습.

서 언급한 바와 같이 울릉도는 독도의 모섬이고 울릉도·독도는 하나로 묶여있는 섬이며 울릉도가 없으면 독도가 우리 땅일 수 없다는 것을 알아야 한다. 독도 수호를 이야기하지만 울릉도의 인구가 줄어들고 있고 특히 젊은 인구가 지속적으로 감소중임을 간과한다면 필자의 모교인 독도수호중점학교와 마찬가지로 예산은 있지만 그것을 수행할 사람이 없는 환경이 되어 버릴 것이다. 이제는 정부와 민간이 한뜻이 되어 울릉도를 한번쯤 살아보고 싶은 섬으로 가꾸고 울릉도에 사는 사람이 주축이 되어 독도를 지켜나갈 때만이 진정한 의미의 독도수호가 이루어질 것이다. 독도는 울릉도의 부속섬이고 모섬인 울릉도의 관리를 받고 있기에 서울의 목동 사람이 서울사람이듯 울릉도와 독도(경상북도 울릉군 울릉읍 독도리)는 하나로 생각해야 한다.

이 글을 쓸 때 울릉도와 독도를 분리표기 하지 않고 울릉도·독도로 표기한 이유이기도 하다. 울릉도와 독도의 분리를 야기하는 것이 독도의 한자표기(獨 : 홀로 독)가 한몫 차지하고 있을지 모른다. 독도의 '독'자의 유래는 전라도 방언의 돌을 의미하는 '독' 이지만 현재 근본을 알 수 없는 한자표기(獨)를 하여 홀로 섬이라 칭하고 있다. 일본의 독도표기(다케시마) 역시 독도와 전혀 연관이 없는 지명으로 역사적으로 볼 때 다케시마는 오히려 울릉도를 지칭하는 표기이며 내가 울릉도·독도를 묶어 표기하듯 일본도 울릉도와 독도를 묶어 욕심을 내는 탐욕의 지명표기일 수도 있겠다는 생각이 뇌리를 스친다. 결국 독도를 잃는 것은 울릉도를 잃는 것이요 울릉도를 잃는 것은 동해를 잃는 것임을 우리는 알아야 한다. 그렇기에 울릉도·독도는 대한민국 여타 1,800여개의 섬들과는 차별화되는 것이며 그에 걸

맞도록 특별한 관리가 우선되어야 한다. 독도수호를 말하기에 앞서 울릉도와 울릉도를 지키며 살아가는 사람들에게 대한민국 헌법 제10조의 행복추구권이 먼저 보장되어야 한다는 것이 모태 울릉도·독도인의 주장이다. 덧붙여 독도가 보이는 석포마을(독도시티)의 중요성을 거듭 강조하며 제안하고 싶다. 우선 일본 외무성 홈페이지를 보면 독도가 자

일본 외무성 누리집의 독도(竹島, 일본명 다케시마) 소개 항목. 독도를 일본 영토라 주장하는 이유에 대해 설명하고 있다.

국 땅이라고 주장하는 이유 가운데 울릉도는 독도를 인식하고 있지 못하다고 주장하는 대목이 있다. 그러므로 울릉도에서 독도가 가장 잘 보이며 독도수호 인물들을 기리는 기념관들이 소재하는 석포마을에 젊은이들이 한번쯤 가보고 싶고 머물고 싶은 장소, 외국인이 대한민국을 방문했을 때 특별함을 느낄 수 있는 공간을 조성한다면 일본의 주장을 자연스럽게 반박할 수 있을 것이다.

푸른독도가꾸기모임 초대 회장, 발해1300호 선장
이덕영은 누구인가

이덕영 선생 약력

연도	약력
1949	울릉군 북면 천부리 출생
1983~1986	대한산악연맹 울릉산악회 회장
1987~1998	농심마니 창립 및 회원
1988	푸른독도가꾸기모임 회장
1993	4H연맹 울릉지회 회장
1996	전국자연보호중앙회 울릉지회장
1996	푸른국토가꾸기운동본부 본부장
1997~1998	발해해상항로 학술뗏목대탐사대 선장

*출처 : 울릉도독도해양연구기지, 2011년 12월 20일자 글에서 인용

이덕영(李德榮)[1949년 2월 25일 ~ 1998년 1월 23일]은 울릉도 태생으로, 푸른독도가꾸기모임 초대회장과 발해건국 1300주년 기념 발해해상항로 뗏목대탐사대 발해1300호 선장을 지낸 우리 문화지킴이이며 독도지킴이며, 토종지킴이었다. 이덕영에게 토종은 신토불이 이상의 의미였다. 토종은 우리가 지켜야 할 문화의 뿌리였다. 토종을 가꾸는 농부는 남의 땅을 빼앗지 않으며 소중히 가꿀 줄 안다. 이덕영에게 독도가 그렇다. 생명을 지키고 가꾸는 마음으로 지켜야 하는 땅이 바로 독도이다.

독도 7시 26분

맑은 날이면 울릉도에서 독도를 바라볼 수 있다. 독도가 대한민국 영토임을 보여주는 가장 강력한 증거이다. 울릉도에서 독도가 가장 잘 보이는 마을이 "정들어서 나가기 아쉽다"는 정들포(석포라고도 한다)이다. 이덕영이 태어난 곳이 정들포이다. 이덕영은 1983년에서 1986년까지 울릉산악회 회장을 지낸 뒤 1988년 5월 울릉도 사람들과 푸른독도가꾸기모임을 결성하여 초대회장을 역임하였다. 이 무렵 일본은 기회 있을 때마다 독도가 일본 땅이라는 망언을 했고, 그럴 때마다 우리 정부는 독도는 한국 땅이라고 반박했지만 그런 대응은 일회성으로 그치기 십상이었다. 이덕영을 비롯한 울릉도 사람들은 독도에 관한 지속적인 실천운동의 일환으로 푸른독도가꾸기모임을 결성하여 독도에 나무 심기 운동을 전개하였다. 또한 독도가 한반도의 영토임을 온 몸으로 증명하기 위해 한국탐험협회, 한국외국어대 독도연구회 등과 함께 1988년 7월에 울릉도 독도간 뗏목탐사에 주도적으로 참여하였다. 울릉도 삼나무로 만들어진 뗏목은 해류와 바람을 타고 만 72시간에 독도에 무사히 도착하였다.

이덕영은 또한 생명이요 문화인 토종 농산물을 확산시키기 위해 1987년 산악인 박인식씨 등과 함께 농심마니를 결성하였다. 산삼을 캐는 사람을 심마니라고 한다면, 농심마니는 산삼을 심는 즉, 우리의 토종을 지키는 모임이다. 이덕영은 또한 토종을 지키는 것이 농업을 살리는 길이라고 역설하였다. 쌀시장 개방에 따른 국내 농업 대책의 일환으로 토종 야생화 재배를 주장하면서 여주 등 수도권 농가를 비롯하여 서울시 등에 야생화를 보급하였다. 그의 이러한 노력에 힘입어 외국산 꽃들이 식재될 예정이었던 2002월드컵 경기장에 우리 야생화가 식재되기에 이르렀다. 또한 일본에서 많이 애용하는 고추냉이(일본명:와사비)의 원조가 울릉도임을 주장하면서 울릉도 자생 고추냉이 재배에 성공한바 있으며, 삼백초, 국화 등 울릉도 자생식물을 활용한 울릉도 고유의 차 개발에도 힘을 기울였다.

이덕영은 '발해 건국 1300주년 기념 발해해상항로 뗏목대탐사대'인 발해1300호 선장으로서 발해와 일본간의 해상항로를 재현하던 도중이던 1998년 1월, 일본 오키섬 앞에서 탐사에 참가한 장철수, 이용호, 임현규 대원과 함께 별세하였다. 우리가 1300년 전의 발해를 기억해야 하는 이유는 우리의 역사를 한반도 중심의 역사에서 만주와 연해주로 넓혔다는 데 있다. 이덕영과 발해1300호 대원들은 고대 발해해상항로를 재현함으로써 발해사 연구의 새로운 전기를 마련하고자 하였다. 탐사 이후 러시아 극동대학교가 탐사대 대장에게 명예해양학박사 학위를 수여하고 도서관에 발해1300호 특별 전시관을 마련하는 등 그들의 탐사는 주변 국가에 큰 영향을 미쳤다.

이덕영의 삶은 후세에게 많은 가르침을 주고 있다. 그의 삶의 흔적이 남긴 생명사상·해양개척정신·탐험정신 그리고 토종에 대한 재조명 노력은 천혜의 울릉도 산과 바다를 배경으로 한 청소년 교육사업과 역사·문화·과학이 융합된 울릉도의 지속가능한 발전을 고민하는 이덕영기념사업회 활동을 통해 지속적으로 이어질 것이다.

1990년 4월 18일자 조선일보. 이덕영 선장의 푸른독도가꾸기운동을 다룬 기사.

1998년 1월 25일자 동아일보 사회면. 발해1300호 활동관련 기사

'고구려후예 4人' 전설로 남다

발해항로 탐사대 雍大장 시신인양

근로에서 "풍랑심하다" SOS요청 폭풍우와 사투 벌이다 멥목 뒤집혀

"독도지키기 큰 뜻 우리가 잇겠습니다"

/ 발해 뗏목 탐사단 고 이덕영 선장 추모비 건립 /

농심마니 회원들 추모식

아 침 햇 발

농심마니와 '발해의 꿈'

1998년 3월 31일자 이덕영을 기리는 한겨레신문 사설.

2006년 10월 30일 매일신문. 이덕영 선장 추모비 건립 기사.

국토의 최동단 독도, 바이킹 결기로
보물섬과 주변 이야기

김재준 (前 울릉군 근무, 現 경상북도 산림환경연구원장)

　파도를 타고 돌고래 떼 따라 오는데 거의 한 시간 반 정도 달렸을까? 사람들이 우현(右舷)에서 눈을 떼지 못하고 저마다 탄성을 지른다. 동해의 검푸른 파도는 미끈한 고래들을 눈부시게 했다. 고성에서 온 왕 소장 내외와 9시 55분 출발하는 3층 배에 오른 뒤 멀미를 우려해서 아래층에 자리 잡았다.

　"바다 날씨 좋은데."
　시쳇말로 장관이다.
　"오늘 파도 높이 1미터 이하, 물결에 거품이 일면 2미터 넘는 것으로 보면 됩니다."
　"……"

울릉도 도동항에 도착하니 일행이 마중 나왔다. 오후 1시 20분. 인사할 겨를도 없이 항구를 배경으로 사진 한 장 찍는다. 홍합밥으로 늦은 점심을 먹고 저동 촛대바위로 향한다. 고불고불한 후박나무 가로수 길, 지프차로 기어오르니 고향 같은 저동항구다. 바다냄새는 포구의 봄날 동백꽃을 생각나게 한다.

"헤일 수 없이 수많은 밤을 내 가슴 도려내는 아픔에 겨워 ~"

누가 먼저 시작했는지 동백아가씨 노래가 흐드러졌다.

촛대바위 너머로 사자바위, 죽도는 그대론데 나무계단을 놓은 행남등대 (도동등대) 길은 때가 묻었다. 행남(杏南)은 마을어귀에 큰 살구나무가 있었다 하여 살구남으로도 불린다. 등대를 배경으로 바위섬, 잔잔한 바다가 일품이다.

세 시 넘어 봉래폭포에 오르는데 입구부터 밤나무보다 잎이 부드럽고 크며 둥근 너도밤나무 숲이다. 우산고로쇠도 잎이 크고 싱싱하다. 결각이 6~9개로 거치가 없고 오리발 모양인데 섬단풍은 결각 10개 정도로 거치가 있어 구분된다. 오르막길 한참 지나 삼나무 숲에 삼림욕장을 만들었는데 인공시설이 많은 것이 흠이었다. 취나물·부지깽이, 마가목·섬피·굴거리나무 따위와 마주치며 샘물 한 모금에 어느덧 풍혈까지 왔다. 주변에는 개발사업을 하는지 이리저리 흩어져 파여 있다. 관광홍보를 한답시고 현수막에 식당 이름만 커다랗게 붙여 놓았다.

"현수막이 지방자치 공로자다."

"……"

"자치대상을 줘야 해."

　오후 네 시경 저동초등
학교 아래 옛날 살던 집은
식당으로 바뀌었다. 촛대
바위는 그대론데 사람들
은 간 곳 없다. 20여분 차
를 달려 내수전 전망대에
닿는다. 나무계단 길옆으
로 마가목·쥐똥·너도밤·
노린재·조릿대·산딸기·
쪽동백나무가 줄을 섰다.
전망대에 서니 죽도, 관음
도, 성인봉과 섬목이 한
눈에 들어오고 보리장나
무 열매가 달다. 바로 옆

박정희 국가재건최고회의 의장(당시 육군 대장이자 대통령 권한대
행) 울릉도 방문 기념비. 울릉도 도동항 관해정 소재. 1963년 7월
건립.

이 깍새섬, 길게 다리가 놓였다. 깍새(슴새)는 갈매기와 비슷한데 개척 당시
밤에 불을 놓고 몰려드는 새들을 잡아먹었다. 대섬이라 불리는 죽도는 저
동에서 소를 배에 태워 섬으로 오르면 죽어야 내려오는 곳. 다래순, 말오줌
대와 헤어지면서 일행들은 내수전 전망대를 내려왔다. 25년 더 됐을까? 항
구 모퉁이 2층 찻집에서 바라보던 바다는 낯선 한량의 정체를 아는 듯 얼
마나 많은 날 머리칼 날리게 했던가. 마시며 기울이며 불러 젖혔던 그 때의
노래와 파도, 추억에 잠길 여유도 없이 다음 목적지로 달리다 국가재건최

고회의 표석에 있는 팽나무를 다시 만나고 간다.

　도동으로 넘어오면서 해가 기울었다. 5시 반경 약수터, 독도박물관. 케이블카를 타고 오른 정상에는 멀리 동해의 검푸른 물빛과 항구를 비추는 햇살이 흐려서 빛바랜 사진 풍경이 펼쳐진다. 굴거리·후박·해송·참식·마가목·보리수·산벚·사철·섬괴불·말오줌대·삼나무……. 털머위·애기똥풀·아이비, 건너편 검은 바위산 절벽에 아래로 떨어질 듯 매달린 2,500년 묵었다는 향나무까지. 1985년 태풍에 반쪽을 잃고 지금은 쇠줄에 의지해 힘겹게 살지만 언제 또 팔다리가 날아갈지 모른다. 울릉도 향나무는 울향으로 불리는데 옛날에는 흔해서 땔감으로 쓰였다. 나무 타는 냄새에 모기가 없을 정도로 향이 강했다. 일본인들에 의해 무차별 베어져 그 자리에 삼나무들이 심겨 있다. 석향이라 불리는 토종 향나무는 대풍감이나 통구미 등지의 급경사지 바위에 붙어사는데 육지에 비해 향이 진하고 검붉은 색을 띤다. 초기에는 울릉도 최고의 선물로 오징어보다 향나무를 더 크게 쳤다. 내세에 구복과 미륵이 온다고 해서 바닷가에 묻었는데 매향(埋香)이라고 불렀다. 주민들은 수백 년 흘러 굳어진 향이 영혼까지 맑게 해준다고 믿었다.

　우윳빛 섬괴불 꽃이 바다를 바라보며 한껏 피었는데 연락선이 노을에 비친 물결 위로 붉은 선을 그으면서 점점 멀어져간다. 강릉 가는 배일 것이다. 여섯 시경 약수공원에 내려오니 솔송나무, 굴거리, 팔손이 그리고 말오줌대, 마가목이 반긴다. 울릉도 원주민 최 과장은 말오줌대를 말지름대, 마가목을 마구마라 부른다. 사동으로 넘어서면서 스쳐가듯 지나치는 흑비둘기 서식지엔 비둘기 한 마리 없고 후박나무와 소나무는 아직 기세등등하

독도호를 타고 조업에 나선 경상북도 울릉군 울릉읍 독도리 김성도 이장.

다. 밤바다 앞 도동 항구에는 수산물 좌판이 섰는데 가게에 앉아 호박막걸리 몇 잔 나누다 경일여관 골목길 올라간다. 내일 아침 성인봉 등산을 위해 김밥 몇 줄 사들고 여관주인에게 차까지 부탁해 뒀다. 새벽 다섯 시 일어나 김밥으로 아침을 해결하고 아래층 내려오는데 차는 벌써 기다리고 있다. KBS 방송국 입구에 내리니 땅두릅, 털머위, 취나물이 앳되고 애기나리는 하얀 꽃을 달았다. 검은 흙들이 순식간에 흘러내릴 듯 경사 급한 밭을 지나 성인봉 등산로를 오르니 독도가 보이는 방향으로 해가 밝다.

26년 전 독도에 나무 심으러 간 일이 벌써 아득해졌다. 보리장·섬괴불·후박·해송·동백나무……. 그들은 얼마나 자랐을까? 괭이갈매기와 파도 속에서 라면 먹던 일과 그야말로 상비약처럼 귀하게 여겼던 말통 소주의 기억도 아득하다. 장철수 대장을 울릉도에서 만난 것은 1991년 가을이었다. 손위 뻘 되는 그는 통영출생으로 외대를 나와 독도 관련 민간단체에서 활동했다. 개량 한복을 입고 수염까지 길렀는데 잔을 기울이던 모습이 예 사롭지 않고 국토에 대한 집념을 읽을 수 있었다. 당시 이예균 푸른울릉 독도가꾸기모임 회장, 허영국 기자, 김성도씨 등과 항구의 술집에서 여러 번 만났다. 독도에 있던 김성도씨는 날씨가 안 좋을 때 울릉도로 나오곤 했 다. 자연스레 홍순칠(洪淳七 1929~1986) 대장이 화제가 됐는데, 그는 울릉출 신으로 독도경비 활동을 펼쳤다. 미 군정시절 국방경비대원이었던 그는 한 국전쟁에서 부상을 입자 울릉 상이용사(傷痍勇士)들과 독도의용수비대를 결성, 1956년 경찰에 넘겨주기까지 실효적 지배에 기여하였다. 독도 나무 심기, 태극기와 급수장 설치 등 독도 지키기에 헌신적이었다. 정부 훈장도 받았다. 우리는 밤늦은 항구에서 습관처럼 바위섬 노래를 불렀는데 이예 균 회장이 운영하는 제일생명 2층에 기타교실을 연 까닭이었다. 필자의 기 타 줄에 저마다 두주불사(斗酒不辭) 실력을 겨뤘다.

1997년 장철수 대장은 해양왕국 발해가 연해주에서 한반도 남부를 거 쳐 일본으로 왕래한 해상로를 복원하겠다며 블라디보스토크에서 제주도 까지 뗏목으로 교역로를 찾아 나섰다. 안타깝게도 뗏목은 1998년 1월 23 일 오키나와 해상에서 이용호(35) 대원, 이덕영(49) 선장[25], 해양대 임현규 (27) 학생과 장 대장을 실은 채 폭풍우에 휩쓸리고 만다. 그의 나이 서른여 덟, 훗날 러시아 극동대학교는 뗏목 탐사단이 해양학 발전에 기여했다는 공로를 기리기도 했다. 통영 미륵산 기슭에 무덤이 있다. 그들은 산화했지 만 바다를 탐험하고 역사를 통해 미래를 개척하려 한 불굴의 정신은 길이

---

25 한국탐험협회 울릉지부장을 지냈다.

'탐험'지 표지(1987.10), 장철수 대장의 독도 글이 실렸다.

남을 것이다. 과거를 지배하는 자가 미래를 지배한다고 했다. 과거가 역사
라 할 때 우리는 과거를 지배한 적 있었던가? 올바른 역사교육을 팽개치며
유행에 민감하고 정체성 외면을 서슴지 않았다. 그것은 우리들 문제가 아
니라 후세에게 죄를 짓는 일이다.

  그때는 나, 최병학, 산림조합직원이었던 최봉락, 이애영[26] 씨 등 네 사람
이 간령에 있는 직영 묘포장(苗圃場)에서 독도에 심을 어린나무를 돌보고
있었다. 육지에서 싣고 오면 생육환경이 안 맞아 실패할 것이고 종(種) 교란
으로 생태계를 망칠 수 있기 때문이었다. 최병학과 필자는 군청 한 팀[27]에
서 일하고 있어 매일 오토바이를 타고 이곳으로 드나들었다. 묘포장은 약
1만 제곱미터 크기로 안에 일제 강점기 때 지어진 나무집이 있었고, 삼나

---

26 울릉도 산채아가씨로 선발됐다.
27 신성화 · 김경욱 · 안효덕 님 등이 서로 어울려 가족처럼 지냈다.

무와 아름드리 곰솔이 병풍처럼 둘러싸여 바다가 잘 보였다. 위쪽은 당시 농촌지도소에서 약초를 재배했다. 우리는 푸른 독도 만들기 일환으로 옮겨 심을 나무들을 손질하는데 애썼다. 보리장·섬괴불·울향·후박·해송·동백·참식·사철·섬백리향·솔송나무…….

이 무렵 장철수 대장과 필자는 묘포장에 앉아 나무사이로 푸른 바다 위를 미끄러져 가는 연락선을 보며 의기투합이 됐다. 뗏목으로 독도탐사를 하다 실패한 얘기며 영토수호에 대한 전략적 접근방식을 주문했다. 녹둔도(鹿屯島), 대마도(對馬島), 간도(間島)와 함께 독도는 지리적·역사적·국제법적으로 명백한 한국영토다. 울릉도는 독도의 어머니 섬이었으니 지리적 조건을 갖췄고 이는 세종실록지리지·신증동국여지승람·동국문헌비고·만기요람·증보문헌비고 등의 역사적 증거가 뒷받침한다. 한편 숙종(1693) 때 왜와 해상충돌이 일어나자 어부 안용복이 에도막부를 찾아가 울릉도·독도는 일본 영토가 아니라는 약속을 받은 사실이 조선왕조실록·숙종실록·일본문서에 기록돼 있다. 대한제국은 1900년 10월 25일[28] 독도를 울릉도 관할구역으로 명시(칙령 제41호)해 국제법적 지위를 확보하였고, 일본도 1905년 시마네 현 고시 이전까지 독도가 자국영토가 아니라는 원칙을 문서로 규정하고 있었다.[29] 그럼에도 독도 영유권을 주장하는 이유는 무엇일까? 첫째, 시마네 현 고시에서 독도를 영토로 편입했는데 한국의 반대가 없었다는 것. 그것은 러일전쟁에서 독도를 군사적으로 활용하기 위한 조치로 당시 한국은 주권을 뺏긴 부득이한 상황이었다. 둘째, 1951년 샌프란시

---

28 이를 기리기 위해 2000년 민간단체(독도수호대)에 의해 시작, 국회에서 무려 8년을 끌다 10월 25일 독도의 날이 되었다.
29 일본정부 공식문서, 1877년 태정관(메이지정부 최고행정기관) 지령.

스코 조약에서 일본이 한국독립을 인정하고 제주도, 거문도, 울릉도 등에 대한 자국의 권리를 포기했는데, 여기에 독도가 거론되지 않았다는 주장. 이것은 초안에 독도가 있었지만 일본이 미국에 로비를 벌여 뺀 것이다. 하지만 이 최종안은 미국 제안에 연합국이 동의해 주지 않았다.

울릉도와 가장 가까운 죽변은 포항·영주·울릉·강릉 사이의 중심지점으로 지정학적 요충지다. 울릉도에서 죽변까지는 130킬로미터, 울릉도에서 독도는 87킬로미터이고 독도와 오키섬은 157킬로미터, 죽변과 독도는 217킬로미터 정도 각각 떨어져 있다. 그래선지 울릉과 죽변은 지리·문화·교류면에서 동질성이 많다. 풍어제, 해변굿당을 비롯해서 죽변에 울릉도 정착민들이 살고 있으며, 울릉도 저동에는 다수의 죽변 사람들이 살고 있다. 500년 된 천연기념물 죽변 향나무[30]는 울릉도에서 떠내려 왔다고 한다. 어릴 적 산에 오르면 떠오르는 아침 해가 유난히 눈부셨다. 울릉도가 보인대서 자주 산위로 올라가곤 했다. 울릉도에서도 해넘이 무렵 죽변과 독도를 볼 수 있다. 울진의 어원이 우진야현(于[31]珍也縣) 또는 우진(于珍)인데 울릉도를 우산국(于山國), 독도를 우산도(于山島)로 불렀으니 이들은 하나의 공동권역이었다. 울릉도 시찰 수토사(搜討使)도 처음에는 삼척부 장호[32]에서 이어 울진현 죽변으로, 나중에는 평해군 구산리에서 출발했다. 이처럼 울진·울릉·독도는 떼놓고 설명할 수 없다.

1904년 러시아 발틱 함대는 영국의 방해로 수에즈 운하를 통과하지 못

---

30 밑동에서 브이(V)자로 갈라져 키가 10미터 넘고 성황당이 있어 신목(神木)으로 보호 받는다.
31 어조사(語助辭), 가다, 가지다, 크다, 광대하다, 비슷하다, 감탄사 등 여러 뜻을 가지고 있다.
32 항구의 모습이 오리와 비슷해서 장오리, 지금은 장호리(莊湖里)다.

울릉도(대풍감)와 울진군(대풍헌)의 과거 뱃길을 증명해 주는 향나무들. (위)울릉군 도동항 절벽 위에 살고 있는 국내 최고령인 수령 2,500년 향나무와 (아래)천연기념물 158호 울진군 죽변 향나무 주변 전경.

하고 희망봉을 돌아 1년 항해 끝에 대한해협에 나타난다. 1905년 5월 영국의 정보를 입수한 일본 함대는 싸울 기력조차 없는 러시아 함대를 침몰시킨다. 38척 가운데 2척만 남았다. 이로써 일본은 강대국으로 인정받고 러시아에 기댔던 한국이 일제치하로 들어가는 것은 시간문제였다. 한편 미국은 필리핀을 차지하기 위해 태프트-카스라 밀약을 맺어 일본의 한국 침략을 묵인한다. 희한한 것은 이순신 장군의 전략이 러일 해전에 적용됐다는 것이다. 일본 제독은 충무공의 전략을 연구해 러시아 함대를 섬멸시킬 수 있었다고 한다. 그의 이름을 붙인 도고 섬이 시마네 현 앞바다 울릉도 방향에 있다.

일제강점기 죽변항에서 울릉도, 일본으로 가는 배편이 있었고, 6·25 전쟁 직전까지 연락선이 다녔다고 한다. 이를 증명하듯 일제 강점기 이별의 고통을 대중적 정서로 승화시킨 노래 '포구의 인사'는 죽변항과 울릉도를 배경으로 지어졌다.

포구의 인사란 우는 게 인사러냐
죽변만(竹邊灣) 떠나가는 팔십 마일 물길에
비젖는 뱃머리야 비젖는 뱃머리야
어데로 가려느냐 아 ~

학없는 학포(鶴浦)란 어이한 곡절이냐
그리운 그 사람을 학에다 비겼는가
비젖는 뱃머리야 비젖는 뱃머리야

어데로 가려느냐 아 ~

해협을 흘러가는 열 사흘 달빛 속에

황소를 실어 가는 울릉도(鬱陵島) 아득하다

비젖는 뱃머리야 비젖는 뱃머리야

어데로 가려느냐 아 ~ [33]

독도는 동도, 서도와 그 주변 바위로 만들어진 화산섬으로 권총바위(촛
대바위)·미역바위·물오리바위·숫돌바위·부채바위·독립문바위 등 갖가지
이름의 바위가 있다. 옛날 삼봉도·가지도·우산도로 불렸는데, 울릉도 주민
들이 돌섬, 독섬, 독섬으로 불렀다. 독도(獨島)는 독섬의 차음(借音)이다. 독
도가 바위라는 것도 그 이름의 연원을 듣고 알았다. 고래잡이 하던 프랑스
배 리앙쿠르 호가 독도를 유럽에 처음 소개한 것이 1849년 철종 무렵. 일
본이 다케시마(竹島) 표기에 앞서 섬이 아닌 바위덩어리 리앙쿠르(Liancourt
Rocks)를 의도적으로 퍼뜨려 부각시켰다는 것이다. 독도는 우리가 실효적
으로 지배하고 있음에도 국제법상 섬으로 인정받기 위해 나무를 심는 일
이 최우선 과제였다. 섬이 되려면 나무·주민·식수가 필요조건이었으니 말
이다. 개인적으로는 신증동국여지승람을 펼치며 국토에 대한 애착과 집념,
열정에 불타던 때도 있었다. 문헌에 이렇게 기록되어 있다.

"(강원도 울진현(縣)에 소재한) 우산도(于山島) 또는 울릉도(鬱陵島)는 무릉
(武陵)이라 하고 우릉(羽陵)이라고도 한다. 두 섬이 고을 바로 동쪽 바다 가
운데 있다. 세 봉우리가 곧게 솟아 하늘에 닿았는데 남쪽 봉우리가 약간

33 1941년 김다인 작사, 이봉룡 작곡 남인수 노래(박찬호, 『한국가요사 400쪽』 미지북스, 2009)

낮다. 바람과 날씨가 청명하면 봉 머리의 수목과 산 밑의 모래톱을 역력히 볼 수 있으며 순풍이면 이틀에 갈 수 있다. 일설에는 우산·울릉이 원래 한 섬으로 사방이 백리라고 한다. 신라 때는 험함을 믿고 항복하지 않았는데 지증왕 12년에 이사부가 아슬라주(阿瑟羅州) 군수가 되어 우산국 사람들이 미욱하고 사나우니 위엄으로 항복하기 어렵고, 계교로 복종시켜야 한다고 하면서 나무로 만든 사자를 많이 전함에 나누어 싣고 그 나라에 가서 말하기를 '너희들이 항복하지 않으면 이 맹수들을 놓아 밟아 죽리리라' 하니 나라 사람들이 두려워하여 와서 항복하였다." [34]

우리는 자라나는 후세들에게 해양세계에 대한 도전과 탐험정신을 일깨워 줘야 국운을 바꿀 수 있으리라 여겼다. 투철한 역사인식으로 단단히 무장하지 않으면 가만 앉아서 당하게 될 것이므로……. 비록 일본인이었지만 일찍이 넬슨의 해양 전술을 익히기 위해 유학까지 다녀와 나라의 운명을 바꾼 도고 헤이하치로[35]의 신조(信條)는 지성감천(至誠感天)이었다. 모든 일에 최선을 다해 충무공 이순신 장군까지 배운 그의 도전적 대국(大局) 기질이 부러웠다. 20세기 영국이 바다를 석권한 것은 스티븐슨의 소설 보물섬(Treasure Island)이 있었기 때문이라면 비약일까? 탐험가 월터롤리는 바다를 제패(制霸)하는 자가 세계를 지배한다[36]고 했다. 한때 독도에 토끼가 날뛰던 시절도 있었다. 70년대 초 독도경비대원들이 동도에서 식용(食用)[37]으로 기르던 것을 서도에 방사(放飼)했는데 기하급수적으로 늘었다. 서도

---

34 신증동국여지승람(5권 585쪽), 민족문화추진위원회(1967)
35 일본 해군제독(1847~1934), 25세 때 영국으로 유학, 청일·러일전쟁을 승리로 이끌었다.
36 월터 롤리(Sir Walter Raleigh 1554~1618) : 영국의 탐험가, 엘리자베스 1세의 총신. 북아메리카를 탐험해 버지니아주를 명명했다.
37 보급품이 기상여건으로 제때 못 들어오자 비상식량이 목적이었던 듯하다.

(위)단란한 시간을 보내고 있는 독도 괭이갈매기 한 쌍. (아래)오랜 세월 독도를 지켜 온 괭이갈매기 무리.

는 풀이 흔했고 포식자가 없어 토끼들이 번식하기 좋은 곳이었다. 근처에 조업하던 어민들도 종종 잡아먹곤 했으나 삽시간에 불어난 독도는 토끼 섬, 그야말로 산토끼 공화국이었다. 독도 관련 단체에서 심은 나무들이 피해를 입자 경찰서에 항의하기도 했다. 그러던 토끼들은 대대적인 소탕 작전 끝에 1990년 이후 사라졌다. 그냥 뒀더라면 토끼 섬이 됐을 터. 자연 생태계는 먹이사슬에 의해 생존과 경쟁, 균형과 진화가 이뤄지는데 인위적인 간섭은 자연의 섭리를 거스른다는 걸 경고한 것이다. 하물며 외딴 섬에랴.

1992년 7월 24일 새벽은 비바람 치는 스코틀랜드 해안의 여관 분위기처럼 음산했다. 거센 파도와 안개를 헤치며 독도에 나무 심으러 갔다. 역사적 사명을 띤 것이다. 리브지 의사 같은 이예균님이 푸른울릉독도가꾸기모임[38] 회장을 맡고 있었는데 참여인원 약 30여명 가운데 대다수가 이 모임 소속이었다. 하루 전에 나무를 캐 뿌리를 단단히 묶고 도동 항구를 출발, 안개를 헤쳐 가는데 파도가 덮쳐 뱃멀미하는 사람들이 많았다. 필자는 히스파니올라 호의 짐 호킨스 소년이 된 기분으로 보물섬을 향했지만 파도와 안개로 접안이 불가능했다. 싣고 간 보트로 상륙작전하듯 서너 명씩 서도(西島)에 짐을 부렸다. 저마다 덜덜덜 떨었다. 오전 11시쯤 됐을까? 소주를 담은 20리터 흰 플라스틱 수십 통 가운데 몇 개를 동도(東島)에 나눠주었다. 바다 날씨라 바람 불어 춥고 염분과 습기가 많아 술 한 잔 들이켜니 그나마 견딜만했다. 외다리 선장 존 실버의 럼주(Rum酒)가 부럽지 않았다. 160미터 넘는 서도 꼭대기 철제 사다리 오르기 전 라면을 끓이는데 잿빛 괭이갈매기 날아와 같이 먹었다. 젓가락으로 집어주니 금세 코펠에 부리를

---

38 전체 회원이 70여명 정도 됐다.

갖다 댔다. 절해고도(絶海孤島)에서 굶주린 갈매기 떼라 먹이가 그리웠을 것이다. 육지의 동물처럼 손찌검 당하지 않아 피할 줄 몰랐다. 인간과 짐승은 원래 사이가 좋았는데 마구 학대하니 경계심을 갖게 된 것 아닌가? 독도 갈매기에서 야생의 순수함을 느꼈다. 인도의 마하트마 간디는 동물 대하는 것을 보면 국민수준을 알 수 있다고 했다.

20킬로그램 넘는 배낭을 메고 땀 흘리며 조심조심 오르니 벌써 하늘 가까운 곳에 억새 닮은 소중한 풀들이 보였다. 시멘트로 올라가는 계단을 만들어 놓았지만 해풍에 그마저도 위험했다. 황량한 폭풍의 언덕, 화산재 같은 안개에 가려 어느 쪽이 바다며 어디가 절벽인지 분간할 수 없었다. 잘못 디뎌 사고라도 나면 행방불명 될 것이다. 밧줄이 생명줄이었다. 동굴 속에서 보물을 감춰둔 벤건이 나타날 것 같은 울부짖는 바람소리, 안개에 휩싸여 밧줄을 잡고 겨우 몇 그루씩 심었다. 보리장·섬괴불·후박·해송·동백나무 등 전체 50여 본 가량, 분으로 뜬 흙을 다져넣어 북돋움도 잘했다. 무럭무럭 크라고 다독여 주었다. 이 나무들이 동쪽 끝 국토를 지켜야 하니 일만대군(一萬大軍) 보다 낫지 않은가? 푸른울릉독도가꾸기모임·울릉산악회·해양경찰·독도사랑회 등에서 1973년부터 1992년까지 해송·섬괴불·동백·보리장·후박·향나무 등 11천 본 가량 심었지만[39] 거센 바닷바람과 가뭄, 염분피해 등으로 일부는 죽었고 일부는 상태가 좋지 않았다. 지금쯤 필자가 심은 나무들은 푸른 독도를 지키며 자라고 있으리라. 국토에 대한 우리의 집념은 몇 세기가 흐른 뒤 확연히 나타날 것이다.

---

39 경북 산림총람(1996)

독도가 금은보화를 숨긴 섬이었다면 공도(空島)정책을 고집하며 그대로 두었을 것인가? 독도의 해양생물, 광물자원 등을 고려한 가치는 11조 원[40]에 이르고 심해 고체가스 매장량은 우리 국민이 30년 이상 쓸 수 있다고 한다. 그밖에 독도어장과 해양 심층수까지 더하면 수백조원의 보물섬이다. 일본이 침탈야욕을 버리지 않는 이유 중 하나다. 우리가 실효적으로 지배하고 있지만 국토수호는 정치인들의 의지표명 같은 일회성 형식적 수사(修辭)만으로 안 된다. 저 스칸디나비아, 북유럽 넘어 세계 곳곳의 바다를 누비며 신출귀몰(神出鬼沒) 공포로 대양을 장악했던 바이킹 결기[41]로 무장해야 한다.

"반만년 역사 속에 한반도는 900여 차례의 외침을 받아왔다. 변방 민족의 약탈까지 포함한다면 이루 헤아릴 수 없을 것이다. 그러면 과연 이러한 외침은 어디에서 기인한 것인가? 우리민족의 문화가 모자라서, 혹은 역사가 짧아서일까? 결코 그런 것은 아니다. 국토의식! 땅에 대한 집념이 부족한 탓이 크다. 여기에 대한 반론의 여지도 없는 것만도 아니다. 그럼에도 국토의식은 희박했다. 다시 말하면 국토는 국가의 영토 또는 군주의 영토가 아닌 국민의 영토, 즉 민토(民土)라는 의식이 부족했던 것이다."[42]

울릉도의 천연기념물 성인봉 원시림은 다행히 천연의 자태 그대로 남아있다. 정상으로 올라갈수록 조릿대가 많은데 접두사 섬 자(字)붙은 섬단풍·섬피나무·섬말나리·섬바디가 지천이다. 단연 너도밤나무가 주인이

---

40 유승훈 교수(호서대)는 독도의 경제적 가치 평가보고서를 독도연구저널에 발표했다.
41 겨울 같은 기운(곧고 바르고 과단성 있는 성질).
42 장철수 기고, 탐험 17쪽(1987.10)

지만 우산나리, 섬현호색을 만난 것은 30분 더 오른 곳이다. 화산섬 울릉도는 화산회토가 발달하고 비탈밭은 끈끈한 점토질(粘土質)로 웬만큼 비가 와도 흘러내리지 않는다. 토양 유기질 함량이 육지보다 높아 취나물·명이·부지깽이 등 각종 산나물이 잘 자란다. 도둑·공해·뱀이 없고 물·미인·돌·바람·향나무가 많아 삼무오다(三無伍多) 섬으로 불린다. 특히 섬인데도 물이 좋아서 주민들의 낯빛이 흰 편이다. 최근 울릉도에서는 세계적으로 이 섬에서만 자생하는 새 식물종이 발견되어 학계의 비상한 관심을 끌기도 했다. 2017년 10월 발견된 '울릉바늘꽃'[43]이 그것인데, 국립수목원에 따르면 이는 오직 울릉도에서만 자생하는 꽃이며, 따라서 종의 분화 과정을 밝히는 데 귀중한 기준 식물이 될 것이라는 설명이다.[44]

저녁 여덟시 오십분 성인봉 해발 984미터. 옛날 나물 뜯던 처녀가 날이 저물어도 돌아오지 않자 사람들은 횃불을 들고 찾아 헤맸으나 허사였다. 여러 날 지나 낭떠러지 바위에서 실신한 처녀를 구한다. 나물 뜯다 잠깐

---

43 독도 자생식물 학명에 왠 다케시마(SBS 뉴스 표언구 기자, 2015년 5월 6일 자 보도에서 일부 인용)
독도에 사는 우리 식물, 섬초롱꽃의 학명은 'Campanula takesimana'이다. 라틴어로 종이나 방울을 뜻하는 '캄파눌라', 그리고 우리 독도를 부르는 일본어 '다케시마'가 붙어 있다. 섬초롱꽃과 비슷한 느낌이지만 외형은 훨씬 수수한 우리 풀, 섬장대의 학명은 'Arabis takesimana Nakai'다. 종소명에 '다케시마'가 들어갔고 뒤에 이 식물을 발견해 학계에 보고한 일본인 학자 나카이의 이름이 붙어 있다. 나카이 다케노신(中井猛之進, 1882~1952)이라는 일제 강점기 일본인 식물학자다. 돌나물과에 속하는 여러해살이 풀인 섬기린초의 학명은 Sedum takesimense다. 이들 뿐만아니라 울릉군에서 자라는 식물 중에는 '다케시마'나 일본 학자의 이름이 포함된 식물이 32개나 된다. 그밖에도 울릉도에만 자생하는 '섬벚나무'의 학명은 'Prunus takesimensis Nakai'이고 영명은 'Takeshima flowering cherry'다. 식물분류학 학계에 따르면 세계적으로 식민지였던 나라의 식물은 비슷한 운명에 처해 있다고 하는데 이는 우리의 식물 주권 확보가 시급한 과제임을 보여준다.
44 울릉도와 독도에 자생하는 특산식물의 체계적인 연구와 산업화를 위한 2008년 독도수호 중점 28개 사업에 환경부가 추진하는 470억 원 규모의 '국립 울릉도독도 생태체험관' 사업이 추진되었으나, 기획재정부의 미온적인 태도로 지금까지도 추진이 되지 못하고 있다. 그후 10년이 지난 현재 나고야 의정서의 채택 등 생물주권이 어느 때보다 중요해진 만큼 '국립 울릉도독도 생물다양성센터' 사업이 조기에 재추진되기를 기대해 본다.

울릉도의 천연기념물인 성인봉 원시림의 아름다운 자태.

누웠더니 수염이 긴 할아버지가 나타나 대궐로 따라갔는데 퉁소 소리에 그만 잠들었다고 했다. 그 뒤로 성인봉(聖人峰)이라 불렀다. 정상엔 사람들이 많아 표지석 앞에 서려니 한 참 기다려야 했다. 멀리 보이는 바다에는 검은색 물결이 일렁이고 발밑으로 나리분지가 펼쳐져 있다. 일행들과 나리분지에서 만나기로 했으니 바쁘게 약수터 방향으로 내려선다. 아홉 시경 약수터에 눈이 쌓여 차가운 기운은 겨울 날씨처럼 매섭다. 다만 물맛은 일품. 물소리 졸졸졸 흘러가는 샘터에 앉으니 손가락 시려서 마디마디 얼얼하다. 나리분지로 내려가며 솔송나무·두메오리, 울릉국화·고추냉이·섬백리향·노루귀 등 각종 희귀군락을 볼 수 있다. 한라산, 지리산, 백두산에 버금갈 정도로 특산식물들이 많다.

발아래 올망졸망 핀 꽃 이름을 몰라 묻는다.

"지금 렌즈로 보는 것이 무슨 꽃입니까?"

"……"

"독도제비꽃."

"아……"

"처음 발견한 식물인데 독도제비꽃이라 불러주세요."

야생화연구원이라는 대여섯 사람들이 사진을 찍다가 친절하게 말해 준다. 근접촬영을 하는데 엄숙할 정도로 공을 들이고 있었다. 꽃받침 뒷모습이 노루귀처럼 보인다고 섬노루귀, 설악산에는 그냥 두루미꽃, 여기서는 큰두루미꽃이다. 육지에선 뫼제비꽃이지만 울릉도에서 난다고 독도제비꽃인데 처음 불러주는 이름이니 많이 알려 달라고 한다. 일제 강점기 때 일본인 주도로 시작된 울릉도 식물연구가 한국전쟁 이후부터 본격적으로 진행됐다. 이처럼 민간분야까지 영역을 넓혔으니 독도로 인해 울릉도가 유명해졌을 것이다. 멸가치 군락지를 지나 열 시경 부지깽이 군락지에 보이는 다래순이 좋다. 섬다래라고 해야 할까? 아쉽지만 열두 시 반에 출발이다. 싱인봉 등산코스는 울릉읍 도동리 대원사 또는 KBS 방송국이나 안평전에서 시작해서 나리분지를 거쳐 북면 천부리로 내려오는데 어느 곳이나 6시간 정도 걸린다. 거꾸로 나리분지를 시점으로 해서 오르기도 한다. 울릉도는 해저 2천 미터에서 솟아오른 용암이 굳어져서 생긴 섬으로 죽도, 관음도, 독도 등 부속 섬이 많고, 해안선이 대략 56킬로미터에 이르며 바다는 근해 1천 미터로 깊다. 강수량은 1,300밀리미터 정도지만 40퍼센트가 눈으로 내리는데 평균 적설량 1미터, 나리분지에 최고 3미터까지 쌓이기도 한다. 연평균 섭씨12도, 온난다습한 해양성 기후로 난·온대 식물이 자라는 곳이다. 등산로 주변에는 고비, 관중, 애기똥풀, 아이비들이 가지런히 폈고 관중은 정말 왕관처럼 생겼다. 동백·쥐똥·후박·참식·해송·산벚나무, 조릿대·우산고로쇠·마가목과 너도밤나무 사이를 지나 갈림길 있는 곳까지 왔다. 참나무과인 너도밤나무 잎은 느티나무와 밤나무의 중간 크기인데 긴 타원형이다. 러일전쟁 때 만주 일본병사들이 행군하면서 밥을 먹어 배탈·설사로 자꾸 죽자 너도밤나무 목초로 만든 환약(丸藥)을 매일 먹도록 했는데, 마침내 전쟁에서 이겼다. 정복의 정(征), 러시아의 로(露)를 붙여 정로환이다. 그로부터 정로환은 배탈·설사약의 대명사가 됐다.

오후 세 시 포항으로 가는 배를 타야 하니 북면 소재지를 나와서 오후 1시경 현포(玄圃) 대풍령에서 잠시 쉬어가기로 했다. 대풍헌에서 오는 배를

울릉도 성인봉 나리 분지의 (위)여름과 (아래)겨울 전경.

기다리는 곳이기도 하다. 울진군 기성면 구산리에 대풍헌(待風軒)이 있다. 순풍을 기다리는 집으로 수토사(搜討使)가 울릉도를 시찰할 때 바람을 기다리던 곳이 대풍령·대풍감이었다. 조선시대에 울릉도와 독도를 실효적인 영토로 관리하여 왔음을 보여주는 곳으로 울진에서는 이곳에서 울릉도로 항해하는 수토사 뱃길행사를 열기도 한다. 대풍감(待風坎) 이름에 쓰인 감(坎)은 구덩이나 구멍을 뜻하니 바위구멍에 닻줄을 매어 놓고 바람을 기다리던 곳이 아니던가. 실제로 돛단배가 다니던 시절 육지로 부는 바람을 기다리던 곳이다. 현포마을 바다 위에 떠있는 구멍바위와 송곳산 그 아래 노인봉과 포구의 하얀 등대가 서로 어우러져 천하비경을 연출한다. 발을 떼기 어려운 울릉도 제일의 절경이 여기다. 경치에 취하다 근처 호박엿 공장에 들러 엿을 샀다. 울릉도 호박은 햇볕과 강우량이 적합하고 토질이 좋은 섬 덕에 당도가 높아서 엿의 재료로 인기가 있다. 원래 옥수수에 후박나무 껍질(厚朴皮)을 섞어 후박엿을 만들었는데 나중에 호박엿으로 바뀐 것이다. 후박나무 껍질을 한방에서는 기관지약과 위장약으로 썼다. 태하, 학포, 구암, 남양 최과장 댁을 거쳐 도동항에 도착한다. 오후 세 시 삼십 분 포항을 향해 출발하는데 바다 날씨가 좋다. 길게 따라오던 갈매기 울음이 이내 뱃고동 소리에 묻혀버렸다.

푸른 독도의 역사를 이어가자!

'마음의 꿈을 모아 땀을 다듬어 기도하는 마음으로 나무 심는다. 거센 바람 불어도 굳게 자라거라 언젠가는 홀로 섬에 푸른 날 오겠지.'

이 가사는 바위섬 독도를 늘 푸른 섬으로 만들려고 노력했던 '푸른독도 가꾸기모임'이 1989년 4월 20일부터 25일까지 5박 6일 동안 독도에 나무를 심었던 것을 기리기 위해 작곡가 한돌 씨가 지은 노래다. 오늘날 우리가 바라보는 독도를 제 몸처럼 사랑했던 사람들의 헌신적인 노력의 결과로 푸른 나무 옷을 입힌 것이다.

독도의 조림역사는 1973년 경으로 거슬러 올라간다. 당시 울릉애향회의 해송(곰솔) 50본 조림을 효시로 이후 울릉도산악회, 해양경찰대, 울릉군, 푸른독도가꾸기모임 등이 크나큰 긍지와 자부심으로 식목행사를 이어왔다. 이후 1996년 관계기관이 천연기념물 보호구역에 외래종이 유입될 경우 환경생태계가 교란된다는 이유를 들어 관련 사업에 대한 입도 불허 조치를 내리기 전까지, 시민단체 주도하에 23년간 14회에 걸쳐 해송, 동백, 후박나무 등 1만2천339본을 심었다고 한다.

특히 1988년 결성된 푸른독도가꾸기모임(초대회장 이덕영)은 1989년부터 독도 조림 5개년 계획(1989~1993)을 수립하고, 흙과 묘목 등 40kg이 넘는 짐을 지고 경사 70도가 넘는 바위 절벽을 오르내리며 작업을 벌여

천연기념물 제538호 독도 사철나무. 경상북도 울릉군 울릉읍 독도리 30-0에 소재하며 지정일은 2012년 10월 5일, 수량은 3주다. 문화재청은 "독도에서 현존하는 수목 중 가장 오래된 나무로 독도에서 생육할 수 있는 대표적인 수종이라는 의미뿐만 아니라, 국토의 동쪽 끝 독도를 100년 이상 지켜왔다는 영토적·상징적 가치가 크다."고 지정이유를 밝혔다.

해송 등 1천 780여 그루를 심었다. 독도 생태계는 이러한 민간단체의 노력으로 오늘날 우리가 향유하는 건강한 생태섬으로 완성시켰다. 정부와 학계가 생각지도 못할 때 이들 단체는 독도 식생 복원을 시작하였으며, 이 실험을 통해 어떠한 지역에 어떤 나무를 심고 가꾸어야 하는지에 대한 실마리를 얻을 수 있었다.

이후 푸른독도가꾸기 사업은 2008년부터 경상북도 독도수호대책본부가 독도 영유권 강화 차원에서 중단되었던 독도 산림생태계 복원을 주도하면서 새로운 중흥기를 맞고 있다. 먼저 경상북도는 조류의 종자 산포에 의하여 자생된 것으로 추정되는 독도 동도 천장굴 주변 수령 100년 이상 된 사철나무를 2008년 7월 31일자로 경상북도 보호수로 지정했다.[45]

---

45 경북대 홍성천 교수를 비롯한 생태 전문가들이 독도 동도 천장굴 상단부 해발 80m 지점에서

독도보호수 지정을 기념하여 독도시민연대 대표이자 전 푸른울릉독도가꾸기협회 회장 고 이예균 씨와 함께 한 필자. 사진 뒤로 독도 보호수 사철나무(초록색 군락 형태)가 자라는 중이다.

이어 9월 4일 울릉군청에서 관계 전문가와 함께 푸른독도가꾸기를 위한 심포지엄을 개최하면서 푸른독도가꾸기의 재점화에 본격적으로 나섰다.

2009년 7월에는 식물생태 기초조사를 위한 '푸른독도가꾸기 연구용역' 명의로 기후, 토양, 바람 등 임목 성장에 방해가 되는 여건을 극복하고 자연적·인위적으로 훼손된 지역을 복원하기 위해 수종, 양묘, 조림 및 사후 관리 방안에 대한 기초연구를 실시했다.

이를 바탕으로 2010년도에 사상 처음 산림청으로부터 독도 산림 생태

한반도 모양의 수령 120년생 된 자생 사철나무 군락을 발견하여, 이 군락에 대해 필자는 독도 영유권을 공고히 하는 측면에서 2008년 7월 경상북도 보호수(2008-33-01)로 지정하였다. 아울러 정부에서 2009년 '한국의 명목(名木) 시리즈' 우표 발행을 하길래 울릉도에 있는 국내 최고령의 석향인 향나무와 함께 독도 보호수를 넣은 우표 발행을 건의했으나 천연기념물이 아니라는 이유로 거절당하여, 대신 문화재청에 독도보호수라도 천연기념물로 지정해 줄 것을 건의했다. 문화재청은 당초에는 독도가 천연기념물(336호)인데 그 안에 또 무슨 천연기념물이냐고 반대하더니, 결국 이 보호수를 천연기념물 538호로 지정하였다(2012. 10. 4).

복원을 위한 국가 예산을 확보했다. 범정부 차원에서도 독도영토관리대책단 회의에서 풍화작용에 의한 지형변화로 파괴된 서식지를 복원하고 독도 고유 생육수종을 선발·증식하기 위한 추진계획을 확정했다. 2011년 5월 26일에는 울릉도에서 독도에 심을 나무에 대한 육묘장 착공식을 가졌다. 더불어 2010~2014년 5년간 예산 10억원을 투입해 별도 마련된 육묘장(5천㎡)에 울릉군 고유 생육수종(사철, 보리밥, 섬괴불나무 등)을 삽목, 채종 등 방법으로 키운 뒤 2014년까지 독도경비대 주변 등 3개 지구(820㎡)에 증식·복원하는 사업을 완료하고 이후 사후관리 및 모니터링을 지속한다는 장기계획이 병행되고 있다.

독도의 열악한 자연환경을 고려할 때 독도 생태계 복원을 위한 푸른독도가꾸기를 시민단체의 애국심만으로 성공시키기는 어려우며, 식재기술을 겸비한 전문 부서가 주관이 된 식재 기술의 개발과 예산 뒷받침이 반드시 필요하다. 경상북도는 산림청과 공동으로 '울릉도·독도 자생식물보전 증식원'과 '국립 울릉도·독도 천연수목원'을 울릉도에 설립키로 하는 등 더욱 체계적인 접근을 통해 푸른독도가꾸기 사업을 벌임으로써 독도의 산림생태주권 확보와 울릉도의 생물종 보존에 만전을 기할 계획이다. 또 독도와 같은 섬 지역에 잘 자라는 무궁화 품종을 새로 개발해 '독도'(Dokdo)라는 이름을 부여해 매년 독도에서 식목일 행사를 여는 날이 하루빨리 오기를 기대해 본다.

김남일, 독도수호대책본부장 재직시, 2011년 12월 28일 매일신문 기고글.

독도 상공에 방패연을 날리다

김호기(前 경상북도 독도정책과 주무관, 現 생활경제교통과 시장경제팀장)

첫 독도 입도의 설레임

도…독도관리선 마…만들어라. 2006년 10월 2일 발령을 받고, 해양정책과를 막 들어서는 순간, 성격 급하신 Y 국장께서 뒤따라오시면서 이야기하신다. 과에는 주무계장 외에는 아무도 없다. 독도 현지에서 개최하는 경북도의회 제210회 정례회 행사 관계로 모두 독도로 떠났다고 한다. 독도관리선 건조 배경을 알고 보니 울릉도와 독도 사이를 운항하는 행정선이 있는데 25톤급으로는 낡고 작아서 제대로 된 독도수호 기능을 할 수 없다는 판단 아래 독도 관리선을 만들라는 지사님의 지시가 있었던 모양이다. 현재 육지에서 울릉도로 가는 유일한 길은 뱃길 밖에 없다. 일반적으로 울릉도는 포항에서 출발하는 항로로 가는데, 잦은 풍랑으로 인해 포항은 결항이 되어 강원도 묵호항으로 올라가서 독도로 갔다고 한다. 독도행사를 마치고 돌아온 이들에 따르면 파도가 얼마나 심했는지 승선한 모든 분들이 배 멀미로 초토화되었다고 한다. 더군다나 파도가 심해 출항이 금지된 상태에서 강원도로 올라가서 강행군하여 행사를 치렀으니, 이런 행사에 꼭 필요한 배 한척이 얼마나 필요했을까? 게다가 시기적으로 일본이 독도를 자기네 땅이라고 억지주장하면서 독도를 중학교 역사교과서에 등재한다고 발표한 때이라, 경상북도 도의회 정례회의를 독도에서 치르게 된 것이다. 그리고 제87회 전국체전이 김천에서 개최되었는데 성화도 유일하게 이번에는 독도에서 채화했다. 주지하다시피 매년 전국체전 성화는 경기도 강화도 마니산에서 채화해 왔다. 그렇게 해서 독도관리선 건조를 위한 용역을 기초로 2007년 예산에 편성하여 관리선 건조를 추진하게 되었다. 독도 관련 사업이 이제까지는 국내·외에 독도를 홍보하는데 중점을 두었다면, 2007년부터는 독도 현지에서 다양한 사업을 추진하게 되었으며, 또 이를 위하여 현지를 가지 않고서는 사업 구상이 떠오르지 않게 되었다. 그래서 2007년 2월 독도 입도를 위하여 출장을 가게 되었다. 특히 겨울에는 입도하기가 쉽지 않다고 했다. 독도 입도 평균 일수가 40~50일 정도라 한다. 포항~울릉간 여객선 결항률이 겨울철에 제일 많고, 독도 입도도 마찬가지였다. 배 멀미에 대한 만반의 준비를 마치고 포항에서 승선, 울릉도를 향했다. 멀미를 하지 않기 위하여 잠을 청했다. 시간이 얼마나 흘렀을까? 승객들이 "야 울릉도다!" 소리치는 것을 듣고 잠을 깼다. 창가로 가보니 저 멀리 울릉도가 보인다. 신비의 섬, 태곳적 자연을 그대로 고이 간직한 울릉도는 정말 한 폭의 동양화였다.

다음 날 새벽 2시, 도동항에는 찬 겨울바람과 파도소리만 들릴 뿐 주위는 너무 고요했다. 우리 일행은 25톤 행정선을 타고 독도로 출발, 다행히

울릉도 도동항에서 가진 일본 역사교과서 왜곡 규탄 울릉군민 궐기대회. 2008년 7일 14일.

새벽이라 그런지 파도는 잔잔했다. 배가 작아서 잔잔한 파도에도 배는 전후좌우로 흔들렸지만 파도를 가르며 독도를 향해 전진하고 있었다. 출항 얼마 후 주변에는 아무것도 보이지 않고 배에 부딪히는 파도소리와 배 엔진소리만 들릴 뿐이다. 선장이 "조금 더 지나면 파도가 심해지니 잠을 자라"고 청한다. 아무래도 경험이 많은 선장 말을 듣는 것이 낫다고 생각해서 잠을 청했다. 벌써 동행한 울릉군 직원은 코를 골고 있었다. 얼마나 시간이 흘렀을까? 잠결에 들리는 것은 아직도 파도소리와 배 엔진소리 뿐. 독도를 향한 설렘 때문인지 잠이 오질 않아 눈을 감고 누워서 뒤척이며 있었다. 시간을 보니 네 시가 다되어 간다. 조금 있으니 선장이 독도가 저 멀리 흐릿하게 보인다고 한다. 드디어 다 와 가는구나! 정말 설레는 마음을 안고 갑판위로 올라갔다. 바깥 공기는 차가웠지만 저 멀리 희미하게 산봉우리 두 개가 겹쳐 보인다. 독도는 보는 방향에 따라 봉우리가 두 개 혹은 세 개로 보인다고 하여 삼봉도라는 이름도 갖고 있다. 정말, 사진으로만 보던 독도를 드디어 밟아본다고 하니 가슴이 뭉클했다.

울릉도에서 독도까지 87.4킬로미터, 두 시간 반 정도 항해했다. 약 40분쯤 지나서 드디어 독도 선착장에 도착, 잔잔한 파도 덕분에 무사히 선착장에 도착했다. 미리 입도신고를 했기 때문에 칠흑 같은 새벽에 독도 경비대가 나와 있었다. 아직도 새벽녘이라 주위는 어두웠지만 아침이 다가오는 것을 느낄 수 있었다. 우리 일행은 준비해 온 위문품 등을 가지고 동도에 있는 경비대 막사로 올라갔다. 가파른 돌계단을 한참 올라가니 동도(높이 98.6m) 꼭대기에 경비대 막사가 있었다. 경비대장이 기다리고 있었다. 독도의 현황을 듣고 한참을 환담하고 나니 밖에는 서서히 동이 트고 있었다.

여섯시가 되자 경비대원들이 점호를 취하는 소리와 함께 독도의 일상생활이 시작됨을 알 수 있었다. 우리나라에서 가장 먼저 해가 뜨는 독도, 날이 밝기 전에 경비대 막사에서 준비해 간 김밥으로 아침을 때웠다. 드디어 동이 튼다. 우리 일행은 경비대장과 함께 동도에 대한 설명을 들으며 주위를 둘러보았다. 괭이갈매기가 우리를 반긴다. 정말 감회가 새로웠다. 헬기장은 경비대의 운동장이요, 그

독도에서 열린 2008년 광복절 기념 연날리기 행사 준비 장면.

독도 동도에 있는 한반도 바위. 섬 북쪽에서 바라보면 뚜렷한 한반도 형상을 볼 수 있다.

뒤쪽으로 천장굴이 까마득히 내려다보인다. 앞으로는 서도(높이 168.5m)가 보이고 봉우리는 동도보다 조금 높게 보인다. 그리고 독도의 유일한 주민 김성도씨 부부가 살고 있는 독도 어민숙소가 보이고 뒤쪽으로는 서도 봉우리로 올라가는 계단이 가파르고 길게 설치되어 있다.

우리는 동도를 모두 살펴보고 선착장으로 내려와서 배를 타고 독도의 유일한 주민 김성도씨 부부가 사는 숙소 쪽으로 향했다. 마침 김성도씨가 이른 아침에 어로활동을 하고 계신다. 어떻게 이른 아침 일찍 왔냐며 인사한다. 독도관리를 위하여 자주 드나드는 독도관리소장에게…… "잘 계십니까?" 안부 인사를 하고 뱃머리를 돌리는데 문어 한 마리를 배위로 휙 던져준다. 돌문어 맛 좀 보라고……

우리는 어민숙소 반대쪽에 있는 물골로 향했다. 물골은 과거 독도수비대와 제주도, 전라도에서 온 해녀들이 물을 길러 먹고 거주했던 곳이다. 물골에 도착, 몽돌해변에 배를 정박해 놓고 바위 동굴로 형성된 물골 입구에 가니 높다랗게 콘크리트를 쳐놓아 올라가기가 만만치 않았다. 파도로 인해 물골이 손상되는 것을 막기 위해 옹벽을 쳐놓았다고 한다.

옹벽을 밀고 당기면서 올라갔더니 물골 안쪽은 어두컴컴하여 잘 보이질 않았고, 안쪽은 2~3미터 정도 낭떠러지이다. 몽돌해변에 나뒹구는 나무토막을 사다리 삼아 물골 안으로 내려갔다. 샘물을 담기 위하여 깊이 1.5미터, 가로 2미터, 세로 3미터 정도의 웅덩이를 콘크리트로 만들어 놓았다. 갈라진 바위틈에서 자연수가 조금씩 흘러나오고 있었다. 하루 약 1,000리터 정도 나온다고 한다. 망망대해 우뚝 솟은 바위로 형성된 봉우리, 이런 곳에서 자연수가 용솟음쳐 나오다니 정말 자연의 신비 그 자체였다. 우물을 손으로 떠서 맛을 보았다. 약간 간간한 맛, 소금기가 있는 것 같다. 아무래도 바닷물이 솟구쳐 나오는 것이라 염분이 섞여 있으리라. 그리고 우물 바닥을 자세히 보니 뼈 조각이 상당히 많이 쌓여 있었다. 독도 수호 제2인자인 괭이갈매기 사체란다. 아마 물을 먹고 나서 동굴을 빠져나가지 못하고 벽에 부딪쳐 죽은 것 같다. 물골을 뒤로 하며 언젠가는 여기를 정비해야 되겠다고 마음먹었다. 그리고 갈매기들이 들어가서 죽으니 이를 막을 수 있는 방법은 없는지…… 요즘은 독도 거주민들이 바닷물을 정수하여 음용수로 사용하지만 해수 정수시설이 없었던 시절에는 오로지 물골 샘물만이 생명수였으리라. 따라서 지금은 쓰지 않지만 보존 가치가 크다고 생각했다. 다음은 독도에 있는 주요 섬 주변을 둘러보았다. 독도는 동도와 서도 외에 89개의 부속도서로 이루어져 있는데 근대까지만 해도 가제(바다사자를 울릉도에서 칭하는 말) 또는 강치가 많이 놓았다는 큰가제바위, 작은 가제바위, 촛대바위, 독립문바위, 탕건바위, 한반도 지형 등등이 있다. 서도 정상을 올라보지는 못했지만 하루 만에 독도를 모두 답사하고 나니 마음이 흐뭇했다.

돌아오는 길에 김성도씨가 준 자연산 돌문어 맛을 보니 그야말로 꿀맛이다. 김밥으로 아침, 점심을 먹어서 그런지 자연산이라 그런지 더욱 맛있었다. 독도관리소장 왈, "독도 입도는 아무나 허용을 안 하는데, 김주사는 오늘 첫걸음에 바로 입도를 했으니 대단해! 독도 체질이야."라고 한다. 돌이켜 보건데 독도 입도 6번 중 시도에 실패한 적이 한 번도 없었다. 답은 현장에 있다고 했던가? 독도 현장답사 후에 여러 가지 사업 구상이 떠올랐다. 특히, 물골 콘크리트 벽을 올라가다 보니 암벽에 이름 석 자를 음각해 놓은 것이 많이 보였다. 어느 누구 이름인지는 모르지만 아마도 독도에 거주했던 사람들이 그 흔적을 남겨놓은 것이 틀림없을 것이다. 독도에 우리 선조들이 지속적으로 거주하며 생활해 왔던 흔적이 독도수호에 밑거름이 되지 않을까, 언젠가는 해풍에 의해 사라질 것인데 이를 보존하거나 탁본해 놓고 그 사람들의 주소지를 추적해 보존하는 것도 우리들의 숙제가 아닐까 생각해 본다. 이렇게 하여 첫 독도 입도에 성공! 이는 독도 현지 사업을 설계하는데 큰 밑거름이 되었으며, 독도 선착장 확장, 어민숙소 증축, 물골 정비사업 등등 2007년 국비 사업을 발굴하여 건의하는데 밑거름이 되었다.

독도 상공에 방패연을 날리다

2008년 7월 14일 일본은 중학교 역사교과서 해설서에 독도를 일본 영토로 등재한다고 발표했다. 경상북도는 이와 같은 일본의 도발에 대응하여 독도수호 의지를 강화하기 위하여 7월 17일 김관용 경북도지사의 지시 아래 기존 해양정책과 독도담당을 독도수호대책팀 '독도수호대책 본부'로 확대 개편, 정원을 4명에서 10명으로 증원하고 현판식을 가졌다. 독도수호대책팀은 7월 16일 조직 확대 개편 발표와 함께 저녁부터 밤새도록 사무실을 옮긴 다음 7월 17일 독도수호대책본부 현판식을 치렀다. 또한 독도 현지에서 일본의 독도 침탈 만행을 규탄하는 성명서를 발표했다. 이어 독도 모형을 축소하여 사무실 내에 별도 홍보관을 만들고, 특히 어린이들이 경북도청 방문시 견학코스로 정하여 홍보하는데 활용키로 했다. 이에 따라 우리 언론들은 일제히 일제 만행을 규탄하는 보도를 신문에 가득 실었다. 하지만 일부 언론은 경상북도가 그 대응책으로 무엇을 했느냐며 질타하기도 했다. 게다가 일부 독도 관련 민간단체, 심지어는 대학 산·학·연 기관들에서도 이를 계기로 독도홍보를 한다거나 마라톤대회를 개최한다는 등의 이유를 내세워 행사 보조금 지원을 요청하는 문의가 쇄도했다. 이 때문에 10명의 직원들이 문의 전화를 받느라고 약 3~4일정도 거의 업무가 마비될 지경이었다. 정말 지속적이고 체계적으로 의연하게 대응해야 될 때인데, 이런 행동이 진정 독도를 위한 것인가, 하는 아쉬움이 남았다. 일본은 국익을 위해서는 언론 및 단체에서도 똘똘 뭉쳐서 한목소리를 낸다는데 힘을 보태지는 못할망정 왜곡된 보도와 근거 없는 비방을 일삼는 행위는 없어져야 할 것이다. 그 뒤 국무총리 직속으로 독도영토대책단이 설치되어 해당 부처와 경상북도가 매주 모여서 대책회의를 하였다. 영토수호는 국가사무로 그 당시 국토해양부가 담당부처였으며, 행정안전부, 문화재청, 환경부, 경상북도 등 8개 부처가 매주 독도수호에 대책을 논의했다. 그 결과 독도 수호를 위해 총 28개 사업에 약 1조 82억 원의 예산을 관철시켰다.

경상북도는 독도 현지에서 8·15 광복절 행사를 거행하기로 했다. 독도에서 대한민국을 대표할 이벤트가 어떤 것이 있을까? 고민 끝에 독도 상공에 우리의 전통 방패연을 날리기로 결정했다. 방패연 전문가를 섭외하여 만약의 기상 악화를 대비하여 비닐연도 같이 제작했다. 잠시 방패연의 유래를 살펴보자. 원래 방패연은 군사 목적으로 사용했다고 한다. 삼국시대 김유신 장군은 반란을 평정하기 위하여, 고려시대 최영 장군은 성을 함락시키기 위하여, 이순신 장군은 다도해에서 여러 섬에 음어를 사용하여 전술을 전달했다고 한다. 방패연에 문양을 그려 넣거나 여러 가지 모양을 만들어 띄움으로써 작전명령을 전달했다고 한다. 특히 일본이 중학교 교과서 해설서에 독도를 자기네 땅이라고 기술하려는 시기에 방패연을 독도상공에 날리는 것은 더욱 큰 의미가 있다고 생각했다. 독도 현지 행사준비를 불철주야 한 달 남짓 준비하여 완료했다. 광복절 행사를 준비하는 일행은 해군과 해양경찰청의 협조로 군함 및 경비정에 몸을 싣고, 8월 14일 자정 무렵 포항에서 독도를 향해 출발했다. 잔뜩 흐린 날씨, 기상 상태가 나빠 파도가 심했다. 그렇지만 군함과 경비정은 독도수호의 기세로 새벽을 가르며 독도 인근 해상에 도착했다. 날씨는 구름이 잔뜩 끼어있고 이슬비가 내리기 시작했다. 모든 행사는 기상이 도와주어야 하는데, 비오는 날씨에 어떻게 연을 날리지…… 우선 걱정이 앞섰다. 저 멀리 독도선착장 및 동도에는 온통 태극기 물결이다. 큰 것, 작은 것, 동도로 올라가는 동선 및 삭도에까지…… 우선 행사를 준비하는 선발대가 해경 경비정으로 접안했다. 날씨가 흐려 파도도 만만찮았지만, 큰 군함이 선착장 해역에 정박하여 밀려오는 파도를

2008년 8월 15일, 독도 상공으로 힘차게 날아오르는 방패연.

어느 정도 막아 주어서 접안하기가 그나마 쉬웠다.

　그런데 연을 하나씩 꺼내어 날려보니 이슬비에 젖고 바람이 많이 불지 않아 띄울 수가 없었다. 그 사이 경비정은 지사님과 나머지 일행을 태운 채 선착장으로 오고 있었다. 그러나 비로 인해 방패연을 상공으로 띄우기는 계속 실패…… 그렇지만 연을 제작한 분이 방패연 제작 무형문화재 2세이고, 전국 연날리기 대회에 많이 참석하신 분이라 경험이 많았다. 마지막으로 연을 길게 늘어뜨려서 여러 명이 들고 동시에 실타래를 당겼다. 드디어 연이 서서히 날아 올라가기 시작했다. 아, 성공이다! 연은 조금씩 상공으로 올라가더니 기류를 타고 실타래를 팽팽하게 잡아당기면서 하늘로 치솟았다. 1차 선머리에는 비닐 연을, 그 다음엔 연줄도 조금 굵게 하여 방패연을 달았다. 연줄 끝부분은 바람의 영향으로 용솟음치며 날아오르고 있었

186

다. 점점 연줄은 팽팽해졌다. 연줄을 놓칠 것 같아 선착장 쇠말뚝에 연줄을 매달아서 하나하나 날려 보냈다. 다음은 퍼포먼스로 대형 붓(빗자루 붓)을 가지고 지사님이 '8·15 광복절'이라는 문구를 쓰시고, 이어서 10시에 광복절 기념행사를 만천하에 고했다. '대한독립 만세' 3창을 외치고 태극기를 흔들었다. 선착장에는 온통 태극기 물결이 넘쳐흘렀다. 정말 가슴 뭉클한 광경이었다. 독도를 뒤로 하고 독도를 바라보며 곰곰 생각해 본다. 정말 독도 태생 이후 오늘과 같이 거대한 행사, 그리고 많은 인파가 독도를 찾은 일은 전무후무할 것이다. 태곳적부터 한민족과 호흡을 같이 해온 독도의 바위 틈틈이, 오늘 독도수호 의지를 메아리에 담아 확실히 심어 놓았다고 생각한다. 한반도에서 해가 가장 먼저 뜨는 신비스럽고 아름다운 독도야, 사랑한다!

독도에서 거행된 2008년 광복절 기념식 장면.

독도에 울타리를 쳐 주고 싶었는데

김영진(前 경상북도 독도정책과 주무관, 現 물산업과 주무관)

필자는 경상북도 지방직 시설(토목)직으로 근무하고 있으며 주된 업무는 도민이 이용하는 지방도로를 개설하거나 이들을 안전하고 쾌적하게 유지·관리하는 일이다. 2008년 7월 17일자로 독도수호대책본부에 발령받은 때에 필자는 종합건설사업소에서 지방도 노후교량 개체사업을 담당하고 있었다. 그 직전인 2008년 7월 14일 일본 문부과학성이 중등교과서 학습지도요령 해설서에 독도 영유권을 명기한다고 발표하자 경상북도는 이에 대응코자 독도수호대책본부를 확대 설치하여 10명의 인력을 배치하였다. 필자는 그중 한 명으로 독도의 정주여건과 접근성을 확보하기 위한 하드웨어적인 사업을 추진하게 된 것이었다. 이에 대구시 산격동 구 도청청사 도청농협 옆 임시사무실에 지사님을 모시고 독도수호대책팀 현판식을 가지고 바로 업무에 들어가게 되었다.

독도를 처음으로 접했던 것은 그해 독도에서 8·15 광복절 63주년 행사를 대규모로 가질 때였다. 우리 팀원들은 전날 울릉도에서 잔 다음 행사준비를 하기 위해 새벽에 어둠을 뚫고 독도로 출발했다. 날씨가 궂어서 비도 오고 바람이 매우 거셌다. 비옷을 입고 갑판에서 처음으로 독도를 본 느낌은, 말로만 듣던 독도를 드디어 직접 본다는 감격보다는 날씨만큼이나 왠지 모를 무겁고 미안한 마음이었다. 마침 세찬 비바람이 불어서 그랬을까? 노랫말에도 있듯이 동해바다 외로운 섬 독도! 그나마 독도가 동도, 서도로 나뉘어 마치 오누이가 마주보는 듯 위로가 되었다. 그 뒤로부터 필자는 서도는 오라버니섬, 동도는 누이섬을 느끼게 만든다는 생각을 갖곤 한다. 독도리 이장 김성도씨가 사는 서도는 경사가 가파르고 험한 지형이어서 마치 남성성을 상징하는 듯하고, 정상부가 비교적 완만하여 독도경비대가 주둔해 있고 선착장이 있는 동도는 마치 편안한 누이의 품안 같아 여성성을 상징하는 듯하다.

2008년 그해 8·15 광복절 행사를 독도에서 거행하게 된 것은 정말 의미 있었던 것 같다. 그날 연날리기 이벤트도 했고, 동서도 사이 바다에 대형 태극기를 띄우기도 했고, 하늘에 대형 애드벌룬을 띄웠는데 거센 바람으로 구멍이 나서 난감해 하기도 했다. "독도는 3대가 덕을 쌓아야 받아준다"는 말이 있다. 그만큼 선착장 접안 시설이 열악하고 독도 주변의 기상이 험하다는 얘기가 될 것이다. 실제 바람과 파도의 영향으로 인해 연간 독도에 접안 가능한 날이 50~60일에 불과한 실정이다. 이런 사정을 고려할 때 독도는 우리 국민 모두가 시간과 비용을 들여서 쉽게 접하도록 만드는 일이 곧 독도를 실효적으로 지배하는 방법이 아닌가 생각된다. 이를 위해서는 독

독도 7시 26분

동해를 향해 늠름한 자태를 뽐내며 휘날리는 독도의 태극기.

도방파제부터 설치하는 등 배가 용이하게 선착장에 정박할 여건을 만드는 일이 최우선 과제로 보인다. 필자는 독도수호과에서 2008년 7월 17일부터 2010년 8월 22일까지 2년 1개월여를 근무하면서 주민숙소를 설치하여 정주 기반을 강화하고 독도 방파제와 해양과학기지 설치에 참여하는 등 이와 같은 실효적 지배 강화사업을 추진하였다. 나아가 대한민국 영토의 대표성을 확고히 하고자 국기계양대 설치도 추진했다. 이를 위해 국무조정실, 외교부, 국토부, 환경부, 문화재청 등 중앙부처를 방문하여 사업추진을 협의하였지만 돌아오는 답변은 독도 자체가 문화재이며 천연보호구역이어서 손을 대면 안 된다는 것이었다. 더욱이 우리 국민이 호들갑을 떨수록 일본 작전에 말려들 수 있다면서 대한민국 외교부는 의연하면서도 조용히 그러나 단호히 대처하고 있다는 답이 돌아왔다.

그럼에도 우여곡절 끝에 김성도 씨가 거주하고 있는 서도 어업인 숙소를 4층으로 계획한 주민숙소 건립사업은 승인을 받았다. 기존 숙소가 노후하여 우리 주민의 안전을 위하여 꼭 필요한 사업이라고 끈질기게 설득한 결과였다. 그 뒤 2011년 30억 원을 들여 준공하여, 김성도씨 부부는 지금도 이 숙소에서 지내고 있다. 개인적으로 독도 사업 중에 크게 관심과 심혈을 기울인 것이 독도방파제 설치사업인데 이를 원활하게 진행하지 못한 점이 못내 아쉽다. 우리나라 국민 모두가 기상 여건에 구애받지 않고 언제나 독도에 들어갈 수 있도록 돕고 다른 그 누구도 독도를 넘보지 못하게 울타리를 쳐주고 싶었건만……. 거듭 강조하지만 독도는 "역사적, 지리적, 국제법적으로 명백한 우리 고유의 영토"이며, "길이 후손들에게 물려줄 아름다운 우리의 섬"이다.

독도 탐방객을 대상으로 현지 산물을 팔고 있는 김성도 씨 부인 김신열
선생. 김신열 선생은 제주도 해녀 출신이다. 2017년 6월 17일.

김성도 씨 부부의 독도 내 경제 활동을 지원하는 한편 울릉도 내 영세
상인들의 대출 업무 등을 돕고자 경북신용보증재단 울릉·도독도 출장
소를 여는 모습.

반갑다 독도야

김문태(경상북도 前 독도정책과 주무관, 現 산림개발원 자원이용팀장)

2011년 늦여름 근무지를 독도수호과로 배치한다는 명령을 받았다.

갑작스런 인사라 전임지의 일들을 정리하고, 산격동 독도수호과로 첫 출근을 앞둔 일요일 아침. 임신 중이던 아내에게 진통이 왔고 그날 오전 나를 쏙 빼닮은 둘째 공주가 태어났다.

이튿날인 월요일, 정신없는 상태로 도청에 출근하였고 독도수호과 출입문을 열면서 독도와 나와의 첫 만남은 이렇게 갑작스럽고도 특별함으로 시작되었다. 독도한복패션쇼, 패션쇼화보집, 대통령 독도방문, 독도표지석, LA한인축제, 독도입도지원센터 등. 다시금 그 시절 독도를 회상하면 어제 일처럼 생생하게 떠오르는 독도와의 인연들이다.

나는 2011년 8월부터 2013년 1월까지 당시 독도수호과(독도정책과)에서 독도시설물 업무를 담당했다. 그즈음 독도에 관한 주요 동향으로는 2011

년 8월, 일본 극우파 의원들이 독도를 방문하겠다고 김포공항을 통해 입국하려다 되돌아갔고, 이듬해인 2012년 8월에는 대한민국 헌정 사상 최초로 대통령이 독도를 방문하였다. 이외에도 런던올림픽 축구경기에서 박종우 선수가 독도세레모니를 펼쳐 동메달을 박탈당하는 등 크고 작은 일들이 많았지만 그중에서도 가장 기억에 남는 것은 '독도표지석' 사건이다.

2012년 6월경, '독도에 있는 비(碑) 현황을 알려달라'는 전화가 걸려왔다. 그날 이후 '독도표지석' 설치사업이 추진되었고 표지석 제막식 행사를 광복절에 즈음하여 개최한다는 목표 아래 급박한 일정이 진행되었다.

우선 표지석에 새길 대통령 친필 휘호를 받는 것을 시작으로 문화재청으로부터 문화재 현상변경 허가를 득했고, 이후 문화재위원들의 현장조사를 거쳐 표지석의 설치 위치와 모양을 확정한 후 표지석 제작 및 설치에 이르기까지 독도표지석은 우리 독도수호과와 울릉군 독도관리사무소 직원 모두가 노력하고 고생한 성과물이었다.

2012년 8월 19일. 예정된 시간보다 훨씬 앞선, 아직 날이 완전히 밝기 전이었다. 행사를 앞두고 어제 독두에 입도해서 독도주민숙소에서 쪽잠을 청하고 있던 우리를 김성도 이장님이 다급히 깨웠다. 세수할 겨를도 없이 서둘러 옷을 입고, 짐을 챙겨 보트에 몸을 실었다. 갑자기 바람이 세차게 불고 파도가 높아져서 지금 출발하지 않으면 동도로 이동을 할 수 없는 상황이라며 급히 보트를 몰아서 선착장으로 향했다. 모두들 아침도 거른 채 독도경비대 화장실에서 겨우 세수를 했다.

오늘은 독도표지석 제막식이 있는 날이다. 그간의 고생은 바로 이 행사만 잘 치르면 마무리 된다. 하지만 한편으로 걱정이 앞선다. 제막식 주요 인사는 헬기를 타고 오지만, 기자단 등 행사요원은 독도평화호를 타고 오는지라, 혹여나 독도에 접안 못하면 어쩌나 하는 노파심이 들었기 때문이다. 그 시각 독도의 기상은 바람이 얼마나 세차게 불던지 행사장에 설치한 현수막이 걸자마자 바로 뜯겨나갈 정도였다.

행사 시작 시간이 가까워지자 다행스럽게도 파도가 조금 잠잠해져서 어렵사리 평화호가 독도에 무사

2012년 여름 이명박 전 대통령 방문 당시 세워진 독도표석.

히 접안했고, 헬기도 착륙했다. 지사님을 비롯한 국회부의장, 행정안전부장관, 문화재청장 등 주요인사가 참석한 가운데 "독도"와 "대한민국"이라 새겨진 흑요석의 독도표지석이 동도 망양대에 모습을 드러냈고 제막식 행사는 참석자 모두의 큰 박수 속에 성공적으로 잘 마무리 되었다.

그사이 파도는 다시 거세져서 우리는 동도 선착장 반대쪽에 있는 구 선착장을 통해서 간신히 독도평화호에 탑승 할 수 있었다. 독도를 그간 몇 차례 다녔지만 배 멀미를 한 적은 없었다. 하지만 그날은 높은 파도와 함께 그간의 긴장이 풀린 탓인지 울릉도로 오는 내내 배 멀미에 시달렸다. 이렇게 해서 2개월간의 여정도 마무리 되는 듯했다.

울릉도 도착 후 곧바로 포항을 거쳐 밤 9시를 넘겨 도청에 도착했을 때 사무실은 그야말로 초비상이었다. 행사 개최 전부터 일부 언론에서 독도불법시설물 (국기게양대)에 대한 기사가 나기 시작했는데, 여기에 엎친데 덮친 격으로 독도표지석을 세우는 과정에서 국기게양대에 있던 '호랑이상'을 작자의 동의 없이 철거했다는 글이 '다음' 아고라에 게재되면서 누리꾼들 사이에서 논란이 일기 시작했다.

독도 국기게양대에서 태극기를 게양하는 모습.

(위)독도 바다 위에서 한 배를 탄 경상북도와 울릉군 독도과 직원들, (아래)2011년 10월 29일, 독도에서 1박2일 공식회의를 마치고 가진 기념 촬영을 가진 경상북도 동해안 5개 시군 해양수산과장들.

독도 7시 26분

결국 그해 9월. 문화재청에서는 '독도 불법구조물' 설치와 관련해서 우리 도와 울릉군의 관계 공무원들을 수사기관에 고발하였고, 행정안전부는 불법 구조물의 설치 경위를 물으며 강한 유감을 표하기까지 하였다.

울릉군에서는 '호랑이상'을 제작한 작가를 만나 공식 사과를 하였고, '호랑이상'은 울릉도에 있는 안용복기념관에 이전 설치되었다. 또한 우리 도에서는 '독도 불법구조물' 설치와 관련해서 국회를 찾아 경위를 보고하여 사건을 수습하는 한편, 설치된 불법 구조물을 모두 철거하고 원상복구하는 등 정신없는 날들의 연속으로 하루하루가 너무나도 힘든 시간이었다.

독도실록 편찬을 계기로 다시금 그 시절을 회상하며 글을 쓰는 지금, 어떻게 보면 당시 우리 도의 독도행정 수행에 대한 오점을 스스로 언급하는 것이지만, 한편으로는 독도에 대한 애국심의 발로였던 우리 도의 행정적 실수 또한 독도가 대한민국의 명백한 영토임을 스스로 증명하는 역사적 사건(에피소드)이라고 생각된다.

끝으로 글을 마무리하며 뜨거운 가슴으로 가장 역동적으로 업무에 임했던 그 시절…

우리 땅 독도를 수호하기 위해 미약하나마 작은 힘을 보태어 역할을 할 수 있는 기회를 가진 행운과 더불어, 내가 경상북도 독도수호과의 일원이었다는 자부심, 그리고 독도수호과, 울릉군, 독도재단의 소중한 독도 가족들과의 만남에 더 없이 감사하고 행복했다는 말을 전하고 싶다.

내가 아니라도 누군가는 꼭 지켜야 할 우리 땅.

대한민국 경상북도 독도야 사랑한다. 영원히…

울릉도 죽도의 보호대상해양생물인 해송

(1, 2)독도 수중의 돌돔과 해조류. 이상 사진제공 : 박수현 (3, 4)독도 수중의 해조류와 해중림. 이상 사진제공 : 조준호

회고와 전망

독도에 얽힌 추억

김영기(미국 조지워싱턴대학교 한국 언어 문화 및 국제관계 명예교수/한국학연구소 상임고문)

꼭 10년 전, 미국에 온 지 45년 반이 되는 2008년 7월 14일 갑자기 필자의 인생에 독도가 등장했다. 북미 동아시아도서관협의회 한국 자료 분과위원회 위원장이며 토론토 대학 정유동 동아시아도서관(鄭裕彤東亞圖書館)에서 한국학 도서 책임 사서로 일하던 김하나 씨가 보낸 이메일을 통해서였다. 전에 만난 일도 들어 본 일도 없는 분이다. '독도 관련 긴급 사안'이라는 제목으로 보낸 그 이메일은 미 의회도서관에서 근무하시는 한 한국계 직원이 김하나 씨를 통해 주미 한국 대사에게 통보할 뿐 아니라 조지워싱턴 대학교 김영기 교수에게도 알릴 것을 부탁해서 쓴다는 말로 시작하였다. 어떤 이유로 무슨 운동가도 아닌 필자가 주미 한국 대사만큼 중요시되어 여기에 올랐는지 의아했지만 편지의 자초지종을 읽고 보니 과연 위기감을 느끼게 했다.

내용인즉, 미 의회도서관(US Library of Congress)이 매주 SACO(Subject

Authority Cooperative Program, 주제 권한 협력 프로그램)의 편집회의를 열고 새롭게 제출된 주제어 승인 과정을 거쳐 공식 주제전거를 결정하거나 기존의 주제어 변경을 하는데, 메일을 보낸 날 이틀 뒤인 7월 16일 독도 관련 주제전거가 과제로 올라 있다는 것이다. 김하나 씨는 이 소식을 미 컬럼비아 대학 도서관이 매주 이메일로 발송하는 사서 정보 중 히데유키 모리모토라는 일본 자료 담당자로부터 받았다. 원래는 다 결정된 결과만 알려주는 것이 관행이지만 이 제안의 중요성을 고려하여 미리 전해 준다는 것인데, 현 미의회도서관 주제명표(LCSH [Library of Congress Subject Headings])가 "Tok Island(Korea), 독도(한국)"로 되어 있는 것을 "Liancourt Rocks(리앙쿠르 암석)"으로 변경하는 논항이 제안되어 있다는 것이었다. 이유인즉, GEOnet을 관리하는 미국 지리원(NGA, National Geospatial Intelligence Agency)과 미국 지명위원회(BGN, U.S. Board on Geographical Names)에서 "Liancourt Rocks"로 바꾸었기 때문에 미 의회도서관도 이에 따라 변경하는 문제를 고려하겠다는 것이다. 주제어가 "리앙쿠르 암석"으로 변경되면 "독도"는 "다케시마" 등과 함께 참고어로 지위가 떨어지게 되는 것이다. 김하나 씨는 이처럼 현재 미 의회도서관에서 사용하는 주제명표 "독도"를 "리앙쿠르 암석"으로 바꾸려는 것은 독도가 한일 간 영토분쟁지역으로 재지정되는 상황을 가속하는 시도일 뿐만 아니라 더 나아가 독도를 일본 군도의 하나로 볼 수 있게 하고 "장차 독도를 일본의 영토로 만들기 위한 근거들을 하나씩 만들어가는 일본의 술책"이라며 진심으로 걱정하였다.

그리하여 당시 북미 동아시아도서관협의회(CEAL, Council on East Asian Libraries) 한국 자료분과위원회(CKM, Committee on Korean Materials) 회장을

역임하고 있던 김하나 씨는 북미, 호주, 뉴질랜드 그리고 프랑스에서 활동하는 한인 사서 연락망을 통하여 이 사안에 대하여 여러 의견을 모으고, 공식 서신을 작성하여 7월 14일 자로 미 의회 도서관의 Cataloging Policy and Support Office(CPSO, 도서목록작성정책부)로 보냈다. 그는 또한 이 조치가 시간을 벌기 위한 임시 대처 방법일 뿐, 근본적인 문제는 미국 지명위원회에서 변경한 "리앙쿠르 암석"을 원래의 "Tok Island(Korea)"로 회복하는 일이 중요하다며 주미 한국 대사에게 당장 조치할 것을 청원했고 필자에게도 비슷한 청구를 하였다.

필자는 그때까지 독도에 대하여 특별히 나서야 할 일이라고 생각해 본 일이 없었다. 그러나 일단 만나 본 일도 없는 나를 믿고 특별히 부탁해 오신, 한국을 위해 그렇게 정열을 가지고 일하는 분을 도와드려야겠다는 생각이 들었다. 무엇보다 중요한 사실은 한국학 도서를 전공으로 하는 사서들의 국제 협회를 대표하여 정식으로 제출하는 그의 청원문은 상당한 설득력을 지닌다는 점이다. 그래서 하던 일을 다 내려놓고 작은 노력이지만 미 의회도서관에서 일어나는 사정을 파악하여 보탬이 되어 보자고 마음먹었다.

그런데 필자가 워싱턴에 와 있는 특파원들에게 긴급히 사정을 알리자 당장 벌집을 쑤신 듯 기자들이 몰려오더니 의회도서관을 향해 전화나 팩스로 질문 공세를 그치지 않았다. 그러던 중 필자는 기자들의 면회신청이나 전화, 이메일에 대응하지 않던 CPSO(도서목록작성정책지원부)의 최고 책임자 바바라 틸렛(Barbara B. Tillett) 박사와 운이 좋게도 연락이 되었다. 돌이켜 생각하니 공무원인 그의 입장에서 필자가 대답하기 적당한 조건을 가졌던 것 같다. 필자는 처음 그분에게 자신을 소개하면서 미국 시민으로서,

2015년 7월 경 외손주, 사위 가족과 함께 경주를 방문한 김영기 교수 부부 일행.

또 미국의 수도와 의회도서관에 인접한 조지워싱턴대학의 동아시아 어문학 과장으로서, 그리고 여러 국제 출판 도서의 저자로서 책이 나올 때마다 의회도서관 도서목록부와 같이 일한 점을 들어, 무엇보다 의회도서관 동아시아 분과의 후원회 이사회원(the Board of Directors of the Asian Division Friends Society, ADFS) 중 유일한 한인 이사로서 질문하고 싶다고 했다.

이로써 틸렛 박사는 필자를 한인 공동체의 대표로 인정하기로 한 듯 직접 전화를 걸어와 대화에 응해 주었고, 이후 한인 사회에 전달하고 싶은 메시지도 필자를 통해 발표하였다. 필자는 통화에서, 간접적으로 들은 소문에 따르면 이런 항목 변경은 의회도서관 직원이 어떤 체계적인 언어나 표현의 변화를 스스로 감지하여 SACO(Subject Authority Cooperative Program, 주제 권한 협력 프로그램)에 변경할 것을 제안하는 것이 상례인데, 이번 제안은 도서관 외부에서 압력이 들어와 올라간 듯하니 상식적이지 않으며, 대체 무슨 이유로 갑자기 주제어를 바꾸자는 제안이 나왔는지 따져 물었다. 그리고 그 이유를 명백하게 설명하지 못한다면 많은 한인들로부터 의심을 살 것이라고 강조하였다.

그는 드디어 설복이 된 듯 7월 15일 필자에게 보낸 개인 이메일에서, 의회도서관 도서목록작성정책지원부는 2007년 12월에 "독도"를 "리앙쿠르 암석"이라고 바꾸자고 들어온 제안을 철회한 바 있으며, 미국 연방정부의 지명에 관한 권위 기관인 BGN(지명위원회)에서 최종 결정이 날 때까지 이 제안에 대한 검토를 연기했다고 설명했다. 드디어 7월 17일 회의를 하게 된 이른 아침 7시에 틸렛 박사는 다시 필자에게 이메일을 보내와, 그동안 자신에게 연락한 모든 단체와 개인들에게 같은 내용의 발표문을 정식으로 전달해 달라고 하였다. 이렇게 하여 소위 "미 의회도서관 독도 위기"는 진정되는 듯했으나 그 후 얼마 안 되어 이상한 일이 또 생겼다. 즉 7월 15일까지만 해도 미국 국가지리정보국 (National Geospatial-Intelligence Agency, NGA) 웹사이트는 독도가 대한민국(South Korea) 영토임을 명시하며 두 번째 가능성으로 대양(Oceans)이라고 기록하고 있었다.

The National Geospatial-Intelligence Agency
Search: Liancourt

Name	Country	ADM1	Latitude/Longitude	Feature Type
Liancourt Rocks(BGN Standard) Tok-to(Variant) Take Sima(Variant) Take-shima(Variant) Tŏk-do(Variant) Dogdo Island(Variant) Dog-Do(Variant) Hornet Islands(Variant)	South Korea	South Korea (general)	37° 15' 00" N 131°52'00"E 37.25 131.866667 Map	islands

Name	Country	ADM1	Latitude/Longitude	Feature Type
Liancourt Rocks(BGN Standard) Take Sima(Variant) Take-shima(Variant) Tok-to(Variant) Tŏk-do(Variant) Chuk-to(Variant) Hornet Islands(Variant) Dogdo Island(Variant) Dog-do(Variant)	Oceans	Oceans (general)	37° 15' 00" N 131°52'00"E 37.25 131.866667 Map	islands

* 출처 : http://geonames.nga.mil/ggmaviewer/MainFrameSet.asp

그런데 며칠 뒤 소속 국가가 대한민국 대신 아무 나라에도 속하지 않는 곳(Undesignated Sovereignty)으로 바뀌었고, 뿐만 아니라 "타케시마"가 "독도" 위에 놓여 다음과 같이 명시되었다.

Name	Country	ADM1	Latitude/Longitude	Feature Type
Liancourt Rocks(BGN Standard) Take Sima(Variant) Take-shima(Variant) Tok-to(Variant) Tŏk-do(Variant) Chuk-to(Variant) Hornet Islands(Variant) Dogdo Island(Variant) Dog-do(Variant)	Undesignated Sovereignty	Undesignated Sovereignty(general)	37° 15' 00" N 131°52'00"E 37.25 131.866667 Map	

필자는 다시 틸렛 박사에게 의회도서관 사건으로 항의를 했음에도 어떤 이유에서 이와 같은 변경이 설명도 없이 이루어졌는지 추궁했다. 덧붙여 이 사건의 배경에는 확실히 일본의 개입과 공모가 있고 미국이 거기에

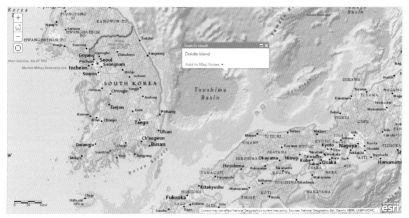

미국 국가지리정보국(National Geospatial-Intelligence Agency, NGA) 웹사이트 지도 서비스를 이용해 영문명 Dokdo Island로 검색한 결과.

동조하는 것으로 보이며, 한국인들은 미국이 독도를 일본에 넘겨주고 "일본해"에 있는 일본 영토로 표기하려는 것으로 생각할 것이라고 주장했다. 그리고 지금 한국인들의 감정이 상기될 대로 되었으며 많은 한국인들에게 이 작은 섬들이 현대 한국 정체의 중추가 되는 후식민주의 상징 (Post-colonial symbol)으로 등장하고 있다고 전했다. 이어 필자는 미국 지리원 (NGA) 담당관인 Randall E. Flynn에게 전화와 이메일을 통해 이러한 변경이 일어나게 된 동기와 시기 그리고 관련된 인사들과 변경 과정 등을 웹사이트에 자세히 개재해 줄 것을 요청했고 그러지 않을 경우 쓸데없는 국제 문제를 야기할 수 있다고 말했다. 하지만 그는 이 일이 자신의 소관이 아니며 국무부 등 다른 부가 결정하는 일이라는 식으로 명확한 답변을 회피했다.

마침 부시 미 대통령이 한국 방문을 앞두고 있을 때였다. 7월 28일 조선일보 최우석 특파원이 미 대통령과 인터뷰가 예정되어 있는데 여기에 대해 질문하려 한다면서 자문을 구해 왔다. 당시 비공개로 진행된 일이지만 지금은 밝혀도 괜찮을 것이다. 나는 최 특파원에게 다음과 같이 썼다:

글쎄요. 이런 질문을 하면 대단히 곤란해 하실 텐데요. 제 생각에는 이런 질문은 꼭 하실 거면 미리 써서 제출해도 좋을 것 같은데요. 말주변 없는 대통령이 망발하면 미국에도 한국에도 좋을 수가 없지요. 저라면 다음과 같이 문제를 직선적으로 제기해 보겠어요.

한국은 독도를 완전히 자기 땅으로 보고 실질적으로 점유하는데, 이것을 미국이 중립을 지킨다는 핑계로 그전에는 한국 땅이라고 했다가 사실 더 한국 땅이 되면 되었지 아무 변화가 없는 상황에서 이제는 아무 나라에도 속하지 않는다고 하면 오히려 이것은 현재 상태에서 일본 편을 드는 것이 아닌가? 그리고 독도를 필요 없이 분쟁지역으로 만드는 것이 아닌가?

한국은 역사적으로 독도를 한국 영토라는 전제 하에 계속 생활해 왔으며 경제적, 정치적, 과학적 여러 방면에서 자기의 권리를 행사하는 중에 혹시 가스나 석유가 터지면 일본이 가만 있지 않을 텐데 혹시라도 일본이 한국을 무력으로 공격할 가능성을 생각해보았나? 그럴 경우 미국은 어떤 반응을 보일 것인가? 이를 침략으로 볼 건가, 자기 방어로 볼 것인가?

일본은 한국 뿐 아니라 사방으로 다른 바다 곳곳에 여러 나라와 분쟁을 일으켜 자기 땅을 넓히려는 야심이 여전한데 그럴 때 상관 안 한다는 태도는 오히려 일본 편을 드는 것이 아닌가?

우선 일본을 자세히 공부하고 가서 인터뷰를 하세요. 정말 많이 준비하셔서 그분이 무슨 대답을 할 거라 미리 짐작하시고 거기에 대응하는 질문을 별도로 마련해 가시지요.

7월 31일 최우석 특파원은 부시 대통령을 인터뷰하고 나오자마자 필자에게 전화를 걸어 흥분한 목소리로 이야기했는데, 이후 인터뷰 과정을 다음과 같이 자세히 적어 이메일로 보내주었다:

교수님,

제가 교수님께 의견 여쭙는 이메일을 Monday, July 28, 2008 4:22 pm 에 보낸 거로 돼 있습니다. 그리고 제가 답장 받은 건 5시 23분 쯤인 것으로 보입니다.

그리고 아래는 부시 대통령과 인터뷰한 내용입니다.

기록에 남겨둬야 할 거 같아서 한국 사람들은 독도에 대한 일본의 소유권 주장을 일본의 제국주의로 생각한다는 대목을 무작정 읽어 내려갔습니다. 그런데 이미 제가 사전에 제출한 질문 내용을 부시 대통령이 알고 있었기 때문인지 중간에 제 질문을 끊고 폭탄선언을 해버린 것이죠.

암튼 오늘 방미 중인 우리나라 국회의원들과 특파원 간담회를 가졌는데, 그 자리에서도 김 교수님의 활약상이 소개되기도 했습니다.

제가 볼 때는 지금부터 시작입니다.

국회의원들에게도 땜질식으로 왔다갔다 하지 말고, 장기적인 차원에서 푸른 눈을 가진 한국학 전문가들을 양성해야 한다고 강조했습니다.

얼마나 귀담아들을지는 모르겠지만, 하여간 시도는 해봐야지요.

자주 연락 주세요.

최우석 올림

아래는 부시 대통령과 최 기자의 인터뷰 전문과 해설문이다.

Q. Thank you, sir. It's a long question and I'll probably -- I don't know how to put it, but your strongest allies in Asia are Korea and Japan, recently on a tug-of-war game these days over this little island called Dokdo. And I know it's -- Koreans get very upset because every time.

(감사합니다, 대통령님. 제 질문은 깁니다. 어떻게 말씀을 드려야 할지 잘 모르겠으나 아시아에서 귀국에 제일 가까운 동맹국들은 한국과 일본입니다. 그런데 그 두 나라가 최근 독도라는 조그마한 섬을 가지고 줄다리기를 하고 있습니다. 그리고 … 그럴 때마다 한국인들이 분노합니다.)

THE PRESIDENT: I want to make some news with you.

(대통령: 뉴스가 있습니다.)

Q. Pardon me?

(네?)

THE PRESIDENT: I'll make some news for you today.

(오늘 좋은 뉴스를 하나 드리겠습니다.)

Q. Yes, sir, that would be great --(laughter) -- because, you know, Koreans get upset over this island because whenever the Japanese mention that -- you know, it's like the Japanese expansionism in the region and so on. You know, when the U.S.…

(넵, 그러면 정말 좋겠군요.(웃음) 왜냐하면 한국인들은 일본 사람들이 거기에 대하여 언급만 해도 화가 치밀지요. 일본의 아시아 지역의 제국주의 같은 것 말입니다. 아시겠죠, 미국이…)

THE PRESIDENT: Get ready.

(자, 잘 들어보세요.)

Q. Yes, so…

(네, 그러니까…)

THE PRESIDENT: Are you ready for some news?

(뉴스 하나를 들을 준비가 되셨소?)

Q. I am ready for some news, please.

(네 뉴스는 언제고…)

THE PRESIDENT: First of all, this dispute will be settled by Japan and South Korea. As to the database, I asked Condi Rice to review it and the database will be restored to where it was prior -- seven days ago.

(우선, 이 분쟁은 일본과 한국이 해결할 일이오. 그 데이터베이스에 관해서는 콘디 라이스(국무장관)에게 다시 검토해 보고 일주일 전의 기록으로 되돌

리라 지시했소.)

Q. Thank you, sir. That's big news.(Laughter.) It is news.

(감사합니다, 대통령님! 정말 대단한 뉴스고요. 정말 뉴스에요.)

THE PRESIDENT: It is big news.

(대단한 뉴스지요.)

Q. Right. And I think Koreans will really appreciate that, be-cause…

(그렇습니다. 그리고 한국 사람들이 정말 고마워할 것입니다. 이유는 …)

THE PRESIDENT: Congratulations on breaking this.(Laughter.)

(뉴스 속보를 축하하오.)

이는 물론 방한을 앞둔 부시 대통령이 한국에 줄 선물을 생각한 끝에 답변한 듯도 하지만 필자가 보기에는 기자가 독도 관련 질문들을 미리 제출하였기 때문에 부시 대통령의 고문들이 이러한 답변을 제안했을 가능성이 높았다. 이로 하여 미국 정부가 설명하지 않았던 이상한 에피소드가 없었던 일로 슬쩍 해결된 것이다. 그리하여 우리는 국제 사회에서 문제가 될 수 있었던 소위 "독도 게이트"를 피한 것이다. 이렇게 시작한 독도와의 인연은 필자로 하여금 계속 한일 관계를 생각하게 만들었고 이후에도 새로운 경험과 기회를 가지게 했다. 가령 이 의회도서관 사건에 즈음하여 국제 한

독도를 방문한 대학생들이 손도장으로 태극기 형상 퍼포먼스를 펼치는 모습.

국학자들의 토론 그룹인 Korean Studies 회원들 사이에 독도를 둘러싸고 치열한 논쟁이 벌어졌는데 필자는 거기 참석할 기회가 있었다. 그 과정에서 소위 한국학을 한다는 학자가 되려 일본 편을 들고 한국의 과격한 태도를 비판하는 데 놀라기까지 하였으나, 한편 필자 자신을 돌아보는 계기가 되기도 하였다.

이처럼 작은 공헌 덕에 필자는 삼성생명이 주는 비추미 특별상을 받게 되었다. 시상식장에서 필자는 다음과 같은 수상 소감을 발표하였다:

저는 외국에 살며 비추미라는 상이 있는 줄도 몰랐습니다. 제가 근래 한국에 올 때마다 느끼는 것은 물론 경제적, 정치적, 사회적 발전도 인상적이지만 나아가 과학과 예술뿐 아니라, 의식주 일상생활뿐 아니라 특히 말의 구석구석까지 보이는 창조성으로 은근한 흥분을 주는 것이었습니다.

비추미상의 이름 자체도 그 창조성의 일부인 것 같습니다. 제가 지난 10월 언어학 학술대회 발표차 한국에 나와 있을 때 올해의 비추미 여성대상 특별상 수상자로 선정되었다는 연락을 받고 아직 영문을 몰라 "비추미"가 무슨 뜻이냐고 여쭈어보았을 때, 그 말이 "비춘다"라는 어원에서 새로 만들어 낸 말이라는 설명을 듣고 "아, 과연" 하고 즉시 이 상이 얼마나 영예스러운 것인가를 알게 되었습니다. 그리고 곧 여러 가지로 모자란 점이 많은 저에게 이 영광스러운 상을 받게 해주신 심사위원님들, 그리고 이 행사를 준비하시며 헌신적으로 노력해주신 삼성생명 공익재단 여러분께 고마운 마음이 그지없게 되었습니다. 그리고 오늘 이 분주한 연말에 어려운 걸음을 해주신 친척, 친지, 한국사회 지도자 여러분이 보여주시는 저에 대한 사랑에 벅찬 느낌과 함께 겸허한 마음을 가지며, 그리고 그 사랑과 격려를 받을 가치가 있는 사람이 되어야겠다는 큰 책임감도 동시에 느낍니다.

이번 비추미 특별상 시상이 한국과 국제사회에 보내는 메시지는 그만큼 독도라는 작은 섬이 한국의 정체성에 얼마나 큰 상징이 되었는가를 보여주는 듯합니다. 한 인간의 경우와 마찬가지로 한 나라도 어떤 위기에 처했을 때 어떻게 처신하는가가 그의 본질을 보여주는 계기가 된다고 생각합니다.

독도는 해방 후 만성이 되어버렸다 가끔 덧나는 무슨 고질병처럼 한국인들의 관심 대상이 되었다 말았다 해왔습니다. 지난 여름 미 의회도서관 주제명 건으로 한국인들에게 자극이 되고 지극한 관심을 불러일으킨 이번 사건은 당장 위기감을 극복할 정도는 되었으나, 상태는 여전히 불안하고 장래에 대한 체계적인 대책이 필요하다는 것을 상기시키는 계기가 되었습니다.

이 기회에 여러분들, 특히 여러 한국 언론기관의 미국 특파원님들이 제가 강력히 그리고 거듭 호소드리는 말씀 — 즉, 진정 세계가 독도를 우리 영토로 인정하는 것을 바란다면 역사적 진리와 법적 정의를 토대로 한 정정당당한 권익을 점잖게 추구하는 일, 우리가 무엇보다 남에게 존경과 사랑을 받는 문화인, 문명인으로 간주하도록 노력해야 한다는 — 그런 말씀을 들어주시고 여러 가지 보도에 반영해주신 것을 무엇보다 감사하게 생각하고 있습니다.

현재 어느 국가도, 사회도 세계 다른 국가와 민족들과 평화적 공존과 협력을 하지 않으면 번영할 수가 없습니다. 애국자라는 말은 배타자라는 말과 동의어가 되어서는 안 됩니다. 힘이라는 말도 존경이 없이는 무의미합니다. 그래서 저는 아직도 독도에 관한 궐기대회에 가서 주먹을 휘두르며, 얼굴이 빨개지도록 분개하며, 악을 쓰는 한국인이나 재외 한인들의 모습을 보면 마음이 조마조마해지고, 혹시나 외국 기자가 취재할까 봐 걱정부터 앞서고 안타까운 마음 이루 묘사하기 어렵습니다. 왜냐하면 국제사회에서 이런 행동은 어딘가 켕기는 데가 있고, 열등감이 있는 사람의 행동으로 보이기가 쉽기 때문입니다. 독도는 우리가 어엿한 주인이고 아

직도 점유하고 있으며 자신만만하고 여유 있어 보이는 행동을 하는 것이
더 설득력이 있다고 봅니다.

지금 한국은 현대문명에서 가장 중요한 자본의 하나인 정보기술의 첨단
을 걷는 나라가 되었습니다. 그것을 잘 이용하여 세계인들이 우리의 마
땅한 권리를 인정하고 일본 정부마저도 — 그리고 여기서 모든 일본인이
자기 정부의 태도를 지지하지 않고 있다는 것을 확실히 해두고 싶습니다
— 스스로 부끄러웠던 자기들 조상들의 일시 잘못을 일단 인정하고 뉘우
치며, 젊은이들에게 역사에서 교훈을 받게 하며 세계의 무대에서 진정한
문명인으로 떳떳하게 살아갈 수 있게 하는 일에도 협력하는 것이 중요하
다고 생각합니다. 우리와 문화적으로 언어적으로 그리고 지리적으로 가
장 가까운 일본과 우호를 도모하는 것은 우리의 장래 번영을 위하여서
도 중요한 일이라고 생각합니다. 쉽지는 않겠지만 노력해야 합니다.

당장 우리가 할 수 있는 일은 아직도 전쟁, 정치적, 경제적 투쟁의 나라로
남의 주 환심을 사는 동아시아 문명의 과거와 현재 주요한 공헌 국으로
써의 한국의 전통과 한국의 얼을 세계에 더 널리 알리는 일입니다. 그래
서 이번에 주신 큰 제가 받는 상금은 우리 대학의 한국학발전기금에 전
액 기부하려고 합니다. 여러분들도 이러한 사업의 중요성을 깨달으시고
오늘 해리상을 타신 박동은 님의 말씀대로 각자 조금씩 기부하여 세계
를 뻗어 나가는 큰 꿈을 꾸어보도록 했으면 합니다. 감사합니다.

또 필자는 동북아재단에 초대를 받아 새로 여는 독도연구소 해외 자문

위원이라는 중책에 위촉되고 그 개소식에 참여하였다. 이어 청와대에까지 초대를 받고 이명박 전 대통령님과 토론하는 기회를 가졌다. 이 전 대통령은 조지워싱턴대학에서 꽤 오랜 시간을 방문학자로 계셨고 우리 집에까지 오신 일이 있어 너무 반가웠다. 하지만 개인 이야기는 삼가도록 조심한 뒤, 각자 발언할 기회가 왔을 때 필자는 비교적 짧은 내용이지만 다른 분들과 각도를 달리 해서 말했다. 요약하자면 독도가 진정 우리 영토임을 세상에 알리려면 우리가 다른 누구보다 문화인다운 행동을 하고 점잖게 행동하며, 감성보다는 이성을 가지고 국제적으로 행동하며 일본마저 그렇게 행동하도록 도와주자는 내용이었다. 당시 이 대통령은 최종 정리하는 과정에서 필자가 한 말을 인용하셨다. 필자의 말이 설득력이 있었던지 대통령의 생각이 필자의 생각과 일치했던지 모르겠지만 어느 쪽이든 상관없이 고맙고 큰 다행이라 여겼다. 필자가 청와대 방문에서 또 다른 행운으로 느끼는 것은 그 모임에서 김관용 경북 도지사를 만나 뵙고 그 인연으로 부인인 김춘희 박사, 그리고 당시 경북 환경해양산림국장 겸 독도수호대책본부장이었던 김남일 박사를 만난 것이었다. 처음 만나 뵌 지 8년이 되는 2015년 여름, 필자는 경북 도지사를 연임중이신 김관용 님과 사모님의 따뜻한 환영과 배려를 다시 받는 행운을 경험했다. 이번에는 남편, 딸, 사위, 손녀까지 온 가족과 함께 두 분을 만나 뵙고 안내원으로부터 경북 명산 고적을 소개 받는 기회까지 얻었다. 여전히 경주 부시장으로 활약하고 계신 김남일 박사와 재회하는 기쁨 또한 그 여행을 값지게 했다. 이 분들과 다른 여러 경북 인사들의 변함없는 환대와 사랑을 만끽하면서 경상북도를 통해 한국 전통을 재발견하는 가운데 약동하는 한국의 에너지를 받고 돌아왔다.

2008년 8월 15일, 제 63주년 광복절을 맞아 독도에 초대되어 김남일 당시 독도수호대책본부장과 기념사진을 찍은 필자.

2008년 독도 방문은 영원히 잊지 못할 그림을 내 마음에 뚜렷이 남겼다. 우리는 모두 주최측에서 준비해 준 예쁜 분홍과 하늘색, 흰색으로 디자인된 스카프를 걸치고 있었다. 필자는 원래 크기와 종류를 막론하고 배만 타면 멀미를 하는 체질이다. 그런데 이상하게도 고급 유람선을 탄 것도 아니고, 독도 주변 해역을 지키고 있는 경북 해양경찰청 소속 함정을 타고 밤새도록 비오는 험한 바다에 흔들리며 갔는데도 전혀 불편함을 느끼지 않았고 오히려 기대감에 마음 속 흥분과 기쁨을 감추기 어려웠다. 다만 기상악화로 착륙하지 못할까봐 내내 조마조마 하고 있을 뿐이었는데 이런 심정은 동승한 필자의 동생과 올케를 비롯해 동행하던 200여명의 국가유공자들이 똑같았다. 드디어 독도가 수평선에 나타났을 때 그 감격은 이루 말하기 힘들다. 마치 오랫동안 잃었던 보물을 다시 찾은 듯한 느낌이었고 생각보다 웅장하고 무엇보다 아름다운 모습에 목이 멜 것 같았다. 이 기회를 주신 김관용 도지사님께 특별히 고마운 마음이 들었다. 하느님이 도우사 우리가 도착할 즈음 비도 그쳤고, 온통 태극기로 뒤덮힌 독도가 우리를 맞이하였다. "독도는 우리 땅"이라고 쓴 방패연 2백여 개도 하늘에서 춤추고 있었다. 음악 연주와 시상식, 붓글씨 쓰기 등 여러 가지 프로그램을 곁들인 광복절 기념식이 거행되었다. 필자에게는 그 전 달 독도 명칭을 '리앙쿠르 암석'으로 바꾸려 한 미국 의회도서관의 계획을 막은 공로로 행운의 표창이 주어졌다. 필자는 평소 여기저기서 받은 표창장을 전시하는 성격이 아닌데 그 때 받은 고려청자에 새겨진 감사패만은 필자의 집 거실에 모셔 두고 있다. 잊지 못할 그날, 필자는 광복절의 뜻이 새삼스러워지고 자유와 독립을 누리고 사는 한국이 상기되어, 속으로 이러한 축복을 우리가 길이길이 누리기를 기도했다. 집에 돌아온 필자는 이명박 대통령 앞으로 다음과 같은 편지를 올렸다:

이명박 대통령님께,

지난 8월 14일 독도 연구소 개소기념 아침 간담회에 초대해 주셨을 때 찍은 사진을 감사히 받았습니다. 사진을 보며 그 날 따뜻하고 친근하게 맞아주신 대통령님의 기억이 새삼스러웠고, 초청해 주신 데에 다시 감사했습니다. 또 함께 참석하신 여러 분야의 동포들과 청와대 비서실 외 여러 임원, 그리고 정부 장관님들, 경북 도지사님, 그리고 독도에 사시는 김성도 님 등 다 눈에 선했습니다.

대통령께서 독도 문제를 우리 동포면 어디에 살든 염려하고 걱정하는 것을 잘 이해하시고 그날 여러분들의 의견을 주의 깊게 들어주시는 것이 감명 깊었습니다. 특히 우리 국민이 문화인들로 국제사회에서 존경받는 행동을 하는 것이 얼마나 중요한가를 강조하는 제 소견에 공감을 표하시고 찬성하시는데 많은 격려를 느꼈습니다.

대통령님과 만난 다음 날 저는 경북도지사 김관용 님의 배려로 8.15를 독도에서 맞는 감격의 경험을 할 수가 있었습니다. 독도는 생각한 것보다 크고, 아름답고 정말 위엄이 있어 보였습니다. 그런데 당장 제게 걱정되는 것이 있어서 대통령님 이하 모든 국민에게 급히 알려 드려야겠다는 마음이 생겼습니다. 즉, 제가 알기에 독도를 보호지역에서 해제하여 사람이 정식으로 살 수 있게 하는 운동이 있는데, 그 자체는 좋은 생각이라고 생각하지만, 자연을 손상하는 일이 생길까 봐 무척 걱정됩니다. 제 개인의 생각은 사실 거기에 "한국령" 하고 바위에 새긴 것 정말 마음에 안 듭니다. 북한이 금강산 바위마다 "김일성 장군 만세" 등 여러 가지 낙서로 무자비하게 자연을 파괴하였다는 말을 들었습니다. 우리 독도가 그렇게 되면 절대로 안 되겠습니다. 그렇게 슬로건을 여기저기 써 놓았다고 우리 영토가 된다고 생각하는 것은 참 어리석은 일 같습니다. 꼭 그런 표시를 해야 한다면 꼭 하나만 아름다운 조각으로 된 기념비 같은 것을 세우는 제안을 하고 싶습니다.

이 대통령님, 여러 가지로 힘드신 것 잘 알고 있습니다. 제가 멀리서 도움이 되어 드릴 수 있으면 언제나 알려주십시오. 무엇보다 건강에 유의하시고 건설적으로 말씀드리는 국민들의 의견은 잘 들어주시고 같이 일하시며, 한국의 번영과 세계에서 존경받는 나라가 되도록 모든 국민을 잘 인도하고 도와주시기 바랍니다. 안녕히 계십시오.

독도 7시 26분

필자는 2009년 6월 25일 동북아재단 독도연구소 해외 자문위원이자 워싱턴의 유서 깊은 코스모스 클럽 회원으로서 동북아재단이 주최한 "Historical and Global Aspects of Geographic Names: 'Dokdo' and 'East Sea' ('독도'와 '동해' 지명에 관한 역사적 세계적 양태)"라는 제목 하에 모인 공식 만찬 겸 학회를 코스모스 클럽에서 성대히 열었다. 그 행사에는 워싱턴 지구의 한국학 학자, 지리학자, 정치인, 언론인, 사업가 등 80여명의 저명인사들이 참석하였다. 그중 당시 워싱턴 시의 최상 재판관이었던 로이스 시 램버스 (Royce C. Lamberth) 판사는 필자에게 다음과 같은 편지를 보냈다:

"Please accept my sincere appreciation for a very interesting and informative dinner and discussion last night. You seated me at a terrific table. And the food was excellent. The discussion was fascinating, on a subject I never heard of before. I am most grateful to you for including me. I hope my light-hearted remark about ruling for Korea was not out of place. It may have been since that was such a serious discussion. I didn't mean to offend anyone. But I really did have a great time. Thank you."

(어젯밤 진심으로 흥미 있고 많은 것을 배울 수 있었던 만찬과 토론에 대해 심

심한 감사를 표하고 싶습니다. 저를 명예로운 자리에 앉게 해 주신 점 감사드립니다. 음식도 훌륭했으며, 그 전에 들어보지도 못했던 주제는 신기하기까지 하였습니다. 저를 영광스런 자리에 불러주셔서 정말 고마웠습니다. 제가 무턱대고 한국 편이라고 경쾌히 말한 것이 오히려 엄중한 토론에 폐가 되지는 않았을까 염려도 됩니다. 무엇보다 아무도 그로 인해 기분 상하지 않으셨기를 바랍니다. 절대로 그 장소를 가볍게 보아서 한 말이 아니었으니까요. 하여튼 저는 정말 좋은 시간을 가졌습니다. 거듭 감사드립니다.)

그날 프로그램이 대성공이라 생각한 이유가 바로 이 점이었다. 즉 "독도", "동해"란 말을 들어보지도 못했던, 특히 미국 정치와 사회의 지도자 역할을 하는 이러한 청중들의 마음을 움직였으니 더 바랄 것이 없었다. 필자는 그간 여러 가지 한국학 관계 학회나 행사를 조직할 때, 어디까지나 우아한 분위기 안에서 논리적이고 학술적인 토론을 통하여 국제 사회에서 제 삼자인 분들에게 한국 문화와 정신, 그리고 당면한 문제들에 대해 관심과 동의를 구하고자 했다. 그런 가운데 우리 역사와 전통을 알리고자 했으며 또한 현재 세계 각지의 문화와 문명에 참여하며 열심히 사는 우리 동포들이 존경심을 얻게 하고자 했다. 그날의 만찬 겸 학회가 이러한 필자의 노력이 인정을 받은 행사가 되었다 생각하니 속으로 아주 기뻤다. 때로 독도에 관한 궐기 대회에 가보면 한인들끼리 모여 누구를 보고 들으라고 외치는 것인지 주먹을 휘두르며 목이 쉴 정도로 악을 쓰며 분개하는 모습에 안타까울 때가 많았다. 필자의 행사가 그런 모습과 크게 대조가 되어 다행스럽게 여겨졌다. 지금도 필자는 독도뿐 아니라 모든 한국, 동아시아 국제 문제에 큰 흥미를 느끼는 한편 이 지역의 나라들이 서로 손을 잡고 평화와 번영을

(위)2013년 정부는 해외 공관으로는 처음으로 중국 북경 한국 문화원 내에 독도가 우리 영토임을 알리는 상설 독도 전시관을 개설하여 운영중이다. 사진은 주중 한국문화원 내 독도상설 전시관(전시명 : 북경에서 만나는 독도).

(아래)미국 워싱턴 소재 한국의 친구들(Friends of Korea, http://www.friendsofkorea.net/)에 초대된 토론자들과 기념촬영을 가진 필자.

누리기 바라면서 동아시아 관계에 대한 많은 학술대회, 행사 등에 열심히 참석하고 있다. 다른 한편 독도가 학술적이든 실용적이든 더 이상 토론할 대상이 될 수 없다고 생각되는 날이 곧 오기를 빈다. 동시에 필자는 남북이 마음으로라도 통일하고 피를 나눈 민족으로서 서로 돕고 응원하고 자랑스러워하고, 자신만만해하고 여유로워지기를 손꼽아 기도한다. 얼마 가지 않아 우리가 동아시아의 당당한 나라, 세상이 존경하는 평화롭고 풍요로운 나라가 되기를 꿈꾸어본다.

나의 삶에서 본 독도

이해근(경상북도 前 독도정책과 주무관, 前 경주시립도선관장)

독도는 우리의 자존심이자 한민족의 끈질긴 생명력의 표현이며 일제의 핍박으로부터 벗어난 우리나라의 완전한 독립의 상징이다. 매일 아침 가장 먼저 태양을 맞으며 동해의 기상을 전해주는 길잡이요 호시탐탐 도발을 일삼는 일본의 야욕에 온몸으로 맞서는 국토의 든든한 지킴이다. 누가 독도를 국토의 외로운 막내라도 했던가? 아니다! 독도는 맏형이다. 그렇게 대접받아야 마땅하다. 어릴 때부터 초등학교 때까지 학교에서 배우지 않고 가르쳐 주지 않아도 필자는 독도를 의심할 여지없는 우리의 소중한 영토라고 생각해 왔다. 필자에게 독도는 아주 저 멀리 동해의 중심에 있어 누구도 쉽게 갈 수 없는, 경외감과 신비함이 어우러진 동화 속 환상의 섬이었다. 그런데 중학교 때 일본이 독도를 자기 땅이라고 우기고 있다는 말을 듣고 피가 거꾸로 솟구치는 듯한 분노가 일었다. 도대체 말이 되지 않는 소리라 후안무치한 일본의 도발에 어안이 벙벙했음은 그 당시 필자만 느낀 감

독도 7시 26분

정이 아니었을 것이다. 글도 잘 모르고 정식 교육조차 받지 못한 우리의 할아버지, 할머니, 부모님, 주변의 어르신들은 치를 떨며 "일본 놈들이 또 우리를 잡아먹을라 한다"며 분노하시던 모습이 지금도 눈에 선하다. 이런 분들이 독도에 대해서 배우셔서 그렇게 하셨겠는가? 누가 봐도 당연한 우리의 땅이었는데 구한말 무력을 앞세운 이웃에게 도둑 맞은 통한의 역사를 온몸으로 알고 계셨기에 분노의 도는 더하셨을 것이다. 최초로 독도에 대한 위기감이랄까. 독도 뿐만 아니라 반쪽으로 갈라진 우리 영토에 관심과 애착심을 가지는 계기가 되었다.

그래서 고등학교 때 큰 관심을 가진 지리과목이 급기야 가장 좋아하는 과목이 되었다. 가뜩이나 좁은 영토에 많은 인구가 살고 있어 "아들 딸 구별 말고 하나 낳아 잘 기르자"는 인구 정책이 지배하는 사회 분위기속에서 세계 지도를 들여다보니 정말 우리나라가 좁구나! 이렇게 밖에 땅이 없나! 하는 자괴감이 들었음을 솔직히 부인하기 어렵다. 그 속에서 우리나라의 영토를 동해 한 가운데까지 넓게 차지하도록 만든 존재가 있었으니 다름 아닌 독도였다. 비록 영해지만 자그마한 몸으로 동해를 지키는 독도가 그렇게 자랑스러울 수가 없었다. 동해를 우리의 바다로 만든 이사부 장군이 광개토대왕 같은 개척자요 소중한 국토의 수호자라고 생각했다. 이후 일본이 간간이 독도에 대해서 집적거릴 때마다 우리는 무시로 일관했고 말도 안 되는 망발이라고 일축했으나 힘으로 밀어붙이며 국제사회에서 독도 영유권에 대한 지지기반을 넓혀가는 일본에 대해서는 속수무책이었을 것이다. 먹고 살기 바빠서 경제발전을 국가 최대과제로 삼고 있었으며 독도문제를 크게 이슈화 한 적도 없기 때문에 일반 국민들은 독도에 대해서 무관

심했고 필자 또한 그러했다.

　세월은 흘러 일본의 독도 도발은 점차 집요해졌고 중앙정부와 지방정부 (시마네 현)가 앞장서서 계획적이고 조직적인 도발을 감행하기 시작했다. 특히 2005년 들어 시마네 현이 죽도의 날을 조례로 제정하고, 일본 방위백서에 독도 영유권을 명기하는 등 저들은 도발을 본격화했고, 이어 2006년 시마네 현은 1회 죽도의 날 행사를 개최했고, 2008년 일본은 중학교 사회 교과서에 독도 영유권 명기 방침을 밝힘으로써 역사왜곡이라는 후안무치한 행위를 서슴지 않았다. 이에 정부와 경상북도는 그동안 관리차원으로 운영하던 독도정책을 영토수호 차원의 정책으로 전환하고 2008년 2월 4일 해양정책과(과장 노진학) 내에 독도지킴이팀을 창설하고 4명의 직원(김종호 팀장, 이해근, 김호기, 이소리)을 배치하였는데 필자도 그 일원이 되었다. 참으로 우연의 일치요 숙명적인 역할이 맡겨진 셈이다. 이제 본격적으로 독도수호를 위한 정책 개발과 사료 발굴, 국민적 공감대 형성 등 체계적으로 추진해야 할 일이 산더미처럼 쌓여갔다.

　몇 가지 주요한 일을 보면 2월에는 독도캐릭터 개발 최종보고회, 독도관리선 건조 실시설계 최종보고회, 독도자료 특별전시회, 독도 특별강연 및 학술대회 개최, 3월에는 독도바다사자 복원회의, 경상북도 독도 연구기관 통합협의체 발족, 4월에는 독도 현지 사무실 운영 개시, 5월에는 독도방문 행사 진행, 6월에는 안용복 장군 행적 답사, 등이 이어졌다. 독도 국내외 홍보자료 발간회의 등 많은 일들을 팀원 모두 합심하여 평일과 공휴일을 가리지 않고 수행했다. 7월 들어 더욱 교활하고 집요해지는 일본의 도발에 김관용 도지사님을 비롯한 도의회, 유관기관단체 등이 참여한 대규모 일본 도발 규탄대회를 독도현지에서 열었고, 7월 17일 독도수호대책본부(본부장 김남일)를 발족시켜 인원도 2배로 보강하는 등 영토수호를 위한 본격적이고 실질적인 행보를 시작했다. 독도수호종합대책을 수립하여 발표하고 정부에 독도수호사업을 위한 예산지원을 건의하였으며 독도사랑 캠페인과 국무총리 독도방문을 성사시켰으며 도의회 독도수호특별위원회도 발족시켰다. 8월에는 국무총리산하 정부 독도영토관리대책단에 이어 동북아역사재단 독도연구소를 발족했고, 경북도의 광복절 행사를 독도 현지에서 민관군이 참여한 가운데 성대하게 개최하여 독도수호의지를 만방에 천명했다. 9월 들어 먼저 일본 방위백서 규탄성명을 발표했고 이어 22일에 독도수호대책팀(팀장 김중권)을 신설하여 인원을 더욱 보강하고 별도부서로 개편하여 독도에 관한 실질적인 일을 전담토록 하였다. 10월 20일 국회의 경북도에 대한 국정감사가 있었다. 온통 독도에 대한 감사였다. 진정으로 나라를 위한 충정에서 감사하는 의원들이 많았지만 정략적으로 이용하는 듯한 의원들도 있었다. 어떤 의원은 자기 마음에 들지 않는다는 이유로 담당 공무원을 징계하라는 발언까지 서슴지 않았다. 참으로 어처구니없는 일이었으며 내부의 적이 더 무섭다는 말이 실감나는 순간이었다. 우리나라가 외침으로 망한 사례는 드물었고 거의 내부 분열로 망했음은 주지의 사실인 바 독도수호업무도 중앙과 지방, 관계기관 간 부처 이기주의 등으로 알력이 많은 것이 현실이니 이는 하루 빨리 청산되어야 할 적폐다.

2009년 접어들어 독도시설사업 착수, 독도평화호 취항, 안용복재단 출범, 독도 홍보관 개관 등 많은 일들이 이루어졌다. 부서 신설은 기존의 업

독도수호 대책본부 현판식 장면(2008년 7월 17일).

무는 더욱 발전시켜야 하고 새로운 일들은 개척·발굴하고 수행해야 하는
고단함을 준다. 이러한 일들은 독도에 대한 사랑과 국토 수호의 열정 없이
는 어렵다. 어쨌든 초기의 우리 팀원들은 모두가 사명감으로 똘똘 뭉쳐 전
진한 결과 독도수호의 작은 밀알이 되어 초석을 다졌다고 자부해 본다. 필
자의 경우 아쉽게도 8월에 타 부서로 옮겼지만 독도에 대한 관심과 사랑에
는 예나 지금이나 변함이 없다. 면적 187,554㎡, 둘레 5.4km의 자그마한 섬
독도. 그러나 그 존재는 한반도 크기를 넘는 영토성과 우리 겨레의 자부심
을 상징한다. 역사적으로나 지리적으로 엄연한 우리의 영토임이 틀림없고
지정학적, 전략적으로도 대단히 중요한, 영토 그 이상의 가치와 의미를 가
지는 소중한 우리의 자존심이다. 이런 독도가 힘을 앞세운 일본의 후안무
치한 억지 주장 때문에 분쟁의 도가니에 휘말린 것은 너무나 어처구니없

독도 7시 26분

고 분노가 치미는 일이다. 물론 우리 땅이라는 증거사료 발굴과 논리의 개발, 우리 후손들에 대한 독도 교육, 실효적 지배를 위한 여러 가지 대책도 중요하지만 결과적으로 힘에 의해 지배되는 국제사회의 엄연한 현실에서 독도를 지킬 수 있는 길은 우리의 힘을 기르는 길 뿐이다. 지금도 필자는 매일 대금과 오카리나 등으로 "홀로 아리랑"을 연주하고 "독도는 우리 땅"을 입으로 흥얼거리고 있다. 그런 중에 외롭고 애처로운 우리의 독도를 생각하면 마음이 짠하다. 한때 지켜주지 못한 잘못에 대한 미안함과 더불어 이 섬이 그처럼 애처롭고 그립게 다가옴은 독도에 대한 우리 겨레의 원초적인 연모와 사랑 때문이 아닐까?

저 멀리 동해바다 외로운 섬

오늘도 거센 바람 불어오겠지

조그만 얼굴로 바람 맞으니

독도야 간밤에 잘 잤느냐

아리랑 아리랑 홀로 아리랑

아리랑 고개를 넘어가 보자

가다가 힘들면 쉬어 가더라도

손잡고 가보자 같이 가보자

"지키지 못하는 독도,
독도박물관 문 닫습니다"

이재완(前 울릉군 독도박물관 학예연구사, 現 예천군박물관 학예연구사)

독도박물관 폐관 당시 내걸린 현수막.

일본은 해방 이후 지금까지 독도영유권을 계속 주장해왔다. 근래 들어서는 2000년 일본 총리 모리요시가 독도 영유권을 주장했으며, 2005년 3월 16일에는 시마네현 의회가 '다케시마의 날' 조례를 통과시키더니 이듬해 2006년 2월 22일 시마네현 다케시마의 날 행사를 개최했다. 이어 2008

년에 접어들자 일본에 대한 우리나라 국민들의 분노와 독도에 대한 관심이 크게 고조되었다. 이 무렵 필자는 독도박물관 자료실을 정리하던 중 "지키지 못하는 독도, 독도박물관 문 닫습니다."라는 사진 한 장을 발견했다. 때는 2000년 5월, 당시 독도박물관 초대관장이던 사운(史芸) 이종학 선생님이 이 글이 적힌 현수막을 내걸고 독도박물관을 폐관시켜 버린 것이다.

서지학자로 잘 알려진 이종학 관장을 간단히 소개하자면, 1928년 경기도 화성에서 출생하여, 1950년 건국전문대학을 중퇴한 후 1957년부터 서울 연세대 앞 '연세서림'이라는 고서점을 운영하면서 이순신, 임진왜란, 독도, 조선해, 일제침략 관련 등 수많은 유물과 역사자료를 수집·발굴한 인물이다. 더구나 그는 자신이 수집한 방대한 자료를 독도박물관, 독립기념관, 현충사, 수원시 등에 기증하기도 하였다. 그중 독도박물관에 기증한 『신증동국여지승람(新增東國輿地勝覽)』의 「팔도총도(八道總圖), 1530)」, 하야시 시헤이(林子平)의 『삼국통람도설(三國通覽圖說)』의 「삼국접양지도((三國接壤之圖), 1785」 등은 현재까지 독도영유권 주장에 가장 많이 이용되는 자료이다.

그는 30여 년 동안 국내외에서 수집한 861종 1,366점의 자료를 독도박물관에 기증했고, 이듬해 독도박물관 초대관장으로 취임했다. 그는 독도가 우리 영토임을 증명하기 위해 살아생전 50여 차례 일본을 드나들면서 각종 자료를 찾기 위해 노력해 오신 분이다. 일화로 일본 국회도서관에서 중요한 자료를 발견한 후 몰래 옷깃에 숨겨 건물 밖으로 나와 사진관에서 필요한 내용을 촬영한 뒤 다시 되돌려 놓기를 몇 차례 반복했고, 독도 자료가 있

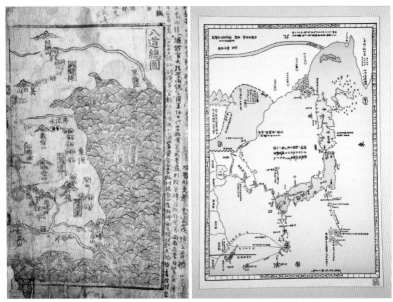

『신증동국여지승람』에 실린 「팔도총도」(1530)와 『삼국통람도설』에 실린 「삼국접양지도」(1785).

는 곳이라면 어디든 찾아갔다고 한다. 일본의 문서보관소나 도서관 직원들이 그가 나타날 때면 '다케시마 나타났다'고 했을 정도로 일본에서도 독도자료 수집가로 알려졌던 인물이었다. 앞서 언급한 사진을 만나기 전까지 필자는 그를 한번 뵙지도 못한 독도박물관 초대관장님, 서지학자 정도로만 알고 있었을 뿐 그에 대한 어떠한 감흥조차 없었다. 하지만 2006년 2월 22일 일본의 다케시마의 날 행사 이후 독도박물관은 국내 유일의 독도전문 기관으로서 존재 가치를 드러내고 있었고, 수많은 교육기관과 언론사에 독도자료를 제공하는 첨병 역할을 했다. 이 무렵 자료실에서 발견한 케케묵은 저 사진 한 장이 소리 없는 역사전쟁에서 싸울 수 있도록 필자에게 깊은 영감을 안겨주었고, (故)이종학 관장님과 필자를 연결해 주었다.

(좌)1998년 건립된 독도박물관 표석, (우)2002년 건립된 대마도 표석.

1997년 8월 8일 독도박물관 개관식 장면. 정부는 섬의 가치와 소중함을 전 국민이 공유하기 위해 매년 8월 8일을 국가기념일인 '섬의 날'로 제정하였다. 2019년 8월 8일이 제1회 섬의 날이다. 마침 독도박물관 개관일이 8월 8일이라 그 의미가 남다르다.

그렇다면 문제의 사진은 어떻게 세상으로 나오게 된 것일까? 당시 독도 박물관이 문을 닫게 된 사연은 무엇일까? 이 궁금증에 대한 답을 당시 현장에 있었던 정승호 씨를 통해 다음과 같이 전해들었다.

"관장님이 보도자료를 작성해 두시고, 현수막을 가져오시는 거야. 현수막을 나보고 걸라고 했어. 그래서 현수막을 걸고 나니 기자들이 와서 사진을 찍는데, 관장님이 직원들은 다치니깐 모른 척 하라는 거라. 그리고 곧장 군수한테 사직서 제출하고 육지로 나가셨지."

그래서 필자가 "그렇게 하신 이유가 뭔데요?"라고 묻자, 그는 "박물관에 예산이 없는 거라. 군에도 졸라보고, 국가기관에도 졸라봐도 안 되고 했지. 그런 와중에 군에서 도와주기는커녕 전기료가 많이 나온다고 오전에만 불 키고(불을 켜고) 오후에는 문을 닫으라는 기라. 그래서 관장님이 그렇게 했지."라고 했다. 이야기를 듣고 2000년 5월 24일 조선일보, 중앙일보, 한국일보에 보도된 자료를 찾았고, 2000년 7월호 신동아에 실린 이종학 관장님 인터뷰에는 그때의 심정이 고스란히 담겨 있었다. "정부가 독도를 지키려는 성의가 없는데 분통이 터졌습니다. 독도를 지키지 못할 바에야 박물관 문을 닫는 것이 낫다고 생각합니다. 독도박물관 운영비는 1년에 4억 원 정도 됩니다. 울릉군 예산으로 이 운영비를 채울 수 없어 경북도청에 가서 사정하고, 중앙 정부에 가서 통사정을 해도 1전도 못 받았습니다. 독도가 영해를 갖지 않는 바위섬이라는 정부 얘기는 더욱 기가 막힌 해석입니다……. 일본 시마네현 의회의사록을 보면 독도에 대한 별의별 논의가 다 나옵니다. 필자가 이런 일본 국내 기록까지 발굴해서 외교통상부로 들고

독도박물관 전경. 경북 울릉군 울릉읍 약수터길 90-17 소재.

가면 외교부 관리들은 무슨 책장수 취급하며 귀찮아하고 상대도 안 해주는 경우가 많아요. 이러니 내가 독도박물관 문을 안 닫을 수 있겠습니까?"라고 했다. 사건 이후 갓 취임한 노무현 해양수산부 장관과의 대담이 성사되어, 비로소 이종학 관장은 정부의 독도박물관 예산지원이라는 약속을 받아낼 수 있었다.

이러한 과거의 흔적은 독도에 대한 일본의 야욕이 노골화됨에 따라 독도박물관의 위상이 높아진 2008년 상황에서는 상상도 할 수 없는 일이었고, 그가 기반을 다져놓은 박물관이 연간 10만 명 이상이 찾는 보훈 교육의 성지로 변모했던 시기였기에 필자를 더욱 놀라게 했다. 그래서 필자는 이 사건을 '국내 독도 전쟁의 승리', '독도박물관의 초석을 다진 위대한 사건'이라 생각했다. 그렇기에 이종학 관장님의 이야기는 필자에게 잔잔한 감동으로 다가왔고, 관장님의 노력과 열정에 대한 연민과 고마움을 느끼는 계기가 되었다. 이 시기 독도 업무로 야근이 많았고 일찍 퇴근하는 직원들은 우스갯소리로 "오래 야근하면 (돌아가신) 관장님 나오시는데"라고 농담하였고, 필자는 "오늘은 꼭 관장님 만나 뵙고 갈랍니다." 했던 기억이 선명하게 남아있다. 이종학 관장의 폐관사건 이후 2001년부터 국비 1억 5천만 원의 정부 지원금을 받게 되었으며 2005년부터는 1억의 도비까지 지원이 이루어졌다. 그후 2008년 독도박물관은 국비 5억 원, 도비 3억 원, 군비 2억 원, 각종 기부금 등으로 총 10억 원 이상의 예산으로, 학예직 관장 아래 사무관 등 13명의 직원으로 운영되고 있었다. 특히 공립박물관 중 국내 유일하게 운영비를 국비로 지원받는 곳이 되었고, 2007년도 예산은 2억을 남길 정도로 풍족한 박물관으로 변모하였다. 이는 관장님이 죽어서도 독도박물관과 독도를 지키려고 했던 노력의 대가였다.

청와대에 보낸 독도방어(獨島防禦)

어느 날 자료실을 정리하던 중 '독도방어(獨島防禦)'라고 프린트된 여러 장의 A4용지를 발견했다. 한 면에 담긴 글자는 '獨島防禦' 4자뿐. 그냥 버리려고 했지만, 궁금증이 발동하여 독도박물관 개관 때부터 근무했던 박경필 씨에게 물어보았다. "박 여사님, 자료실에 있던데 이게 뭐니껴?" 하니, 허탈한 웃음을 지으시며 이야기를 해 주셨다. "어느 날 이종학 관장님과 저동 어판장엘 갔어. 방어 한 무더기가 있는기라. 그래서 어부에게 이거 어디서 잡았냐고 물어보니, 독도 근해에서 잡았다고 하데. 그때 관장님이 그 자리에 있던 사오십 마리나 되던 방어를 몽땅 다 샀지. 박물관으로 가져와 연이틀 비늘을 치고 배를 가르고 소금을 뿌려 염장을 한 후 대꼬챙이에 꿰어 산들바람에 말렸지. 그리고 어느 주류회사에서 나온 소주에 독도방어를 넣고, '독도방어'라고 인쇄된 종이를 한 장씩 넣었지. 그리고 청와대, 국회 등 각계각층으로 '독도방어'라는 이름으로 보냈지. 그분의 깊은 뜻은 우리 섬 독도를 지키자는 것으로 '독도방어'를 외친 것이 아닌지."라고 했다. 그랬다. 이 일은 2000년 5월 그가 독도박물관장을 사직했다가 다시 복귀한 2001년 11월 무렵 이야기다. '독도방어'라고 프린트된 종이에는 그분의 흔적과 정신이 오롯이 담겨 있었다. 이 한 장의 종이는 그가 기발하고 재미있는 사람이었고, 독도 문제에서만은 고집불통 늙은이임을 말해 주고 있었다. '독도방어'는 독도박물관장으로 복귀한 이종학 관장의 독도에 대한 집념의 표현이었고, '독도방어'의 선물은 정부의 국비 지원 약속에 대한 보답이었다. 하지만 그는 이듬해인 2002년 11월 23일 향년 75세의 나이로 생을

(좌)사운 이종학 독도박물관장(1928~2002). (우)사운 이종학 송덕비 전경.

마감했다. 돌아가신 후 그의 유골은 독도박물관 입구 화단에 안치되었고 송덕비도 세워졌다. 생전 '죽어 한 줌 재 돼도 우리 땅 독도 지킬 터'라는 좌우명처럼 그는 죽어서도 독도박물관 입구에 모셔져 독도를 품고 계셨다. 이후 필자는 박물관 안팎에 놓인 당시의 흔적들을 통해 관장님과 만나게 되었다. 박물관은 이종학 그 자체였고, 그의 정신은 필자와 박물관 직원들에게 크나큰 버팀목이 되어 주었다. 독도에 대한 그의 집념과 의지가 박물관 곳곳에 묻어 있었지만, 그 정신을 알게 되는데 꼬박 3년이란 시간이 걸렸다.

울릉도·독도는 강원도 땅이다

독도박물관에 근무한 지 3년째 되던 2008년은 내 생애 가장 많은 전시를 담당했던 때다. 연초부터 시작된 독도 전시는 경북 경산, 경기 수원, 강원 인제, 경북 영천, 제주, 경북 안동, 경북 포항, 서울, 강원 삼척 등에서 개최되었으며 전국을 누비며 다녔던 것으로 기억한다. 독도를 주제로 한 전

경기문화재단 고지도 순회전 리플렛.

시는 국민적 관심과 사랑에 힘입어 연초부터 국내 많은 박물관에서 자료 요청이 쇄도했고, 한편으로는 독도박물관 자체의 순회전 계획에 따라 진행되었다. 그중에서도 기억에 남는 전시는 수원 경기문화재단과 강원도 삼척의 시립박물관에서 진행했던 행사였다. 2007년 어느 날 수원시 권선구의 한 직원에게 전화가 왔다. 권선구가 독도와 같은 위도에 있는 곳이라는 의미에서 독도 전시를 하고 싶다는 것이었다. 그래서 독도 사진과 역사 자료를 메일로 보내고, 독도와 위도가 같은 도시들을 찾아보니, 강원도 삼척에서부터 화성시까지, 일본은 후쿠시마현(福島県), 중국은 옌타이시(烟台市)로 연결된 것이 아닌가. 그래서 국내 독도와 위도가 같은 도시를 중심으로 순회전을 계획하게 되었다. 먼저 수원시에 위치한 경기문화재단 전시는 3월 한 달 동안 3·1절을 기념하여 진행되었다. 수원은 독도와 위도가 같을 뿐만 아니라, 이종학 초대관장님이 계셨던 곳이기에 남다른 의미가 있었다.

(위)삼척시 소공대에서 촬영한 울릉도(2010.9.2. 이효웅 촬영), (아래)울릉도 산막에서 보이는 육지(2008.9.29. 최보경 촬영). 국립해양조사원 공식 집계에 따르면 한반도~울릉도 간 최단거리는 130.3km, 육지~독도 최단거리는 216.8km, 울릉도~독도 간 최단거리는 87.4km다.

더구나 실학자들이 자신의 문집에 울릉도와 독도를 기록하고 있어 향후 경기도 여러 지자체에서 추진 중인 실학이라는 테마와 독도가 연계될 수 있겠다는 생각도 했다.

한편 이 무렵 독도의 자연환경 및 영유권 문제에 대한 국민적 관심 증가로 울릉군 독도박물관의 접근성 문제가 제기되었고, 수도권에 독도박물관을 건립하여 독도박물관을 국립박물관으로 승격하자는 논의도 있었다. 이렇듯 당시의 독도에 대한 국민적 관심은 대단했고, 같은 위도에 위치한 수원에서의 독도 전시는 그만큼 남달랐다. 이때 필자는 향후 수도권의 독도박물관 건립이 논의된다면, 독도와 위도가 같은 수원이 대상지에 포함될 수 있으며, 향후 독도정책 방향에 따라 추진 가능한 사업이 될 것이라 예상했다.

그리고 2008년 10월 삼척시립박물관에서 진행된 순회전은 울릉군과 삼척시 간의 자매결연을 맺는 계기가 되었다. 당시 삼척에서는 처음으로 이사부 축제가 예정되어 있었고, 축

삼척시립박물관 고지도 순회전 전시설명.

제 이전 계획된 독도박물관 순회전은 축제의 성공적 개최와 더불어 그 의미가 남달랐다. 전시회 하루 전 박물관 직원이었던 정승호 씨와 필자는 삼척에 도착하여 전시회를 준비하였고, 이후 독도 문제에 관심이 많은 강원도민일보 최동열 기자와 저녁을 함께 하였다. 이때 그로부터 전시회에 참석하게 될 김대수 삼척시장에 대하여, 그는 삼척 김씨이며, 고향이 소공대 근처임을 전해 듣게 되었다. 이 이야기를 듣고 '시장이 관심을 가지지 않을 수 없는 전시회가 되겠구나'라고 짐작했다.

그리고 다음 날 전시 개막식에는 김대수 삼척시장을 비롯한 많은 인사가 참석했고, 필자는 전시회 설명을 하게 되었다. 먼저 삼척지방의 토호세

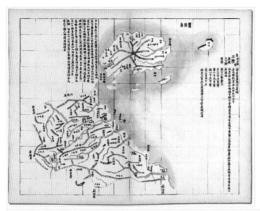

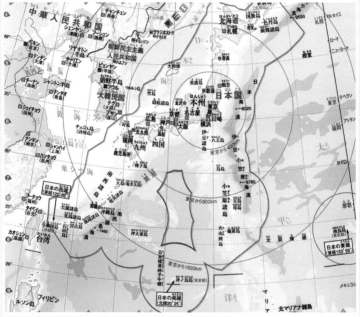

일본 교과서(소학교 지도장)의 200해리 경제 수역도

The map of 200 nautical mile economic zone
from a Japanese text book for primary school

(위)울릉도·독도가 함께 삼척부의 부속도서임을 보여주는 『지도(地圖)』(19세기 중엽 발간, 56.8×43.6, 古大 B-10 A-52 V.3, 고려대학교도서관 소장), (아래)일본 교과서(소학교 지도장)의 다케시마(죽도) 표기.

력이었던 삼척 김씨인 김인우가 태종 17년(1417) 울릉도의 토산물을 조정에 바쳤다는 이야기로 시작했다. 그리고 1253년 이승휴의 『동안거사집(動安居士集)』에 '삼척 요전산성에서 울릉도를 관망했다'는 기록과 이산해의 『아계유고(鵝溪遺稿)』에 '삼척 소공대에서 울릉도가 보인다'라는 것도 설명했다. 마지막으로 고려대 도서관에 소장된 『지도(地圖)』를 소개하면서, 삼척과 울릉도·독도가 한 장에 담겨 있는 지도를 통해 조선시대에 울릉도·독도가 함께 삼척의 부속도서였다는 사실과 1906년 이전 울릉도·독도가 강원도 땅이었음을 확인시켰다. 이윽고 김대수 시장은 뜻깊은 전시였다고 말하면서 우리를 예정되지 않았던 점심에 초대했다. 식사 장소는 긴 사각테이블을 여러 개 붙여 20~30여 명이 둘러앉아 먹을 수 있도록 배치되어 있었고 정승호 씨와 필자는 가장 마지막에 앉아 식사했다. 식사가 끝날 무렵 김대수 시장이 갑자기 "삼척 이사부 축제가 성공할 수 있다고 생각하십니까?"라고 필자에게 물었다. 그래서 "전시회에서 보시듯 울릉도·독도가 삼척 땅이었고, 삼척 소공대에서 보인다는 것은 지리적으로, 역사적으로 밀접한 관계임을 말해 주고 있습니다. 이를 통해 접근한다면 성공할 수 있다고 생각합니다."라고 말했다. 그러자 "축제 성공을 위해 어떻게 해야 하는지요?"라고 되물어, 필자는 "울릉도·독도는 우리나라 국민들이 함께 지켜야 하는 땅이라고 생각합니다. 그렇다면 현재 경상북도에서 5년간 1조의 예산을 독도 예산으로 편성했다고 하는데, 강원도에서도 이사부를 통한 독도 예산을 편성할 수 있을 것으로 판단되며, 앞으로 이사부 축제를 통해 독도 관련 기반시설을 다양하게 갖추고 이를 연계한 사업을 추진해 나간다면 삼척주민과 국민들이 모두 만족할 것으로 생각한다."고 말했다. 그리고 시장님의 고맙다는 말과 많은 분들의 박수를 받은 걸로 기억한다.

식사 이후 차를 타고 삼척을 떠나려는데, 삼척시청 기획감사실장이 잠깐 만나서 이야기 좀 하자고 연락이 왔다. 그 이유는 시장님 지시사항으로 울릉군과 자매결연을 추진하고 싶다는 것이었다. 결정권이 없는 필자였지만, 삼척에서는 울릉도와 연결되는 여객선을 운항하고 있었고, 앞으로 여러 해양도시를 잇는 자매결연은 울릉군을 위해 꼭 필요하다고 판단했다. 이후 이 사업은 담당 부서 직원과 연락되어 추진하게 되었지만 울릉군보다 규모가 큰 자치단체에서 자매결연을 요구받는 기분 좋은 기회도 얻게 되었다. 이때 얻었던 교훈으로 필자는 "콘텐츠만 좋다면 전국 어느 도시와도 자매결연을 할 수 있겠구나"란 생각을 하게 되었다. 몇 개월의 시간이 흐른 뒤, 울릉군과 삼척시의 정식 자매결연이 성사되었고, 2008년의 독도 고지도 전시회가 지금의 이사부 축제의 지속 그리고 삼척시와 울릉군의 실질적인 교류협력의 토대로 이어지고 있어 흐뭇하고 뿌듯한 기억으로 회상하고 있다.

공무원 독도아카데미 교육개발과 첫 강의

2008년 7월 어느 날, 당시 울릉군 정책발전팀으로 승진해 온 김헌린 사무관이 갑자기 '술 한잔 하자'며 독도박물관으로 찾아왔다. 독도전망대에 올라 호박막걸리를 마시며 이런저런 이야기를 나누다 그는 갑자기 필자에게 '독도아카데미'를 해 보자며 권유했다. 당시 독도는 전 국민적 관심 대상이었다. 그때 필자는 독도를 주제로 좋은 프로그램을 만들면 전국민적인 프로그램이 될 수 있다고 생각하였고, 그는 공무원을 대상으로 한 '독도아카데미'가 좋겠다고 하여 교육을 시작하게 되었다. 2008년 5월 일본 문부과학성이 중학교 교과서에 '독도 영유권'을 명기하겠다는 보도가 나온 뒤, 7월 도지사와 총리의 독도 방문, 8월 광복절 행사 독도개최 등이 이어졌다. 이후 처음으로 독도 관계기관 협의회가 결성되는 등 중앙정부와 지방정부에서 독도현안들이 숨가쁘게 진행되던 한 해였다. 한일 간의 독도를 둘러싼 정치대결 또한 한 치의 양보 없이 이어지던 시기이기도 했다. 이처럼 온 나라가 '독도'로 시끄러웠던 한해로 기억한다.

당시 '독도아카데미'는 2달간의 짧은 준비 기간으로 만들어졌다. 정책발전팀 직원이었던 구현희, 성상길, 김효나 주무관들은 프로그램을 비롯한 모든 행정과 아카데미 실무를 담당했고, 독도박물관에 근무했던 필자와 강경혜 연구사는 독도강의와 자료집을 준비했다. 강의를 준비할 당시 필자는 독도박물관이라는 부서에 근무했는데, 이 일은 공식적인 업무가 아닌 정책발전팀의 요청으로 수행하게 된 별도업무였다. 2달간의 강의 준비와 시범강의로 초안이 완성되었고, 이후 대략 일주일간 정책발전팀 직원을 대상으로 시범강의를 진행했다.

마침내 10월 15일 제1기 89명의 교육생 앞에서 '독도아카데미' 첫 강의를 진행했다. 이 강의는 공무원들이 독도 문제의 실체를 구체적으로 인식하고, 한·일간 영유권 논쟁의 배경과 관련 자료에 대한 이해의 폭을 넓히는데 주안점

제1기 독도아카데미 교육생 독도 방문.

을 두었다. 이후 울릉군청 '독도아카데미'의 고정강사로 위촉되어 격주 100여 명씩 울릉군에서 예천군으로 전출하기 전까지 대략 7,000~8,000명의 공무원에게 독도강의를 진행했다. 당시 독도아카데미는 독도박물관 학예연구사로 근무하면서 치러낸 가장 의미 있는 일 중 하나였다고 생각한다.

당시 수강생들에게 필자는 축구 선수 라이언 긱스를 빗대어 독도 이야기를 꺼내곤 했다. "그는 잉글랜드 프리미어리그 맨체스터 유나이티드에서 활약한 '드리블의 마술사', '왼발의 달인' 등 수많은 찬사를 받은 선수지만, 그의 조국인 웨일스는 단 한 번도 월드컵 본선의 기회를 얻지 못했다. 이처럼 독도를 지키는 일도 혼자 잘해서 지킬 수 있는 것이 아니라 온 국민들이 힘을 합쳐야 지킬 수 있는 것."이라고 했던 기억이 떠오른다. 처음부터 공무원 독도아카데미의 호응은 대단했다. 중앙부처 공무원들부터 전국 지자체 공무원까지 교육신청이 쇄도했고, 한 기수에 100~200명의 수강생을 소화하기도 하였다. 교육은 3일간의 코스로 첫날은 독도박물관 학예연구사 특강 및 유명강사의 강의, 둘째 날은 독도 현장답사 및 울릉도 육로 일주, 셋째 날은 유람선을 통한 해상 섬 일주 코스로 이뤄져 있었다. 그러나 울릉군에서는 독도아카데미의 교육생을 위한 숙박, 식당, 선표 등을 한곳에서 해결할 수 있는 시설이 부족했기에 여러 숙소와 식당을 예약하여 해결했다. 그리고 변화무쌍한 바다 날씨로 인해 모든 일정은 울릉도 상황에 맞추어 변경되었다. 이러한 상황에서 독도아카데미 교육생들은 울릉도 주민들의 현실과 섬 문화를 이해하는 데 도움을 주기도 하였다. 한편 공무원을 대상으로 한 이 프로그램으로 인해 교육생들은 독도 교육뿐만 아니라 지역의 버스, 숙소, 식당 등을 이용하게 되었고, 오징어를 비롯한 다양한 특산품을 선물로 구매하게 됨으로써 지역경제 활성화에 기여한 좋은 사례가 되었다. 이로써 독도아카데미는 2009년 행정선진화 명품과제 최우수상을 받는 영예를 안기도 했다. 지금도 독도아카데미는 공무원들이 선호하는 교육으로 운영되고 있으며, 예전과 다르게 독도박물관으로 이관되어 추진되고 있다. 10년이 지난 후 돌이켜 보건대 독도아카데미의 성공비결은 독도박물관의 방대한 연구자료와 독도콘텐츠 개발에 더하여 군의 적극적인 행정력과 당시 직원들의 열정이 적절하게 결합한 데 있었다고 생각된다.

울릉도·독도 파수꾼 울릉군 문화관광해설사

필자는 아직도 울릉도·독도를 지키는 사람들은 독도연구자나 해양경찰이 아닌 이곳 주민들이라고 생각한다. 울릉군은 군사·지리·경제적 요충지로서 넓은 바다를 담당하는 자치단체이다. 더구나 이곳은 우리나라 최동단에 위치하여, 일본과 북한을 대면하는 국경지이다. 하지만 그보다 울릉도 주민들에게 이곳은 오랫동안 살아온 삶의 터전이자 삶의 일부였다. 1974년 울릉도는 3만여 명의 주민이 살던 섬이었으나, 지금은 1만여 명의 주민들이 지키는 곳이며, 교통·의료·교육·문화의 혜택이 부족한 낙후지이다. 더구나 이제는 주민들이 지켜오던 이 땅마저도 얼마 지나면 공무원만이 남게 될지도 모를 정도로 인구소멸에 대비해야 하는 곳이기도 하다. 지금도 파도가 거센 날이면 여객선이 결항하고, 폭설과 집중호우, 태풍 등 천재지변이 자주 발생하는 곳이다. 울릉도는 제주도보다 이른 시기에 형성된 곳으로서 육지와 다른 자연생태를 가진 '희귀식물의 보고'이자 화산활동으로 형성된 화산섬으로 '지질유산의 보고'이기도 하다. 산천에는 전호, 명이, 부지깽이 등의 산나물이, 바다에는 홍삼, 소라, 문어, 오징어 등의 어

울릉도·독도 파수꾼 지질공원 해설사(문화관광해설사) 역량강화교육 기념 사진.

패류들이 그리고 1,500년 전 사람들의 흔적과 일제의 잔재들이 남아 있는
역사유적지이기도 하다. 그리하여 울릉도는 연간 30만 명 정도의 관광객
이 다녀가는 동해 유일의 휴양섬으로 변모했다.

　휴양지이자 관광지인 울릉도의 가치를 알리는 문화관광해설사 제도는
육지보다 늦은 2008년부터 시작되었다. 이때 군 최초로 박순덕, 임정원, 최
보경 해설사가 임용되어, 독도박물관 관람안내 업무를 맡게 되면서 필자
와 인연을 맺게 되었다. 이들은 박물관에 상주하면서 관람객들의 질문, 전
시안내를 하면서 궁금했던 점 등을 필자에게 수시로 물어보았고, 필자는
관련 서적을 찾아 복사해주곤 했다. 또한 이들은 스스로 책을 보고 익히
며 섬을 샅샅이 답사하는 등 울릉도 공부에 매진한 분들이었다. 그 뒤로도
이들은 초창기 독도아카데미 안내를 비롯하여 공식적인 행사에서도 울릉
도의 가치를 설명해 주는 첨병 역할을 담당하였고, 울릉도·독도 관련 세미
나와 교육 등에 참가하여 자신들의 역량을 키워냈으며, 지금은 그 어느 독
도연구자에 뒤지지 않을 만큼 해박한 지식을 갖춘 지역주민이자 해설사로

(위)울릉도에서 바라본 독도, (아래)저동 내수전에서 바라본 독도 야경.

서 울릉도·독도의 파수꾼 역할을 담당하고 있다. 지금의 울릉도 문화관광 해설사는 지질공원 해설사를 겸하여 총 24명이 활동하고 있다. 이들은 울릉도를 찾는 많은 관광객의 안내를 도맡아 하면서 이곳의 역사, 문화, 지질 등을 소개하며 울릉도·독도의 가치를 드높이고 있다. 이들의 열정과 노력은 앞으로도 울릉도·독도를 알리고 지켜내는 데 크게 기여할 것이라 생각한다.

한편 독도와 가장 가까운 일본의 오키섬은 항만과 공항이 갖추어져 있을 뿐만 아니라, 여러 대의 여객선이 운영되어 본토와의 교통문제를 최소화하고 있다. 이처럼 울릉군도 우리나라 동해의 유일한 휴양섬으로서 조만간 일주도로를 개통하고 공항건설을 완비할 필요가 있다. 얼마 남지 않은 미래를 위한 준비가 필요한 시점이며, 폭발적인 관광객 증가에 대비하여 더 많은 해설사를 양성할 필요도 있다. 울릉도의 아름다운 비경은 이 섬 출신 사람들이야 어릴 적부터 흔히 보아왔던 일상으로 여길지 몰라도 외지사람인 필자의 관점에서는 국내 어디서도 보기 힘든 것이었다. 필자는 울릉도의 자연유산인 향나무 자생지, 거북바위, 솔송나무 군락지, 섬백리향 군락지, 대풍감, 성인봉 원시림, 좌안 해안길 등에 감탄했고, 울릉도를 찾는 관광객들에게 입도세를 받아서라도 보존하고 관리해야 한다고 주장하곤 했다. 더구나 지금은 공기, 물 등을 비롯한 자연자원을 판매하는 시대가 왔기에, 청정지역인 울릉도·독도의 문화유산과 자연유산을 고품격 해설과 함께 서비스하게 된다면 이곳은 우리나라 주요 관광 1번지로 발전할 수 있을 것이라 생각한다. 지금껏 울릉도에 근무했던 지난날의 추억이 아련하지만, 아직 이곳에서 삶을 영위하는 주민들, 그리고 묵묵히 울릉도·

독도를 위해 노력하는 공직자들께 감사드린다. 이들이 바로 독도의 파수꾼이기 때문이다. 마지막으로 대한제국 시기 독도는 일본에 가장 먼저 강탈되었던 땅이며, 해방 후 가장 늦게 찾은 땅, 그리고 아직도 일본의 도발이 멈추지 않는 땅이기에 미래의 독도는 무궁한 스토리와 가치 재창출이 가능할 것이라 생각한다. 울릉도·독도가 모든 국민이 영원히 지키고 가꾸는 섬으로, 넓은 동해의 중심 휴양섬으로 그 가치를 더해 나가길 기대해 본다.

나는 독도사랑 때문에 파면당할 뻔했다

김종호(경상북도 前 독도정책과 팀장, 前 대구경북한뿌리상생위원회 사무국장)

2017년 1월 7일은 36년간 정들었던 공무원 생활을 멀리하고 인생 2모작을 시작하는 날이었다. 1년간의 공로연수기간이라 해도 출근할 곳이 없어져 사실상 퇴직을 하게 된 셈이다. 처음 3개월은 바쁘게 살아온 공무원생활을 이유로 찾아보지 못했던 친척, 지인들을 찾아 이곳저곳 전국을 다니고 이제는 산에도 가고 헬스도 열심히 하면서 내 건강을 챙겨야겠다는 생각으로 지냈다. 그러나 3개월이 지나자 매일 산에만 갈 수 없고 해서 남아도는 시간 중에 문득문득 그 동안 살아왔던 공직생활을 뒤돌아 봤다. 읍면동, 시군을 거쳐 경북도청 여러 부서를 근무했으니 어느 부서가 소중하지 않으리오? 운명이라 할까, 숙명이라 할까? 2008년 2월 4일 독도지킴이 팀장으로 보직을 맡으면서 일어났던 일들은 필자가 앞으로 살아갈 인생에 결코 잊을 수 없을 것이다. 2008년 2월 25일 취임한 이명박 대통령은 3.1절 기념사를 통해 한국과 일본이 미래지향적 관계를 형성해 나가야 한다고 천명했으며, 이어 4월 한일 정상회담을 가졌다. 그러나 이미 독도를 일본의 고유영토라고 명기할 방침을 세운 일본은 한일 정상회담을 전후해서 이 내용을 정치권과 언론을 통해 흘렸고 급기야 7월 14일 일본 문부과학성은 중등교과서 학습지도요령 해설서에 그와 같이 명시했다. 그러자 우리 정치권과 언론, 중앙부처, 시민단체는 물론 우리나라 국민 모두가 너도나도 독도를 방문하는 등 일본에 대한 항의와 분노가 들끓었다.

이에 따라 독도지킴이팀장을 맡게 된 필자는 그 소임을 다해야 한다는 각오와 다짐을 시작했다. 먼저 팀장으로 부임하자마자 전임자가 계획했던 독도종합대책을 "독도수호종합대책"으로 새롭게 수립하고 확정 발표했다. 그 내용은 독도관리선 건조, 어민숙소 건립, 안용복장군기념관 건립 등 실효적 지배를 위한 정주기반을 구축하는 일과 독도명예주민증 갖기, 독도 캐릭터 개발, 전국 역사지리교사 독도탐방 등 홍보사업 그리고 독도 관련 연구기관통합협의체 구성, 독도박물관 운영 등 연구사업과 이외 독도전복 복원사업, 식생복원조사, 생태환경 모니터링 등 생태계 보전사업 등 총 소요예산 1조원, 28개 사업으로 구성되었다. 당시 독도를 관할하는 경북도청, 그중에서도 독도지킴이팀은 도가 해야 할 나름의 대책에다 도지사 관할 업무, 독도방문 항의집회 관리와 언론 대책 나아가 항의성 민원전화 대응 등 업무가 폭증했다. 필자도 과로에 피로가 누적되어 병원을 찾았는데 영양제 주사를 맞고는 즉시 사무실에 출근하여 업무에 임해야 했다.

2008년 10월 20일에는 국회 국토해양위원회가 경상북도를 피감기관으로 국정감사를 하게 되었다. 당시 독도를 관할하는 경상북도 공무원들은

국감 전 감사위원들의 요구 자료 준비, 예상 질문 답변서 작성, 내용 숙지 등 체력의 한계를 넘어설 정도의 업무를 감당해야 했는데, 그 또한 독도사랑의 마음으로 버틸 수 있었지 않았나 생각된다. 우려스런 일도 있었다. 예를 들어 일부 국감위원이 사전 요구한 자료는 명백히 국익을 해칠 수 있을 내용이자 중앙부처(국무총리실, 국토부, 외교부, 행안부, 환경부, 문화재청, 동북아역사재단 등)의 모든 부서가 우려하는 사안이었다. 그러자 해당 의원은 국정감사 하루 전 언론에 보도자료를 내고 피감기관의 잘못된 부분을 바로잡고 향후 재발되지 않도록 하는 것이 국민을 위하는 것이며 국회의원의 의무라고 밝혔다. 이어 10월 20일 막상 국정감사장에 와서는 "경상북도 모 공무원이 보좌관에게 전화를 해서 문제가 있을 것이니 질문에서 제외하라고 했다"면서 해당공무원을 찾아내 앞으로 공무원 생활을 못하도록 조치하라고 도지사에게 요구하는 일이 벌어졌다. 지사께서 "잘못이 있다면 고쳐

2017년 1월 20일, 이임식이 끝나고 경북도 독사모 회원들과 회식연을 가진 필자(왼쪽 두 번째).

야 하고 전후 사정을 알아보겠다"는 내용으로 사과하자, 부지사와 담당국 장은 바로 뒤에 앉아 있는 직원들을 돌아보았다. 이에 필자는 주저하지 않 고 한쪽 손으로 나라는 의사표시를 했다. 순간 국회의원이 내뱉는 말에 필 자의 머리가 삐죽 서면서 온몸에 소름이 돋았다. 지방공무원 그것도 일개 사무관이 어느 안전이라고 국회의원 보좌관에게 그런 말을 했느냐는 것이 었다. 사실 보좌관한테 전화를 하기는 했지만 내용이 심히 부풀려진 것을 알게 된 필자는 속으로 '정치인은 저렇게 해야 표를 얻는구나' 생각했다.

당시 국정감사는 지방자치단체의 종합감사임에도 불구하고 독도가 이 슈화되면서 국감위원 24명 모두가 독도 관련 내용의 자료제출 요구와 질 문을 쏟아냈다. 우여곡절 끝에 국정감사는 끝났지만 독도사랑 때문에 파 면당할 뻔했던 필자로서는 그 문제가 국감 뒤 도청 간부회의에서 다시 거 론되었다는 말에 적이 불안하였다. 회의 중 일부에서는 지방공무원이 했

던 업무 중 특정사안으
로 인해 지방자치단체장
이 국회의원을 찾아가
사과까지 하게 된 일을
두고 문제를 제기하기도
했다. 하지만 대다수 간
부들이 "그 말을 한 담
당공무원은 자기소임을
다하고자 했던 것이니
파면·징계가 아니라 포
상을 해야 한다"는 의견
을 내놓았다는 것이다.
필자는 이 일을 전해 듣
고 스스로 얼마나 잘못
했나 거듭 생각하고 또
반성도 했다. 그런데 김

독도등대를 배경으로 남상정 경상북도 국제관계 대사와 함께 한 필자
(왼쪽).

관용 도지사는 필자를 불러 왜 그런 일을 했는지 물어보지도 않았고 화를
내며 야단을 치지도 않았다. 곰곰이 생각해 보니 그것이 직원을 가족같이
아끼고 사랑하는 마음이었던 것이다. 10년 전 2008년도에 일어나 세월이
흘러도 잊히지 않는 이 사건은 독도 사랑의 신념과 함께 필자의 생애에 영
원히 간직되리라 생각된다.

명칭 논쟁 휩싸인 '독도(Island)'와 '리앙쿠르 암(Rocks)', 외국인에게 암초(Rocks)로 인식되지 않아야

김남일(경상북도 前 독도수호대책본부장, 現 도민안전실장)

2008년 7월 14일 독도에 관한 일본의 중학교 교과서 왜곡 직후, 미국 워싱턴 의회도서관이 독도 관련 도서분류의 주제어를 현행 독도(Tok Island(Korea))'에서 '리앙쿠르 암초(Liancourt Rocks)'로 바꾸려는 계획이 추진된다는 보도가 나왔다. 이는 불난 집에 기름을 붓는 격이 되어 한국 여론을 들끓게 했다.

당시 캐나다에 거주하며 토론토 대학 도서관 사서로 일하던 김하나 씨와 미국 조지워싱턴대 동아시아어문학과장으로 재직중이던 김영기 교수가 한국 교민사회와 주요 언론에 이 사실을 알리는 등 큰 기여를 했다. 김 교수는 "미국 국회도서관 독도 관련 주제어는 1965년부터 일본 정부가 주장하는 '다케시마'로 표기되었다가 1986년 독도(Tok Island)로 바뀌었던 것"이라고 전하며 "20년이 더 지난 지금 새삼 독도를 처음 발견한 선박의 이름을 따서 변경하려 한 배경에는 일본 정부 개입이 있을 것으로 의심된다"
고 추정했다. 이 과정에서 우리 정부가 사전에 그런 움직임을 전혀 파악하
지 못하고 있었다는 사실이 밝혀지면서 국내 여론은 일본에 대한 비판보
다 정부에 대한 비판으로 들끓었다. 이에 따라 명칭변경 여부를 둘러싸고
한일 간에 치열한 외교전이 전개된 결과 다행스럽게 보류 결정을 이끌어낼
수 있었다.

당시 경상북도 환경해양산림국장으로 독도수호대책본부장을 맡고 있던
필자는 명칭변경 보류가 있은 뒤 김영기, 김하나 두 분에게 김관용 경북도
지사의 감사패를 전달했다. 김 지사는 이어 2008년 8월 14일 청와대 회의
에 참석한 직후 김영기 교수를 초청, 다음날 거행된 8·15 광복절 독도행사
에 참석하도록 조치했다. 재미있는 것은 이날 현판식과 아울러 오후의 청
와대 회의에 독도 주민 김성도 씨가 초청이 되었는데, 필자는 그 때 양복
입은 김 씨의 모습을 처음 보았다.

그해 10월 20일, 독도 문제로 국회 국토
해양위원회 국정감사가 경북도청에서 이
루어졌다. 회의에 앞서 김성도 씨와 통화가
이루어지고 독도경비대 성금 전달식이 있
었을 정도로 관심이 많았던 사건이었다. 국
정감사를 앞두고 독도과 직원들이 준비를
위해 노력했는데 필자는 특별히 김종호 담
당 사무관을 기억한다. 그런데 아래 사진

철거 전 한국산악회 독도 영토 표석. 본래
의 산악회 표석은 1952년에 제작됐으나 선
박 접안이 여의치 않아 설치되지 못하다가
1953년에 설치됐다. 사진_최선웅 씨 제공.

과 같이 과거 한국산악회가 설치한, 독도와 LIANCOURT가 병기된 비석이
있었던 것은 사실이다. 독도에 웬 리앙쿠르 비석?

경상북도가 해당 표지석을 철거하기로 결정한 것은 앞서 미국 지명위원회(BGN)가 독도의 표준 지명을 '리앙쿠르 암'으로 변경한 직후다. 당시 BGN은 독도를 '주권미지정 지역'으로 변경했다가 이틀만에 한국령으로 원상회복시켰지만 표준 지명은 '리앙쿠르 암'으로 등재했기 때문에 국정을 총괄하는 상부기관에서 하루빨리 리앙쿠르로 병기되어 있는 표석을 철거하라 지시했다. 공식적으로는 비석에 새겨진 문구에 들어있는 '리앙쿠르'(Liancourt)라는 문구가 2005년 정부가 고시한 독도의 영문 표기 기준(Dokdo)에 위배된다는 것이다. 그에 따라 울릉군에서 독도 동도 선착장 왼쪽 언덕에 세워져 있던 표지석을 철거하게 된 것이다.

10월 20일에 열린 국정감사에서 한나라당 모 의원은 "피감기관인 경상북도가 '한국산악회가 설치했던 독도 비석의 철거문제'에 관한 질의를 못하게 압력"을 행사했다면서 해당 공무원을 징계하라고 요구했다. 우리는 당시 국회의원의 질의에 상부기관의 지시에 따라 했다고 할 수가 없어 국익 차원에서 한국산악회와 협의해 재설치를 전제로 교체한 것이라 답했다가, 결국 담당자 징계 대신 도지사의 공식 사과로 마무리했다. 사실 현장 공무원들은 국익 수호를 위해 고초를 감수하며 일하는데 사정을 모르는 국회의원들이 한 건 하겠다는 식으로 난리를 피우는 행태는 큰 도움이 안된다고 본다.

독도에 주민이 많이 살고, 요트대회나 공연행사 등 국내외 행사가 자주 유치되고, 또한 이를 위한 홍보가 지속적으로 이루어진다면 당연히 암초(rocks)로 보이는 대신 사람들이 거주하며 찾아가는 섬(island)으로 인정받을 수 있을 것이다. 그렇지 않고 지금처럼 방파제가 없는 물량장 형태로 유지된 채 연간 탐방 일수가 제한되어 방문객들이 겨우 30분 이내 정도로 내

'독도'와 '리앙쿠르(Liancourt)' 문구가 병기된 철거 전 표석, 그리고 독도조난어민위령비.

렸다 돌아갈 수밖에 없는 조건이라면 암초로 인정받는 신세를 면하기 어려울 것이다. 아무리 표석을 바꾸고 외국에 기재된 표기 오류를 시정하더라도 이런 상황이 유지되는 한 문제는 해결되지 않는다. 대신 당당하게 행사를 유치하고 독도방파제를 설치하고 독도입도지원센터 및 각종 독도과학시설들을 세워 주민이 경제행위를 영위하며 주권행사와 행정행위를 할 수 있어야만 독도가 섬으로서, 영토로서 인정받게 될 것이다. 그래야 더 이상 외국인들이 "독도에 사람이 살고 있느냐"고 묻지 않을 것이다. 필자는 이런 이유에서 독도에서 벌어지는 다양한 국제요트행사, 국제 수중촬영대회 사진들을 적극적으로 배포하고 있다. 동도와 서도의 항공사진이나 전경사진 만으로는 사람이 살지 않는 생태적인 섬, 또는 외로운 섬바위로만 인식될 수 있기 때문이다. 독도를 둘러싼 명칭 문제는 이처럼 중요하다. 독도는 rock이 아니라 island이다!

2016 울릉도·독도 국제초청수중사진촬영대회 개회식 오프닝 세레머니 장면.

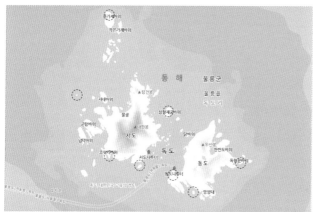

독도의 다양한 다이빙 포인트들.

독도 똥여 지역의 독도새우(바위 틈에서 사는 꼬덕새우)와 돌돔, 불볼락떼 및 부착생물이 화려한 암반 모습.
'2018 울릉도 독도 국제초청촬영대회 작품집 수록 사진. 독도새우 사진은 이탈리아 작가 Guglielmo Cicerchia 작품이며 사진 명칭은 Rhynchocinetus uritai (Hinge-beak shrimp) at a crevice, Dokdo으로 이 대회에서 접사 부문 금상을 수상했다. 수중 암반 사진은 한국의 김기준 작가 작품이며 사진 명칭은 Oplegnathus fasciatus(rock bream), scool of Sebastes thompsoni (Goldeye rockfish)이며 이 대회에서 광각 부문 금상을 수상했다. 촬영 일자는 둘 다 2016년 10월 14일. 사진 제공 : 한국수중협회, 한국해양과학기술원 명정구 박사.

문무대왕의 날을 아십니까?

전진욱(경주시 前 문무대왕프로젝트 팀장, 現 산업단지조성팀장)

동해(東海)를 품은 문무대왕

경주에도 바다가 있다? 아니다 경주에는 바다가 있다. 44.5km의 해안선과 2020년 개항 100주년을 앞두고 있는 감포항을 비롯해 12개소의 항·포구가 있으며, 탈해왕의 탄강지인 아진포(양남면 나아 소재)의 전설과 문무대왕릉이라는 세계에서도 유일한 수중릉이 있는 곳이다. 오래전부터 경주는 바다를 통해 직접 교류하였고 고대 해양 실크로드를 통해 교역이 이루어졌을 뿐만 아니라 신라에서 고려·조선시대에 이르기까지 바다를 통한 문화교류의 초석을 마련한 그 바다가 바로 동해(東海)이다.

동해(東海)라는 어원은 「삼국사기」의 고구려 건국신화 동명성왕편에 기원전 59년의 일로 기록하고 있다. 또, 681년 동해구(東海口) 대석상(대왕암)에서 신라 제30대 문무대왕의 유언에 따라 장사를 지낸 곳 또한 경주의 바다이다. 이 일대에는 "죽어서도 호국룡(護國龍)이 되어 왜(倭)로부터 동해

(東海) 바다를 지키겠다.''고 하신 문무대왕에 관한 설화와 유적이 많이 남아 있고, 그의 정신을 기리기 위해 오늘날 많은 사람들이 이곳을 찾고 있다. 대동여지도에서도 현재 대종천을 동해천(東海川)으로 기록하고 있으며, 감포와 양북면을 1895년에는 동해면(東海面)이라 칭하기도 하였다.

신라본기 제7권 "문무왕편"

　동해(東海)의 관문이자 성지와도 같은 이곳에 문무대왕은 호국의지를 담아 바다, 해양을 자신의 무덤으로 선택한 것이다. 이는 해양의 중요성을 일깨워주는 미래 선지자로서 그리고 동해의 수호자로서 우리에게 그 메시지를 전달했던 것은 아닐까.

　2014년 7월, 경주시는 광복 70주년을 맞아 신라의 통일정신과 문무대왕의 해양 호국정신을 재조명하고 동해중심의 해양문화 창조를 위해 '문무대왕 프로젝트팀'을 만들고 본격적으로 해양문화 창조사업을 구상 추진하

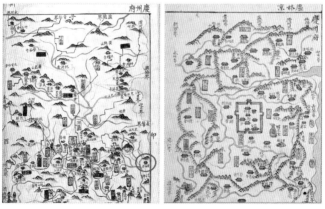

(좌)동해창의 위치가 기록된 해동지도(1750년 추정). (우)동해면의 위치가 기록된 여지도(1736-1767년).

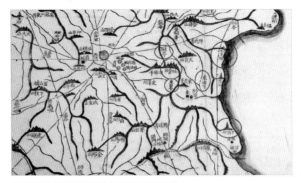

대종천을 동해천으로 기록한 대동여지도(1861년).

기 시작했다. 이때 필자는 '문무대왕 프로젝트팀' 초대팀장이라는 보직을 맡으면서 문무대왕의 업적과 해양호국정신을 재조명하는 일을 시작함으로써 문무대왕이 품은 동해(東海)의 가치에 관심을 가지게 되었다.

독도, 문무대왕을 말한다

동해의 한 가운데 자리 잡은 작은 섬. 독도(獨島)는 엄연히 대한민국의 영토이자 우리의 자존심이다. 독도의 존재가치는 대한민국 해양영토에 있다 해도 과언이 아니다. 국제 해양법 발효를 계기로 영해기점으로부터 200해리까지 연안국의 배타적 경제수역이 결정되고 자원을 이용하거나 개발할 수 있는 권리를 갖게 된다. 이러한 측면에서 보면 한반도 지도에서 반쪽만 차지한 좁은 영토를 동해 한 가운데까지 넓혀 주는데 큰 공을 세우고 있는 것은 바로 독도이다.

최근 독도에 대한 국민적 관심이 높아지면서 2005년 3월부터 입도가 가능해졌다. 독도는 울릉도를 거쳐 입도가 가능한데 그것도 30분 남짓 짧은 시간만 머물 수 있음에도 대한민국 국민이라면 누구나 한번쯤은 꼭 가

보고 싶은 우리의 영토이자 역사적·지리적·국제법적으로 명백한 대한민국의 고유영토이다. 그럼에도 불구하고 일본의 독도 도발은 날이 갈수록 집요하게 계획적이고 조직적으로 도발하고 있다. 일본 정부는 초중학교에 이어 고등학교 학생들을 대상으로 '독도가 일본 땅'이라는 사실왜곡 교육을 강화한다는 방침을 세우고 호시탐탐 국제사회에서 독도 영유권에 대한 지지기반을 넓혀 가려고 한다.

이러한 일본의 억지주장에서 자유로워지기 위해서는 우리 스스로 우리 땅에 관한 관심과 호국정신을 계승해야 한다. "죽어서도 호국룡이 되어 왜로부터 동해 바다를 지키겠다."고 하신 문무대왕은 호국을 하지 않으면 나라가 없고 백성들이 편히 살수가 없을 것이니 위민의 수단으로써 호국의 가치를 내세우고 호국의 기초를 다지기 위해 활용했던 정책과 방향을 바다, 해양에 있다고 생각한 것 같다. 특히나 죽어서도 동해바다에 묻혀 왜적의 침입을 막겠다는 유언은 신라와 민족의 자주성을 지키겠다는 그의 강한 호국의지의 단면을 보여주는 예이다. 호국을 위한 정책과 방향을 해양에 초점을 맞춘 것에는 그 이유가 있다.

문무대왕은 우리나라 최초로 독자적인 수군 통솔기구인 선부(船府)[46]라는 관청(現: 해양수산부와 해군에 해당)을 설치해 신라의 해양력을 정비하고, 해상활동을 강화하면서 다양한 해양 정책을 발전시켰다. 그로써 장보고와 같은 걸출한 해양인들이 배출되어 동해와 황해안, 동아시아 해역을 신라

---

46 선부(船府)는 583년 진평왕 때 설치한 선부서(船府署)를 확대 개편하여 병부에서 분리된 독자적인 중앙관청으로 문무왕 18년(678)에 설치하였다. 선부는 수군 병력과 선박건조 및 운용 등 일체를 관할하는 지휘통솔기구였다. 경덕왕 때 이제부(利濟府)로 하였다가 혜공왕 때 다시 이 이름으로 고쳤다.

경주시 앞바다에 자리잡은 세계 유일 해중릉, 동해구(東海口) 앞에 있는 경주 대왕암 문무대
왕릉.

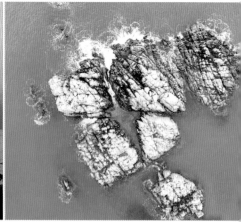

(좌)새해 소망을 빌기 위해 찾는 문무대왕릉과 (우)하늘에서 내려다 본 문무대왕릉.

독도 7시 26분

독도에서 문무대왕릉까지 동해영토체험에 참가한 전국 각지의 중학생들.

의 바다로 만들 수 있었던 단초가 되었다고 생각한다. 신라가 천년의 역사를 간직할 수 있었던 원동력은 바다를 통한 문물과 문화교류의 초석을 마련했기에 가능했을 것이다.

이처럼 문무대왕의 정신을 청소년들에게 제대로 알려주고 이를 통해 바다도 제2의 국토라는 인식과 그 중요성을 심어주기 위해 가장 먼저 추진한 일이 "문무대왕 동해영토체험" 프로그램이었다. 전국의 중학생을 대상으로 공개모집하고 신라의 동해구(東海口) 해양역사문화탐방을 시작으로 독도까지 이어지는 영토체험을 통해 동해(東海)의 관문이 되는 신라 동해구 해양역사문화를 알리고 문무대왕의 해양호국정신을 함양시켜 해양영토에 대한 중요성과 미래해양인재로서 꿈을 심어주는 계기를 만들었다.

독도가 대한민국의 영토라는 사실을 알리고 국제사회로부터 지지를 받으려면 문무대왕의 해양호국정신을 되살려 새로운 미래가치로 활용할 필요가 있을 것이다.

문무대왕의 날 제정

앞서 언급했듯이 문무대왕처럼 '위민'과 '호국', '해양정책과 활동', 국가지도자로서 큰 변혁기를 슬기롭게 극복한 인물이 없었기에 결국 19세기말 일제강점기와 남북분단이라는 아픈 역사를 우리민족은 겪어야만 했다. 문무대왕은 삼국통일의 위업 달성으로 한민족의 문화적 기반을 마련했고, 민족의 자주성을 지켜낸 분이다. 당시 당나라 주변의 대부분의 민족들은 모두 당나라로 흡수되었지만 한반도의 작은 나라 신라는 살아남아 견뎌내였던 것은 문무대왕이라는 훌륭한 지도자가 있었기에 가능했으리라고 생각한다.

문무대왕은 평생을 전쟁과 혼란 속에서도 백성을 힘들게 하지 않기 위해 몸소 위민과 호국을 실천하셨다. 삼국사기 제7권 신라본기 "문무왕편"에 따르면, 문무왕21년 한반도 최초로 삼한일통의 위업을 달성한 문무대왕은 대신라를 경영할 새로운 수도를 건설하기 위해 천도를 결심하고 의상대사에게 궁궐을 축조하려 하는데 어떻게 생각하는지 물었다. 의상대사는 "비록 들판의 초가집에서 산다할지라도 바른 도를 행하면 그 복업이 오래도록 갈 것이요. 그렇지 아니하면 비록 사람을 수고롭게 하여 성을 쌓는다 하더라도 아무런 이익이 없을 것입니다.(雖在草野茅屋 行正道則福業長 苟爲不然 雖勞人作城 亦無所益)"라고 대답했다.

이 말을 듣고 문무대왕은 무장사(鍪藏寺)에 모든 병기와 투구를 묻고, 새로운 수도건설을 위한 천도계획을 중단하게 된다. 이러한 기록들을 보면 백성을 얼마나 사랑했는지 엿볼 수 있다. 특히나 문무대왕의 유조를 살펴보면 진정성을 느낄 수가 있는데 천년이 지난 지금도 이를 읽는 우리 후손들의 심금을 울린다.

"과인은 나라의 운이 어지럽고 전쟁의 때를 당하여 서쪽은 정벌하고 북쪽을 토벌하여 영토를 안정시켰다. 배반하는 무리는 치고 협조하는 무리는 불러들여 가까운 곳을 모두 평안하게 하였다(寡人運屬紛紜 時當爭戰 西征北討 克定疆封伐叛招携 聿寧遐邇)."

"위로는 조상들의 남기신 염려를 안심시켰고 아래로는 부자의 오랜 원수를 갚았으며 살아남은 사람과 죽은 사람에게 상을 두루 주었고, 벼슬을 터서 중앙과 지방에 있는 사람들에게 균등하게 하였고, 무기를 녹여 농기구를 만들었으며 백성을 어질고 장수하도록 이끌었다(上慰宗祧之遺顧 下報父子之宿冤 追賞遍於存亡 疏爵均於內外 鑄兵戈 爲農器 驅黎元於仁壽)."

"세금을 가볍게 하고 요역을 들어주니 집집이 넉넉하고 백성들이 풍요하며 인간의 삶이 편안해지고 나라 안에 근심이 없게 되었다. 곳간에는 곡식이 산처럼 쌓여 있고 감옥은 풀이 무성하게 되니 신과 인간 모두에게 부끄럽지 않고 관리와 백성의 뜻을 저버리지 않았다고 할만하다(薄賦省徭 家給人足 民間安堵 域內無虞 倉廩積於丘山 囹圄成於茂草 可謂無愧於幽顯 無負於士人)."

271

"스스로, 온갖 어려운 고생을 무릅쓰다가 마침내 고치기 어려운 병에 걸렸고 정치와 교화에 근심하고 힘쓰느라 더욱 심한 병이 되었다. 목숨은 가고 이름만 남는 것은 예나 지금이나 마찬가지이니 홀연히 긴 밤으로 돌아가는 것이 어찌 한스럽다 하겠는가(自犯冒風霜 遂成痼疾 憂勞政教 更結沈痾 運往名存 古今一揆 庵歸大夜 何有恨焉)!"

"태자는 일찍이 밝은 덕을 쌓았고 오랫동안 태자의 자리에 있었으니, 위로는 여러 재상으로부터 아래로는 뭇 관원들에 이르기까지 죽은 사람을 보내는 도리를 어기지 말고 살아있는 이 섬기는 예의를 빠뜨리지 말라(太子早蘊離輝 久居震位 上從群宰 下至庶寮 送往之義勿違 事居之禮 莫闕)."

"종묘의 주인은 잠시도 비워서는 안되니 태자는 곧 내 관 앞에서 왕위를 잇도록 하라. 또, 산과 골짜기는 변하여 바뀌고 사람의 세대도 바뀌어 옮아가니 오나라왕의 북산무덤에서 어찌 금으로 만든 물오리 모양의 빛나는 향로를 볼 수 있을 것이며 위나라 임금이 묻힌 서릉의 망루는 단지 동작이라는 이름만 전할 뿐이다(宗廟社稷之主 不可暫空 太子卽於柩前 嗣立王位 且山谷遷貿 人代椎移 嗚王北山之墳 詎見金鳧之彩 魏主西陵之望 唯聞銅雀之名)."

"지난날 만사를 처리하던 영웅도 마침내는 한 무더기의 흙이 되어 나무꾼과 목동은 그 위에서 노래하고 여우와 토끼는 그 옆에 굴을 팔 뿐이다. 헛되이 재물을 쓰는 것은 서책에 꾸짖음만 남길 뿐이요. 헛되이 사람을 수고롭게 하는 것은 죽은 사람의 넋을 구원하는 것이 되지 못한다. 가만히 생각하면 슬프고 애통함이 끝이 없을 것이다! 이와 같은 일은 즐겨 행할 바가 아니다(昔日萬機之英 終成一封之土 樵牧歌其上 狐兎穴其旁徒費資財 胎譏簡牘 空勞人力 莫濟幽魂)."

"내가 죽고 나서 10일이 지나면 곧 고문 밖 뜰에서 서국의 의식에 따라 화장하라. 상복을 입는 등급은 정해진 규정이 있거니와 장례를 치르는 제도는 검소하고 간략하게 하는 데 힘쓰라(屬纊之後十日 便於庫門外庭 依西國之式 以火燒葬服輕重 自由常科 喪制度 務從儉約)."

"변방의 성 지키는 일과 주현의 세금징수는 긴요한 것이 아니면 마땅히 모두 헤아려 폐지하고 율령격식에 불편한 것이 있으면 곧 고치도록 하라. 멀고 가까운 곳에 포교하여 이 뜻을 알게 하고 맡은 자는 시행하라(其邊城·鎭遏及州縣課稅 於事非要者 並宜量廢 律令格式 有不便者 卽便改張 布告遠近 令知此意 主者施行)."

이러한 기록들을 보면 백성들을 위한 문무대왕의 진정성 있는 마음이 느껴지고 그 바탕에는 위민정신이 있는 것이다. 문무대왕 수중릉은 백성들을 힘들지 않게 하기 위한 것이고 위민과 호국, 해양 정신이 집약된 상징이다. 이러한 정신은 이 시대에 국가 지도자의 최고 덕목으로 본받아야 할 점이라 생각한다. 조선시대에 들어와 해양을 천시하는 정책으로 바다를 지키지 못해 임진왜란과 일제강점기와 같은 큰 혼란의 시대를 겪어야만 했다. 국가의 위기를 슬기롭게 극복하고 백성을 위한 나라를 만들기 위해 해양에 초점을 맞추어 호국을 하려 했던 문무대왕의 정신을 계승하기 위해

서라도 문무대왕의 날 제정 추진은 꼭 필요한 것이다.

2016년 3월, 경주시는 '문무대왕의 날'제정을 위해 '경주시 해양문화 관광진흥위원회'를 발족하고 문무대왕과 관련된 역사적 의미가 있는 날 중에서 바다와 해양안보에 적합한 날로 정하기로 했다. 해양안보의

경주시 해양문화관광진흥위원회 출범식.

중요성과 바다를 제2의 국토로 보는 범국민적 인식 전환을 통해 문무대왕의 정신을 함양시키고 계승하기 위한 날로 매년 7월 21일을 "문무대왕의 날"로 제정하게 된다.

이 날로 결정하게 된 이유는 문무대왕이 '태어난 날, 즉위한 날'은 문헌에서 정확한 날짜를 찾을 수가 없고, 매소성 전투에서 승리한 날은 바다와 관련이 없으며 기벌포 해전은 서해 금강(하구)에서 벌어진 전투로 그 의미(경주와의 연관성)가 부족하다고 했다. 그래서 바다와 관련된 동해의 '용이 된 날'로 표현하는 것이 가장 적합하다고 결론을 내린다.

681년 당시에는 율리우스력을 사용했는데 이에 따르면 문무대왕이 신라 동해구 대석상(대왕암)에서 장사를 지낸 7월 1일이 대왕의 기일에 해당된다. 음력 681년 7월 1일(율리우스력)을 우리가 사용하고 있는 그레고리력(양력)으로 환산하면 7월 21일이 된다. 이 날은 무진(戊辰·황룡의 날)에 해당되어 문무대왕이 죽어서 나라를 지키기 위해 동해의 '용이 된 날'로 백성

과 나라를 위해 부활한다는 의미가 있다.

<참고 자료>

역사적 의미	날짜	환산일	내용
문무대왕 기일	681년 7월 1일(음력)	7. 21	양력으로 환산(681년 기준)
선조묘에 삼국통일을 고함	668년 11월 6일(음력)	12. 24	양력으로 환산(668년 기준)
문무대왕 즉위	666년 6월(음력)		
매소성 전투 승리	675년 9월 29일(음력)	10. 31	양력으로 환산(675년 기준)
기벌포 해전 승리	676년 11월(음력)	12. 1	12월에 하나 된 고대왕국, 통일신라

공교롭게도 같은 시기에 해양수산부는 2016년을 해양 르네상스 시대의 원념으로 삼고 국민이 보다 해양과 친숙해지기 위해 17인의 해양역사인물을 선정한다.

이 때 선정된 인물에는 잘 알려진 충무공 이순신과 해상왕 장보고 등을 비롯해 오늘날 독자적인 수군 통솔조직인 선부(船府)를 설치하고 해양력을 강화하여 삼국통일의 위업을 달성한 문무대왕(626-681)이 함께 선정돼 문무대왕의 날 제정 의미를 더해 주고 있다.

앞으로 경주시는 '문무대왕의 날'을 국가 법정기념일로 승격 추진하기 위해 노력해 나갈 것이다. 또한 문무대왕의 해양호국정신을 널리 알리기 위해 언론홍보와 학술논문 발간 등 효과적인 홍보방안에 대한 많은 고민이 요구된다. 더불어 그날이 속한 주간을 설정해 문무대왕과 관련한 해양심포지엄이나 세미나 개최 등 다양한 콘텐츠를 개발해서 신라 동해구 역사문화유적을 바탕으로 한 해양 축제를 통해 우리의 마음속에서 다시 태

2016년 7월 26~29일, 문무대왕릉이 바다가 보이는 봉길해변에서 최초 공연된 실경 뮤지컬 만파식적 공연 전후.

어나는 문무대왕을 만날 수 있기를 기대해 본다.

문무대왕, 미완의 꿈

동해(東海)는 신라의 바다였고, 국제적인 문명교류의 바다로서 고대 해양실크로드 선상에서 동아시아와 지중해를 넘나들며 새로운 문화와 끊임없이 교류하고 이사부, 장보고라는 걸출한 해양인물을 배출한 신라의 교두보였으나, 바다를 천시하는 조선시대와 일제강점기를 거치면서 동해의 명칭은 국제사회로부터 사라지고 일본해로 인식되어 가고 있다. 우리는 국제사회부터 잃어버린 동해를 되찾고 동해의 명칭이 정식으로 통용되기 위한 노력을 해야 한다.

백성들을 힘들게 하지 않기 위해 위민을 최고의 가치로 두고 호국을 위

경주 보문단지에서 동해바다 문무대왕릉까지 이어지는 "동해바다로 바이크로드" 개척을 위한 답사 장면.

2018년 8월 13일 사업비 50억 원을 들여 길이 33.5m, 폭 6m, 높이 2.8m로 83톤급(승선인원 30명) 양복합 행정선 "문무대왕호 진수식"을 가졌다. 앞으로 안전조업지도, 재난구조, 해양역사 문화탐방 등의 역할을 할 예정이며 청소년들의 동해영토체험도 문무대왕호를 타고 우리의 영토 독도까지 갈 수 있게 되었다.

한 수단으로써 바다, 해양을 선택하셨던 문무대왕이 잠드신 수중릉 일대는 신라의 동해구(東海口)와 대동여지도상에 동해천(東海川), 동해창(東海창)으로 표기되어 있고, 현재의 감포읍과 양북면을 1895년에는 동해면(東海面)이라 불렀을 만큼 동해(東海)의 성지(城地)와도 같은 유서 깊은 해양문화 유적지가 있는 곳이다.

경주시는 이 일대를 중심으로 문무대왕의 해양호국정신을 재조명하고, 문무대왕의 성역화와 국립 문무대왕 해저미래관(가칭) 건립 등 상징화 사업과 '문무대왕호'건조, 가자미로 경북최초 시어(市漁) 지정, '문무대왕로(路)' 도로명 부여와 보문단지에서 감포까지 이어지는 동해바다로(路) 바이크로드 개설, 현재의 '양북면'을 '문무대왕면'으로 개칭하는 장소마케팅사업, 그리고 청소년들을 대상으로 한 문무대왕 동해영토체험 운영, 문무대왕 실경뮤지컬 제작 등 해양문화를 활용한 콘텐츠 개발 사업을 통해 신라 해상제국의 부활을 꿈꾸고 있다.

역사라는 것은 과거를 통해서 현재를 보고, 현재를 통해서 미래를 보는

국립 문무대왕 해저미래관(가칭) 조감도.

것이라고 한다. 그래서 역사는 과거학이 아닌 미래학이다. 그런 점에서 죽어서도 지키려고 했던 문무대왕의 호국의지와 동해(東海) 성지로서의 상징적 의미를 되살려 미래를 위해 문무대왕의 정신과 가치를 활용할 필요가 있다. 그런 의미에서 문무대왕이 남기신 미완의 꿈이 본 프로젝트를 통해 부활해야 한다고 믿고 싶다.

경주에는 문무대왕의 꿈이 있다!

내부분의 사람들이 경주 하면 불국사, 첨성대 등 문화재가 즐비한 신라 천년의 왕경유적지, 역사도시만을 생각하고 찾는 반면, 동해안을 낀 다른 도시와 마찬가지로 경주 역시 해양도시라는 이미지를 갖는 경우는 드물다. 언젠가 울릉도-독도와 경주 감포를 잇는 뱃길을 신설하고자 해양수산부 항만 담당자를 만난 적이 있는데 "경주에도 바다가 있습니까?"라고 되물어서 당황한 적이 있다.

경주에도 바다가 있다? 아니다, 경주에는 바다가 있다. 강원도 동해시의 42.25km, 속초시의 28.64km에 비해 44.51km의 짧지 않은 해안선이 있다. 1920년 이래 개항 100주년을 앞두고 있는 감포항을 비롯하여 12개소의 항·포구가 있으며, 탈해왕의 탄강지인 아진포항의 해양 역사문화와 세계에서도 유일한 해중릉인 문무대왕릉이 있는 곳이다. 그러나 이처럼 아름다운 해안선과 포구 일대를 요트체험을 하거나 배를 타고 둘러볼 수 있는 마리나(접안 시설) 또는 친수공간이 없고, 대신 원자력발전소와 방폐장 처리장 같은 에너지 시설이 집적되어 있어 최근 도심 쇠퇴가 심각하게 진행되고 있다.

고대국가 신라가 수도 서라벌을 중심으로 타 지역의 문화 나아가 해양으로 이어지는 새로운 문화와 끊임없이 교류했다는 사실에 대해서는 의심의 여지가 없다. 또한 경주가 신라 천년 동안 이어 오늘날까지 2천년간 늘 동해와 운명을 같이하며 동해를 품고 성장해 온 것도 사실이다. 동해(東海)라는 어원은 『삼국사기』의 동명왕 편에 기원전 59년 고구려 건국과 관련한 기록으로 나타난다.

동해구 표석

삼국사기 권 7 신라본기에 따르면 신라는 681년 동해구(東海口) 대석상(대왕암)에서 신라 30대 통일대왕 문무왕을, 그의 유언에 따라 장사 지냈다. 『대동여지도』에서는 현재의 대종천을 동해천(東海川)으로 기록하고 있으며, 1895년에는 양북·감포지역을 경주군 동해면(東海面)이라 칭하기도 하였다.

동해(東海)는 신라의 바다였고 해양 실크로드 선상에서 유럽과 지중해를 넘나들던 국제적인 문명교류의 바다였으며 이사부와 장보고라는 걸출한 해양인물을 배출한 해상제국의 교두보였다. 하지만 바다를 천시하는 조선시대와 일제강점기를 거치면서 동해의 명칭은 사라지고 수탈과 착취의 바다로 전락하게 되었다.

경주시는 올해 광복 70주년을 맞아 신라의 통일정신과 문무대왕의 해양개척 정신을 재조명하고 있다. 이에 울릉도-독도와의 뱃길 연결을 위한 감포 연안항 승격, 해양 크루즈 산업과 문무대왕릉 주변의 성역화 사업 등을 추진 중이다. 또한 '문무대왕 프로젝트팀'을 만들어 문무대왕 마케

경주 동해바다 수영대회 장면

팅을 기반으로 해양문화를 활용한 콘텐츠 개발에 박차를 가하고자 국립
문무대왕 해양과학관, 청소년 바다학교 설립에 나서는 등 신라 해상제국
의 부활을 꿈꾸고 있다.

그 일환으로 경주시는 '경주시 해양문화 및 해양관광 진흥 조례'를 만들
었다. 이에 따라 오는 2020년 감포 개항 100주년에 맞춘 감포 적산가옥
들의 역사교육장소화 사업, '문무대왕로(路)' 도로명 부여와 보문단지-감
포 간 동해바다로(路) 바이크도로 개설, 시어(市魚) 지정 사업, 문무대왕
실경 뮤지컬 제작 등을 추진함으로써, 경주에도 바다가 있다는 것을 알
리는 장소 마케팅 작업까지 차질 없이 진행이다.

해양수산부도 "바다의 CDMA(Cruise, Deep sea water, Marina, Aquaculture) 즉 크루즈산업, 해양심층수산업, 마리나산업, 첨단양식산업은 우리 경제의 신성장 동력 중 하나"라는 인식 아래 이들을 집중 육성할 계획이며, 경주 및 동해안 일대는 그 중심에 자리잡은 해양 신산업 발전의 플랫폼으로서 충분한 잠재력과 입지적 비교우위를 지닌 것으로 보인다.

특히 국립해양과학교육관이 들어설 울진 경상북도해양과학연구단지와 울릉도에 있는 울릉도·독도해양과학기지, 포항의 포스텍 대학 등과 연계한 경상북도 해양신산업의 삼각벨트 구축 계획은 내년 한수원 본사의 경주 이전, 경북도청 동해안발전본부의 동해안지역 이전과 발맞추어 좋은 기회를 맞이하게 되었다.

아마도 1천년 전 문무대왕께서 우리 청소년들이 대양(大洋)을 넘나들면서 활발한 국제교류와 해양 신산업 개척을 통해 창의적인 일자리가 넘쳐나는 동해바다, 신라 해상제국의 부활을 기대하지 않았을까!

꿈은 실현되기 위해서 존재한다. 문무대왕의 꿈을 함께 실현하자!

김남일, 경주시 부시장 재직시, 2015년 12월 1일, 영남일보 기고글

새로운 안용복을 기다리며

전호성(내일신문 기자)

4·27 남북정상회담과 6·12 북미정상회담 등으로 세계가 한반도를 주목하는 이 때, 독도를 비롯한 한반도 주변 해양을 세계 평화지대로 만들자는 목소리가 아쉽다. 특히 최근 더욱 강하게 치고 나오는 일본의 '독도 영유권 주장'에 적극적인 대응을 하지 못하고 있다는 지적이 크다. 일본의 치밀한 독도침탈 전략에 어떻게 대응하는 게 효과적일지 고민하는 흔적도 없다. 우리도 세계 여론전에 적극 나서야 한다. 한국에 유리한 전략을 구사하며 이를 위한 국민적 공감대를 만들어가야 한다고 본다. 이에 몇 가지 대안을 제시하고자 한다.

제1장 | 일본 역사왜곡, 논리로 깨트려야

우선, 일본 문부과학성의 역사교과서 왜곡추진과정을 자세히 들여다봐야 한다. 독도 관련 가장 큰 이슈가 일본 역사교과서 왜곡이기 때문이

독도 7시 26분

울릉도 대풍감 향나무 자생지.

다. "독도는 일본 땅이고 한국이 독도를 불법점거하고 있다"는 내용을 정리해서 교과서에 올리겠다는 게 핵심이다. 일본 외무성은 내놓고 독도영유권 주장에 앞장서고 있다. 아베 정권은 고이즈미 집권 당시 만들어놓은 독도 관련 정책을 그대로 계승했다. 일본 정부는 2018년 3월 30일 오전 5시 역사왜곡 교육을 강화하는 '고교학습지도요령 개정안'을 언론에 공개했다. 이 개정안은 오전 9시 관보 고시를 통해 확정됐다. 지난해 초등학교와 중학교 학습지도요령 개정에 이어 고등학교 교과과정에서도 영토 왜곡교육을 위한 법적 근거를 마련한 셈이다. 앞서 3월 14일 일본 문부과학성은 고교학습지도요령 개정안에 '다케시마(竹島·일본이 주장하는 독도 명칭)와 센카쿠(尖閣·중국명 댜오위다오) 열도가 일본 고유의 영토'라는 내용을 넣었다. 이러한 내용을 '정부전자 종합창구'에 고시해 못을 박았다. 역사학자들은 독도와 센카쿠가 일본 영토라는 '영유권 교육'을 의무화했다는 점에서 매우 중요하게 받아들여야 한다고 강조한다. 관보에 고시한 개정 학습지도요령은 2022년 고교 신입생부터 적용된다. 고교학습지도요령 개정안 역시 '독도는 일본 땅'이라는 게 핵심이다. 학습지도요령은 고교역사총합(종합)과 지리총합, 공공, 지리탐구, 일본사탐구, 정치경제 등에서 '다케시마와 센카쿠 열도는 일본 고유의 영토'라는 내용을 가르치도록 하겠다는 것이다. 이를 바탕으로 도쿄 중심지에 독도 전시관을 열고 독도 영유권 주장 강화에 나섰다.

일본은 2008년부터 학습지도 해설서와 교과서 검정을 통해 독도 영유권 교육을 강화해왔다. 지난 2009년 개정된 고교학습지도요령에는 각 학교에서 영토교육을 하도록 제시했다. 하지만 독도나 센카쿠열도를 직접 명시하지는 않았다. 이날 일본의 이러한 강경조치와 달리 한국정부는 지극히 '조용한 외교'를 선택했다. 외교부는 '강력규탄'과 '철회 엄중촉구' 내용을 담은 성명서 한 장 발표하고 끝냈다. 교육부도 성명을 통해 "일본이 국제사회의 책임 있는 선진국가로, 미래를 지향하는 '동반자적 한일관계'로 나가려면 당장 역사왜곡을 중단하고 올바른 역사관을 바탕으로 자라나는 세대에게 '평화의 소중함'과 '상호존중의 자세'를 가르쳐야 할 것"이라는 애매모호한 해명성 성명서로 마무리했다. 일본의 움직임에 따라 한국정부는 매년 '강력한 대응'이나 '관계기관 협력'을 밝혔지만, 공염불로 끝났다. 대응하면 독도를 분쟁 지역으로 만들겠다는 일본 논리와 전략에 말려 들어간다는 게 한국 정부의 속내다.

일본은 왜 이토록 교과서에 독도문제를 넣으려 하는 것일까.

첫째, 독도영유권 주장을 지속가능하도록 만들어가겠다는 속셈이다. 국민들이 독도문제에 대해 지속적인 관심을 갖도록 설계했다. 실제 독도를 노리는 집단은 일본 국민이 아니라 일본정부다.

정부 대응 방안과 달리 한국 해양역사학자들은 최근 일본 행동변화에 적극적인 대응이 필요하다고 주문한다. 지난해와 올해 일본 정부가 개정한 초중고 학습지도요령은 '독도가 일본 땅'이라는 왜곡 교육의 근거를 명확하게 한 사건으로 규정하고 있다. '학습지도요령-해설서-검정 교과서'라는 3가지 틀로 독도 영유권 왜곡교육의 시스템 구축을 완성한 것이라고 결론지었다. 그럼에도 한국 정부는 '조용한 외교'를 표명하고 한 장짜리 성명서 발표로 마무리한 것이다. 김상곤 사회부총리 겸 교육부 장관이 3월 21일 한중일 교육장관회의가 열리는 도쿄에서 '일본의 왜곡된 역사교육을 시정해 달라'고 주문했지만 일본은 어떤 답변도 내놓지 않았다. 이날 하야시 요시마사 문부과학대신과 한·일 비공개 양자회담을 열고 독도왜곡 내용 수정을 촉구했지만 성과는 없었다. 그럼에도 한중일 교육장관들은 21일 일본 도쿄에서 '제2회 한·일·중 교육장관회의'를 열고 동북아 발전 과정에서 교육이 담당할 역할과 교육 분야 교류 확대 방안을 논의했다. 3국 교육장관은 △청소년 및 학생 교류 △고등교육 협력 강화 △세계교육발전에 기여하는 3국 교육협력을 지속적으로 추진하기로 의견을 모았다. 역사 왜곡 본질에는 접근조차 할 수 없는 교육교류였다는 게 교육전문가들의 평가다.

둘째, 한반도와 중국 침략의 정당성 확보다. 이는 일본이 국제사회에서 다른 영토문제와 맞물려있기 때문이다. 이를 통해 국제사회에서 유리한 위치를 점하겠다는 전략이 숨겨있다.

일본은 역사 총합에서 "일본 근대화와 러일전쟁 결과가 아시아 여러 민족의 독립과 근대화 운동에 미친 영향과 함께, 구미 여러 나라가 아시아 여러 나라로 세력을 확장하고 일본이 한반도와 중국 동북지방으로 세력을 확장한 것도 다루어"라고 명기했다. 이는 일본이 러일전쟁을 통해 독도 침탈 등 한반도와 중국 침략을 본격화했다는 역사적 사실을 부정하는 대목이다. 또한, 일본이 독도 영유권을 주장하며, 여론 확산을 도모하면서 각별히 신경을 썼던 대목은 '미래세대에 대한 독도교육'이다. 2005년 3월 시마네 현 의회가 '죽도(다케시마)의 날'을 제정한 배경, 일본 내 우익 교과서의 독도 영유권 기술 방식, 2005년에서 2007년에 이르는 교과서 검정과정을 이용하여 독도영유권을 지속적으로 주장해온 과정과 내용을 자세히 들여다봐야 한다.

셋째, 일본정부가 해설서에 '다케시마는 일본의 고유영토'라고 적시하려면 정당한 논리를 만들어야 한다. 아이러니하게도 국제사회에서 일본의 터무니없는 주장은 조금씩 먹힌다. 한국정부가 수용한 '조용한 외교'를 실제 외교에서 조용히 성공시키고 있는 장본인은 일본정부다. 국제사회에서 일본 협력자와 동조자를 양산하는 것이다. 2008년 7월 26일 미국지명위원회는 독도에 대한 주권국가를 '한국'에서 '미 지정'으로 바꿔버렸다. 이에 한국은 일본의 센카쿠열도 실효지배에 대해 미국지명위원회가 이중적 잣대

우리 군이 수호해야 할 영역

국방부 국방백서(2017)에 수록된 화보 '우리 군이 수호해야 할 영역'에 대한민국 영토로서 독도 주변 기동경비 작전을 집중 부각시키고 있다. 원자료 출처 = 국토지리정보원.

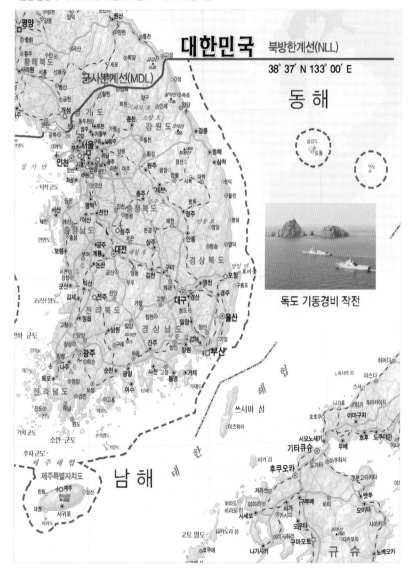

독도 기동경비 작전

한국과 일본의 방공식별구역(ADIZ)과 배타적경제수역(EEZ)[47]

방공식별구역은 항공기 식별과 관제 등 안보 목적으로 영공 바깥에 설정한 구역이며 일방적으로 선포할 수 있다 (한국은 2013년 12월 15일 조정 발표). 이에 비해 배타적경제수역은 영토기선으로부터 200해리까지 설정가능하며 해당국가는 수역 내 영토와 생물 에너지 등에 대해 주권행사를 할 수 있다. 그림에서 나타나듯 한일간 방공식별구역(위)은 거의 겹치지 않으나, 배타적경제수역은 독도를 중심으로 겹치고 있다(아래). 출처= 국방부 '국방백서 (2017)', 해양수산부 '한중일 수역 지도'.

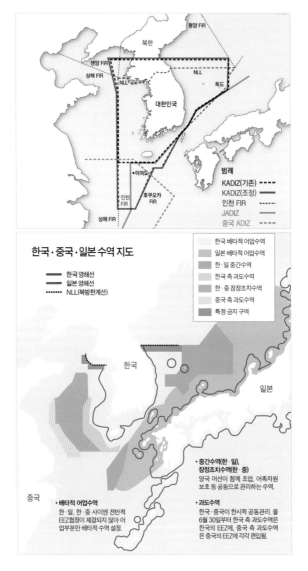

를 들이댔다고 지적했다. 우여곡절 끝에 그해 한국을 방문을 앞둔 조지 W. 부시 대통령이 '원상회복에서 다시 검토'를 지시하면서 일단락 됐다.

독도전문가로 불리는 호사카 유지 세종대 교수는 자신의 저서에 "국제적인 여론형성에 큰 영향력이 있는 해외 지식인들에게 일본의 생각이 전달되도록 일본으로 초대하거나 연구소와 대학 등의 연구를 지원한다"는 일본의 '외교청서' 내용을 공개했다. "미국을 비롯한 해양에 영향력을 미치는 국가를 상대로 조용한 로비활동을 벌여왔음을 인정하는 대목"이라고 강조했다. 또한, 1952년 센프란시스코 조약 후 일본의 입장과 태도도 눈여겨봐야 할 대목이다. 일본은 외무성 사이트에 자국에 유리한 내용만 추려 부각시키고 있다. 미국이 독도를 일본령으로 결정해줬다는 것이다. 일본정부가 독도를 미군 폭격연습장으로 제공했다는 점을 들어 일본영토로 인정받은 것이라고 주장한다. 미국지명위원회가 독도를 '리앙쿠르 암'이라는 중립적 명칭으로 표기한 1977년, 세계 해양국가들은 배타적 경제수역(EEZ) 200해리를 수용하기 시작했다. 일본은 이를 호기로 삼았다. 즉시 200해리법을 제정하고, 한일어업협정 파기를 통보하며 '한국의 독도불법점거'를 들고 나섰다. 그동안 일본은 '한국이 독도를 불법점거하고 있다'며 일관되게 해외 지식인들에게 홍보해왔다. '독도는 분쟁지역'이라는 점을 강조하고 싶은 것

---

47 중국 군용기의 한국 방공식별구역(KADIZ) 무단 진입 사례는 2016년 50여건에 이어 작년에는 70여건으로 늘어났다. 동해까지 진입한 장거리 무단진입은 작년의 2차례에 이어 올해는 벌써 5차례나 반복되고 있다. 중국의 KADIZ 무단 진입은 중국이 자국의 방공식별구역(CADIZ)을 선포한 2013년 이후 급격히 증가하고 있다. 중국의 CADIZ 선포는 중국군이 동중국해, 더 나아가 태평양으로 진출을 모색하기 위한 안보 패권 전략의 일부다. 초기에는 중국 항공기의 무단 진입이 한·일·중 3국의 방공식별구역(KADIZ·JADIZ·CADIZ)이 중복되는 이어도 남서쪽 구역에 집중됐으나, 시간이 지나면서 대한해협과 동해로 확대되는 추세를 보면 중국의 저의를 알 수 있다(2018. 9. 5, '중국의 KADIZ 도발, 한반도 영향력 강화 의도', 강구영 전 공군참모차장, 중앙일보, 시론 일부 인용).

이다. 독도를 분쟁지역으로 만들겠다는 일본의 야심은 오래전부터 계획된 전략이었다. 일본이 안고 있는 영토문제는 독도를 비롯해 북방 4도와 센카쿠열도다. 한쪽에서 밀리면 나머지 지역도 밀린다는 판단에 학생들을 역사 왜곡 현장으로 끌고 들어갔다고 볼 수 있다.

현재 일본은 센카쿠열도만 실효지배 하는 상태다. 일본은 국제사회에서 센카쿠열도에 대해서는 국제법적 타당성과 역사적 증거를 들이댄다. 그렇다면 북방 4도와 독도에 대해서는 어떤 입장을 취할까. 북방 4도는 러시아가 실효지배하고 있어 자국의 영토라고 주장하기가 쉽지 않다. 일본이 영토분쟁을 국제사법재판소로 끌고 가려는 것은 독도뿐이다. 나머지 지역에 대해서는 외교문제로 설정하고 추진 중이다. 국제적 역학관계를 이용해 자국에 이로운 쪽으로 끌고 가려는 전략을 구사하겠다는 계산이다. 이 과정에서 일본은 철저히 이중적 잣대를 사용하고 있다. 실효적 지배를 인정할 경우 독도는 자국의 영토논쟁에서 설득력을 잃기 때문이다. 아베정권의 이러한 역사왜곡은 자국 내에서 역풍을 맞을 위험성도 크다는 게 전문가들의 해석이다. 일본 중심의 왜곡된 역사서술을 학생과 국민들에게 강요할 경우 국제사회에서 고립을 자초할 우려가 있으며 나아가 자국 내 여론전에서 밀릴 수도 있다는 게 역사학자들 분석이다.

제2장 ｜ 이제는 민간외교력이다

"안용복 장군은 조선 시대 때 왜적들이 울릉도와 독도를 침범하자 일본
에 건너가 울릉도와 독도가 우리 땅임을 확인시켰습니다. 에도막부로부

태극기에 독도를 양각한 모습. 사진 = 전호성.

터 다시는 침범하지 않겠다는 각서를 받았습니다. 장군의 행적을 추모하고 거룩한 유지를 받들기 위해 잔을 올립니다."

지난달 18일 부산 수영구 수영사적공원에서 '울릉도·독도의 수호신 안용복 장군 추모 제향'이 열렸다. 이날 안상돈 전 부산고등법원장이 신위(神位)에 술잔을 올리고 축문을 읽었다. 안용복은 정부의 소극적인 대응과 달리 일본에 맞서 당당하게 국가의 자존심을 지킨 인물로 평가받고 있다. 당시 일본과 갈등을 슬기롭게 해결한 조선 최고의 민간 외교관 역할을 했다. 부산출신 안용복은 1693년과 1696년에 일본으로 건너가 에도막부와 협상해 어업권과 영유권 각서를 받아냈다. 당시 독도를 탐하는 일본인에게 강하게 맞섰고, 일본으로 건너가 독도 영유권과 어업권을 지켜낸 사실이 사료를 통해 밝혀졌다.

이제는 민간 외교관 안용복을 빼고 독도를 말할 수는 없다. 당시 안용복의 활약상과 행적을 자세히 들여다보자. 1696년 안용복은 오키섬에 표착했고 일본 실세들과 담판을 지었다. 당시 상황을 자세히 기록한 일본 문서가 공개돼 한국과 일본에서 큰 관심을 끌었다. 호사카 유지 교수는 '겐로쿠 9 병자년 조선 배 착안 한 권의 각서'라는 제목의 일본인 고문서를 공개했다. 오키섬에 사는 무라카미라는 사람 집안 대대로 내려오는 고문서 자료다. 무라카미 조상은 1696년 안용복이 오키섬에 도착했을 때 촌장을 지낸 인물이다. 이 각서 내용은 2005년에 한국 언론에 공개됐다. "안용복은 일본 관리의 심문에 답변하며 독도가 울릉도가 함께 조선의 영토라고 주장했다. 이어 강원도에 속해 있는 울릉도가 일본에서 말하는 '다케시마'라고 설명하면서 소지하고 있던 조선팔도 지도를 꺼내 울릉도가 표시돼 있음을 보여줬다" 일본 고문서에 독도와 울릉도가 조선령이라고 주장했음에도 일본은 반박하거나 항의한 흔적이 없다는 점을 들어 일본이 울릉도와 독도가 조선령임을 인정했다는 것이다. 경상북도는 역사 속에 묻힌 안용복을 세워 일으켰다. 울릉도에 안용복 기념관을 세우고 '독도 안용복 길'을 만들었다.

정부의 소극적 외교와 달리, 민간단체나 지방자치단체는 적극적인 대응 전략을 구사해 대조를 보이고 있다. 물밑에서 집요하게 움직이는 일본과 달리 한국정부는 조용한 외교를 선택했다. 결과는 비극적이고 매번 일본에게 뒤통수를 맞는 외교를 펼쳤다는 게 역사전문가들의 주장이다. 제3국에서는 이미 한국의 의사와 무관하게 독도를 분쟁지역으로 보고 있다는 점이다. 이명박 전 대통령은 2008년 취임 당시 '미래지향적 한일관계'를 강조했다. 그런데 이 미래지향적 정책은 일본에 대한 '짝사랑'으로 막을 내렸다. 고이즈미가 집권할 당시 일본은 역사교과서 왜곡에 더욱 열을 올렸다. 독도 영유권주장은 강화됐고, 외무성 사이트와 교과서에까지 수록하기 시작했다. 일본은 2016년 한해 죽도의 날(2월 22일) 행사, 교과서 검정, 외교청서, 방위백서, 도쿄집회 등을 통해 독도 도발을 감행했다. 일본 관료들 역시 '독도는 일본 고유영토'를 주장하며 불리한 국내정치 해법을 독도에서 찾았다. '과거를 잊고 미래만 생각하자'는 미래지향적 외교정책은 이렇게 일본에게 유리하게 돌아갔다. 하지만 한국은 절대 과거를 잊을 수도 없고, 잊어서도 안 되는 나라다. 그럼에도 일본이 제안한 실용노선인 '미래지향적 외교정책'의 미련을 아직도 버리지 못하고 있다.

제3장 │ 217년 전 수토사(搜討使)를 재현하다

"울진 구산항은 조선시대 정부에서 울릉도와 독도를 관리하기 위해 파견한
수군(水軍)인 수토사(搜討使)들이 배를 타고 출발한 역사적 장소입니다."

당시 임광원 울진군수의 말이다. 임 군수는 "조선시대 수토사 제도는 독도의용수비대와 현재의 독도경비대의 전신인 만큼 그 역사적 의미와 가치가 매우 크다"고 강조했다. 2011년 7월 경북도와 내일신문은 조선시대 수토사(搜討使) 뱃길을 다시 열었다. 조선 정부가 울릉도와 독도를 정기적으로 관리했다는 결정적 증거를 수토사에서 찾았다. 수토사는 지금 독도 경비대의 전신인 셈이다. 수토사 제 1회 행사에는 한국외대 독도문제연구회원 등 총 80여명이 참가, 독도수호 의지를 다졌다. 재현행사는 울진 대풍헌에

(왼쪽 위)독도 수중세계 장면. (오른쪽)독도 수중세계와 탐사중인 다이버. (왼쪽 아래)독도 바다의 희귀생물인 눈송이갯민숭이. 사진 = 전호성.

서 거행된 '독도수호 의지 천명' 기원제를 시작으로, 3일 동안 울릉도와 독도 일원을 탐방하는 순서로 진행했다. 울진 대풍헌과 일대에서 발견된 각종 고문서들은 현재의 울진군 기성면 구산리 일대가 조선 정부의 울릉도와 독도 수토의 기점지역이었음을 증명했다. 이는 19세기에도 조선이 울릉도와 독도를 실효적으로 지배했음을 보여주는 중요한 사료임이 확인됐다.

1823년에 작성된 것으로 추정되는 '수토절목'에는 "울릉도와 독도를 관리하기 위해 3년에 한 번씩 삼척진에서 파견나온 수토사(搜討使)와 그를 따르는 100여명의 군사들이 울릉도로 출항하기 위해 울진 구산포(邱山浦) 대풍헌에서 순풍이 불기를 기다리면서 머물렀다"고 기록했다. 수토절목은 조선 후기인 19세기까지 우리나라가 독도를 실질적으로 지배했음을 입증하는 것이어서 역사적 의의가 크다는 게 역사학자들의 증언이다. 울릉도 서면 태하리 광서명 각석문(경상북도 문화재자료 제411호)은 1890년(고종27년)과 1893년(고종30년)의 기록이다. 조선 후기 조정에서 울릉도 개척정책을 실시하던 무렵 서경석 심순택 이규원 조종성 등 울릉도에 공적이 많은 분들을 기리기 위해 세운 비다. 각석문의 내용은 "1889년 영의정 심순택은 새와 쥐가 들끓어 식량이 떨어진 울릉도에 양곡을 지원해줄 것을 조정에 건의했고, 이에 조정이 삼척 울진 평해의 환곡 중에서 300석을 지원해 울릉도 주민들이 기근을 면할 수 있었다"는 것이다. 울진군 대풍헌 일대에서 발굴된 수토사 관련 자료들과 이곳 각석문은 건물 문서 현판 비석 등 다양한 종류의 분야에서 유기적으로 역사적 상황을 연결시켜준다. 경북 울진 일대에서 벌어지는 수토사 행사는 현재 독도를 알리는 소중한 도민행사로 자리잡아가고 있다. 지방정부의 이러한 행사를 지역을 넘어 세계 문화관광 사업으로 확대하는 방안도 검토해볼 필요가 있다.

제4장 | 창의 융합형 독도교육이 필요하다

정부입장에서 외교적 부담을 느낀다면, 지방자치단체나 민간단체가 맡아서 '독도외교'를 추진해야 한다는 목소리가 커지고 있다. 다행인 것은 청소년들과 대학생 단체가 독도에 관심을 높이고 있다는 점이다. 2017년 9월 경상북도와 교육부, 내일신문이 손잡고 '독도 비정상회담'을 열었다. 독도를 평화의 섬으로 만들자는 게 세계유학생들이 내건 슬로건이다. 유학생들에

울릉도의 생명수로 불리는 추산 용출수.

게 '일본은 틀리고 한국은 옳다'는 이분법적 교육이나 설명은 하지 않았다. 독도를 찾은 그들 스스로 느끼고 평가하도록 했다. 독도를 찾은 외국 학생들이 직접 채택한 '평화선언문'은 더욱 돋보였다. 어떠한 갈등이나 분쟁보다 평화가 더 중요함을 강조했다. 한반도 평화를 위해 청년들의 실천과 책임감 있는 행동을 요구했다. 민간조직에서 추진한 '독도 비정상회담'은 한국 공공외교에 많은 교훈을 남겼다. 문재인 정부도 공공외교의 중요성을 강조했다. 청년과 국민 한 사람 한 사람이 외교관이 되고 세계와 소통해야 한다고 강조했다. 세계는 인터넷(망)으로 연결되어 있다. 이러한 망을 통해 수많은 민간외교관 안용복이 나와 활동해야 한다. 지금이 그 시점이라고 생각한다. 일본의 독도 영유권 주장을 깨려면 한국 해양력을 높여야 한다. 여기에 국제관계 및 국내 정치·사회 변화에 대한 적확한 분석과 대응도 필요

사단법인 울릉도 아리랑 단체가 도립 국악단과 창립기념 협연 공연을 가진 뒤 기념촬영한 모습.

하다. 강대국 중심으로 해석하는 국제해양법을 역사적 사실에 맞게 수정하는 일도 한국 국민의 몫이다. 최근 전국 초중고에서는 학생들이 뛰어난 창의력을 발휘하고 있다. 다만 이를 이해하고 지원하는 교사나 학교장의 협조가 있을 경우에만 창의력을 실현할 수 있다. 서울 은평구 폐교에 만든 서울창의인성센터는 독도 관련 계기교육을 실시했다. 독도전문가들이 교육기부를 했고, 학생들은 서너 달 동안 토론하고 아이디어를 모았다. 중학교 아이들은 직접 제작한 독도 모형에 태극기를 올려놓고 열을 가해 '독도 태극기'를 완성했다. 더 이상 어떤 말로도 표현할 수 없는 작품이 탄생하는 순간이었다. 교사들은 숨을 멈추고 독도태극기를 들여다봤다. 지도교사들은 단순하면서도 강렬한 기운이 태극기에서 나오는 것 같다고 말했다.

경북도는 47개의 독도 관련 사업을 추진하고 있다. 하지만, 독도 종합해양과학기지 확대이전, 독도입도지원센터 건립, 독도방파제 건설 등 독도영유권 강화를 위한 사업은 지지부진한 상태다. 정부의 엇박자와 비협조가 원인이다. 독도에 대한 모든 행위는 국무총리 소속 '독도지속가능이용위원회'가 심의·의결·시행하도록 돼 있어 속도를 내지 못하는 것이다. 일본과 외교마찰을 우려하는 정부가 독도를 피해갔다는 비난을 면치 못하고 있다. 박근혜 정부는 당초 독도에 건립하려던 종합해양과학기지를 2014년 인천시 옹진군 소청도에 설치했다.[48] 독도를 찾는 관광객은 매년 20여만명이 넘는다. 파도가 조금만 올라와도 접안이 불가능하다. 독도 탐방객들의 안전을 위한 독도입도지원센터도 아직 완공하지 못했다. 독도를 관리하는 환경부, 문화재청, 해수부 등이 외교부와 함께 엇박자를 내는 것도 독도사

---

48 이명박정부가 의욕적으로 추진했던 '독도영유권 강화사업'이 수년째 표류하고 있다. 박근혜정부를 거쳐 문재인정부가 들어서며 10년이 지났지만 독도에 추진하기로 했던 핵심사업은 사실상 포기상태다. 독도영유권 강화사업이 국민적 관심을 끌기 위한 정권홍보에 그쳤다는 지적이 나오는 이유다.

이명박정부는 2008년 총리실에 독도영토관리대책단을 두고 독도영유권 강화를 위해 28개 사업에 1조원 이상을 투자하겠다고 밝혔다. 이 대통령은 2012년 8월 10일 독도를 깜짝방문하기도 했다.

그러나 해양과학기지, 입도지원센터, 방파제 등 3대 독도 핵심사업은 이미 무산됐거나 수년째 중단돼 사실상 포기상태인 것으로 나타났다. 독도해양과학기지는 서해 앞바다로 갔고 입도지원센터와 방파제는 수년째 중단된 상태다.

독도 앞바다에 설치하기로 했던 430억원 규모의 독도해양과학기지는 엉뚱하게 서해 백령도 앞바다로 갔다. 해양수산부는 2012년 독도종합해양과학기지 구조물을 완성했지만, 설치계획 지역인 독도 부속 섬 큰가재바위 인근 해상이 '역사문화 환경보존지역'으로 지정돼 설치하지 못했다. 결국 정부는 계획을 취소하고 완성된 구조물을 서해 백령도 인근에 설치했다.

독도입도지원센터 건립사업도 2014년 11월 국무총리 주재 관계장관회의에서 보류 결정을 한 뒤 4년이 지난 현재까지도 제기된 문제점에 대한 검토 및 관련회의를 한번도 하지 않은 것으로 확인됐다. 독도입도지원센터는 2014년 1월 해양수산부가 입찰공고까지 냈으나 경관 및 시설안전성 등의 문제로 취소됐다. 김정훈 자유한국당 의원은 "입찰공고까지 한 뒤 시설 안전성 및 환경 등의 이유로 보류 결정을 한 진위에 대해 의구심을 가질 수밖에 없다"고 말했다.

독도방파제도 무산된 것이나 다름없다. 최철영 경북도 독도위원회 위원(대구대 교수)은 "독도의 대외적 영토문제 논란은 중앙정부가 맡고 실제 독도 입도객 보호 및 행정관리 업무는 경북도에 이양하는 것이 전략적 차원에서 필요하다"고 말했다.('독도영유권 강화, 10년 허송세월' = 최세호 기자, 내일신문, 2018. 8. 8., 기사 중 인용)

독도 최초의 방문객 편의시설로 추진된 '독도 입도지원센터' 조감도. 2008년 정부의 독도영토대책사업의 일환으로 추진되었으며, 2016년까지 사업비 100억원을 들여 동도 접안시설 부근에 건립할 계획이었으나 현재까지 보류중이다.

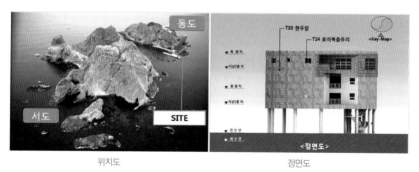

위치도   정면도

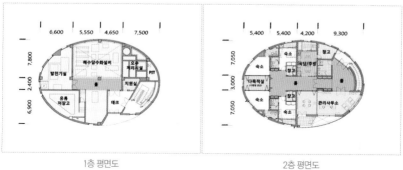

1층 평면도   2층 평면도

업 부진 이유로 꼽히고 있다. 지난해 2월 서울광화문에서 '대한민국 독도 수호 범국민 다짐대회'가 열렸다. 하지만, 정부는 그다지 반기지 않는 눈치다. "우국충정과 국내 정치적 측면에서는 이해가 되지만 외교, 국제법, 국제 정치적 맥락에서는 지혜롭지 못한 행동"이라고 평가절하했나. 김관용 경북 도지사는 "독도를 지키는 것은 우리 자존을 지키는 일이다"면서 "국가 안보와 주권에는 이념, 세대, 계층이 따로 있을 수 없는 만큼 전 국민이 함께 지켜달라"고 호소했다.

문재인 정부 교육부는 실효성을 중심으로 현장형 독도교육을 강조하고 나섰다. 이를 위해 부처간 협업은 필수라고 외치고 있지만 실효성은 의문이다. 문 대통령은 대한민국 임시정부 수립과 3.1 만세운동 100주년을 앞두고 의미 있는 메시지를 던졌지만, 현장 움직임은 더디다. '2015개정교육과정'은 2009 교육과정에 비해 독도교육 관련 내용을 더욱 확대·강화했다. 기존 범교과 학습 주제 39개를 10개로 통합, 독도 관련 핵심 주제를 다루도록 했다. 2015개정교육과정에 따라 초중고 학생들의 독도교육이 교과서 중심에서 활동 참여중심으로 대폭 개선된다. 주제 중심의 독도 융합수업을 진행한다. 국어시간에 독도 관련 시를 쓰고, 사회시간에는 독도를 알리는 광고를 제작한다. 수학시간에도 지도 축척을 이용해 독도거리 구하기 수업을 진행한다. 과학, 미술 진로과목시간에 체험형 독도 관련 융합수업으로 이어가고 있다. 중학교 여학생들은 독도 강치가 사라진 뮤지컬을 보면서 눈물을 흘린다. 그나마, 이러한 교육도 대입이라는 블랙홀에 빨려 들어갈 수 있다는 우려가 현장에서 제기되고 있다. 남북정상회담 이후 DMZ에 쏟는 관심의 절반만이라도 독도와 해양에 돌려야 한다. 세계평화 통일

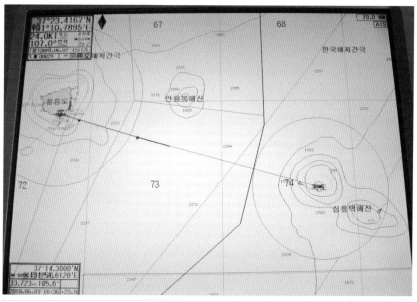

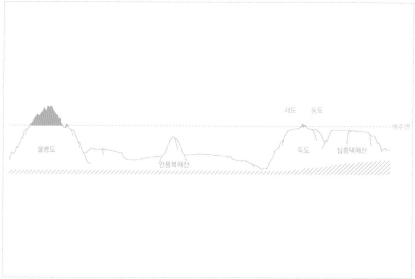

(위)울릉도-독도 해저의 안용복 해산과 심흥택 해산. 독도평화호의 해저 지도 모니터에 표기된 모습과 (아래)울릉도-독도 주변 해저지형모식도.

교육을 강조하면서 독도와 해양을 빼놓고 갈 수는 없기 때문이다. 바람직한 한일관계를 구축하려면 한중일 갈등해소 기구 설립도 검토해볼 필요가 있다. 세계가 한반도 평화와 통일에 주목하는 상황에서, 독도를 비롯한 한반도 해양 역시 평화의 장(場)으로 거듭나기를 기대해본다. 독일과 프랑스가 공동으로 역사교과서를 만들었음에 주목할 필요가 있다.

독도와 울릉도가 자연사적으로 중요한 것은 섬이 생긴 뒤 육지와 한 번도 연결된 적이 없는 '대양(大洋)섬'이라는 점이다. 제주도나 백령도 등 우리나라 서·남해안에 있는 섬들은 대부분 빙하기 때는 육지였다. 그러나 수심 2,000m에 이르는 동해는 해수면이 150m 정도 낮아진 빙하기에도 거대한 호수 형태로 존재했고, 울릉도와 독도는 여전히 섬이었다. 한국해양과학기술원 독도전문연구센터에 따르면, 독도 주변의 해저지형은 독도해산, 심흥택해산, 이사부해산 등 일련의 해산이 해저에서 솟은 산 형태로 구성되어 있다. 우리가 보는 수면 위의 독도는 지름 약 30km, 높이 약 2,100m에 달하는 독도해산이라 명명된 해저 화산체 정상부의 아주 작은 부분에 불과하다. 독도의 물에 잠긴 면적까지 더하면 그 실제 면적은 여의도의 240배이며 서울 면적보다 더 큰 707km²에 달한다. 독도해산 동남쪽에 위치한 심흥택해산은 정상부의 수심이 146m이며, 심흥택 해산 동쪽에 위치한 이사부해산은 정상부의 수심이 136m이다.

해산 꼭대기 평평한 부분의 깊이는 60~200m 정도. 햇빛이 닿을 수 있는 깊이여서 광합성을 하는 해조류가 많이 자라고 어족자원도 풍부하다. 울릉도와 독도의 생성은 태평양의 하와이 제도의 생성 원리와 유사한 것으로 연구되고 있다. 즉 울릉도와 독도는 하와이 제도의 생성과 유사하게, 지각판 내부에 위치하는 고정된 열점 화산활동에 의해 독도 화산이 먼저

김성도 독도 이장과 필자.

만들어졌고, 뒤이어 판이 동남쪽 방향으로 이동한 후 울릉도 화산이 후기 열점 활동에 의해 만들어진 것으로 보고되고 있다. 독도는 약 460만 년 전 ~250만 년 전, 울릉도는 독도보다 늦은 약 250만 년 전부터 5,000년 전 사이의 여러 차례의 화산활동에 의해 생성된 것으로 알려져 있다. 독도는 울릉도와 함께 생태계의 보고라 할 수 있다. 비록 최근 기후변화에 의해 독도의 해양생태계에 약간의 변화가 감지되고 있지만, 독도에는 여전히 다양한 생물들이 척박한 자연 환경을 이겨내며 공존하고 있다. 여름 독도에는 까마중 박주가리 참나리 등이 화려한 꽃을 피운다. 독도에서 보고된 식물은 약 80여종에 이른다. 1만여 마리의 괭이갈매기를 비롯한 유리딱새 후투티 등 철새들도 독도를 거쳐 간다. 독도 지킴이 삽살개가 가파른 계단을 앞서 올라가며 자꾸 뒤를 돌아본다. 2007년 독도에 들어와 지금까지 살고 있는 삽살개 '독도'와 '지킴이'는 독도 3세대다. 460만년 전 동해 해저화산으로 탄생한 독도. 울릉도와 제주도보다 훨씬 먼저 탄생한 독도는 신비를 간직하고 있다. 천연기념물 336호로 지정된 독도는 동도와 서도 그리고 89개의 부속도서로 이루어져 있다.

독도의 진짜 매력은 수중에 있다. 독도 주변의 풍부한 어장은 수심 2,000미터나 되는 심해에서 시작한다. 독도 주변에는 100여종이 넘는 다양한 어종이 서식한다. 독도 심해의 해수 운동은 바다 날씨를 결정하는 중요한 요인이다. 심해에서 발생하는 해수 운동과 난류 한류의 작용으로 기상변화를 가져온다. 해수의 수직혼합으로 영양염류가 풍부한 심층수가 표층으로 올라와 식물성 플랑크톤이 잘 자라 먹이사슬이 활발해져 어장이 형성되기 때문이다. 한국해양과학기술원의 백승호, 김윤배 박사팀은 Dokdo라는 표기로 세계 우수 학술저널인 Journal of Sea Research 2017년 11월호에 발표한 논문에서, "봄철 폭풍이 발생한 전후의 울릉도와 독도 주변 해역에 대한 집중 조사 결과, 폭풍으로 인한 증가된 해양의 상하층 혼합에 따른 저층의 풍부한 영양염의 상층 공급으로 인해 울릉도와 독도 주변 해역에서 봄철에 식물플랑크톤이 크게 번성한다"는 사실을 제시하기도 하였다.

할아버지, 할머니께서 사시는 우리 땅 독도

김환(독도 주민 김성도 씨 외손자, 현 포항 두호고등학교 3학년)

어린 시절… 독도는 그저 나의 외갓집이 었다. 가기 불편하지만 할아버지, 할머니가 계신 곳. 독도에 간다고 하면 그저 마음이 들떴다. 역사 공부를 하면서 점차 독도가 그저 할아버지, 할머니의 집이 아닌 우리나라가 지켜야 할 땅이라는 걸 알았다. 그래서 방학 때마다 독도를 찾아가서 할아버지 할머니의 일손을 도와드렸다.

독도 김성도 외할아버지 집 앞에서 포즈를 취한 김환 군과 동생 김찬후 군. 부친 김경철 씨는 울릉군청에 재직중이다. 사진 김중만 작가 찍음. 2012년 8월 8일.

자주 갔던 독도에서 가장 좋았던 일은 깨끗하고 맑은 독도 바다에서 수영을 하거나, 낚시를 즐길 수 있다는 점이다. 마치 나만의 전용 해변에 온 느낌이 들기 때문에 더욱 편안해 진다. 독도에서 내가 가장 좋아하는 생물은 괭이

(좌)독도 서도 김성도 씨 집에 놀러가 평화로운 한 때를 보내는 김 씨 외손주들(김환, 김찬후). (우)김성도 씨 외손주들과 함께 한 김남일 본부장.

갈매기다. 가끔씩 집안에 들어와 난장판을 때려놓고 갔지만 그것 또한 재밌었다. 새우깡을 던지면 매우 잘 받아먹기에 애완동물을 키우는 기분이 든다.

기분이 나빴던 일은 별로 없지만 그 중에서 하나를 꼽으라고 한다면 벌레가 너무 많다는 것이다. 밤에 일어나 화장실에 가면 길고 발이 무수히 많이 달린 벌레가 나를 보며 다가오는 순간은 너무나 무섭다. 불편했던 순간은 여름엔 덥고 겨울에는 춥다는 것이다. 독도에서는 발전기에 기름을 넣어서 전기를 만들기 때문에 항상 에어컨이나 보일러를 틀 수 없다. 보일러와 에어컨이 빵빵하게 나오는 우리나라지만, 독도에서는 그럴 수가 없어 추위와 더위를 바로 몸으로 알 수 있는 곳이다.

독도 수호 방법은 특별하게 무엇을 해야 한다고 생각하지는 않는다. 다만, 독도가 우리의 땅임을 잘 알고 있는 것 그 자체가 가장 중요하다고 생각한다. 가끔 아니 늘, 일본이 독도가 자신의 땅이라고 우기는 것을 듣고 일본 땅이라고 생각하는 사람도 있는 것 같다. 그러한 사람들이 생각을 바꿔서 우리의 땅임을 깨닫게 하는 것이 독도 수호의 첫 걸음이 아닐까 생각한다.

나의 할아버지, 할머니께서 "독도는 우리 땅이다"라는 말의 근거가 될 수 있다는 사실 또한 정말 자랑스럽게 생각한다. 독도가 왜 우리 땅인지 누군가 묻는다면 나는 자랑스럽게 나의 할아버지, 할머니께서 그 곳에서 살고 계시기 때문이라고 말할 것이다.

내가 이렇게 자랑스럽게 생각하고 있는 독도를 지키기 위해서, 많은 사람들이 독도를 소중하게 생각했으면 좋겠다. 독도가 우리나라의 땅임을 확실하게 알았으면 좋겠다.

에필로그

동해보명(保命)의 사명을 이어받아
해양민국의 나라로!

김남일(경상북도 前 독도수호대책본부장, 現 도민안전실장)

치밀하고, 전략적으로, 지속가능하게 진정 우리가 무엇을 해야 하고, 협력해야 하는지

동해(東海)라는 명칭은 '삼국사기'에 처음 등장했다. 기원전 59년 고구려 건국과 관련한 동명왕 기록 가운데 적혀 있고, 또한 681년 동해구(東海口) 대석상(대왕암)에서 신라 30대 통일대왕 문무왕 유언에 따라 그를 동해에 장사지냈다는 기록이 있다. 이로 미루어 볼 때 우리 민족은 2,000년 이상을 동해 바다와 함께 해왔다. 근대에 이르러 바다를 소홀히 하는 조선의 해금정책(海禁政策)과 쇄국주의(鎖國主義)의 틈을 타, 일본은 1876년(고종 13년), 강화도조약으로 군사력을 동원해 부산과 원산, 인천 항구를 강제 개항시켰고,[49] 1905년에는 시마네 현 고시를 통해 독도를 불법적으로 편입시켰

---

49 이와 관련된 강화도 조약의 조문은 아래와 같다.

독도 방문객들과 함께 섬 계단을 오르며 안내중인 필자.

는가 하면, 일제 강점기인 1929년에는 국제수로기구가 '일본해' 지명을 채택하도록 조종하는 등 우리 바다에 대한 침탈을 오늘날까지 철저하고도 전략적으로 이어 오고 있다. 동해의 시군 가운데는 1920년 일본이 수산자원과 생태자원의 착취를 위해 개항시킨 포항시의 구룡포항, 경주시의 감포항, 울릉군의 도동항이 개항 100년의 역사를 맞이하고 있다. 지금도 세 항구 인근에는 모두 적산가옥들이 남아 있고, 일본을 바라보는 가장 전망이 좋은 전통마을 숲이 있던 곳에는 신사(神社)의 흔적들이 남아 아픈 과거의 역사를 말해 준다.

제5관. 경기, 충청, 전라, 경상, 함경 5도 중에서 연해의 통상하기 편리한 항구 두 곳을 골라 개항한다.
제7관. 일본국 항해자들이 수시로 조선국 해안을 측량하여 도면을 만들어서 양국의 배와 사람들이 위험한 곳을 피하고 안전히 항해할 수 있도록 한다.

경주와 울릉 등지의 일본 신사 유적들. 왼쪽이 경주 감포 신사, 오른쪽이 울릉 도동 신사 유적.

　　일본 출장을 갔다가 우연히 오사카항 개항 150주년(1868년 7월 15일 개항)을 축하하는 홍보물을 보고, 혹시나 해서 들른 오사카부립 중앙도서관에서 일본어로 된 '구룡포항 확충공사 준공기념(昭和10년)' 기록집을 어렵게 복사해 왔다. 표지에 '경상북도 영일군'이라고 되어 있는 자료를 일본에서 구해야 하는 비감한 심정을 지울 수 없었다. 우리가 50년 좀 더 빨리 서구

포항 구룡포 항구 확장공사 준공기념 자료, 1935년 3월. 일본 국회도서관 소장.

문화를 과감히 받아들이는 실사구시(實事求是)의 개항 역사를 가졌더라면 오늘날 국제 사회가 동해를 일본해로 부르거나, 일본이 감히 독도의 영토주권을 노리는 일은 없지 않았을까. 대항해시대라 불리는 근대 이전까지만 해도 우리에게는 신라 해상제국을 꿈꾸었던 장보고 대사, 독자적인 수군 통솔기구인 선부(船府)를 처음으로 설치하고 동해 바다에 묻힌 문무대왕, 그리고 "바다를 버리면 조선을 버리는 것"이라는 신념을 가진 이순신 장군 등 해양 선지자들이 많았다. 그들이 우리 민족에게 주고자 했던 메시지를 왜 철저히 되새기고 준비하지 못했던 걸까. 오죽하면 1930~1950년대 활동했던 김옥련과 제주 해녀회들, 그리고 홍순칠과 독도의용수비대 등 민중들이, 정부와 관료들 대신 우리 바다를 지키는 항일운동에 직접 나서야 했을까 반성하지 않을 수 없다. 해양실크로드의 바다 뱃길을 통해 과감히 아랍과 지중해 등 전 세계와 소통하던 위대한 해양민국(海洋民國)의 혼을 언제부터인가 잊어버리고, 바다 하면 육지에서 쫓겨난 사람들이 모이는 '유배의 바다', 회를 먹거나 해수욕을 하러 가는 '놀이의 바다', 그리고 최근의

독도 7시 26분

'경상북도 '2014 해양실크로드 탐험대'가 2014년 9월 16일 오후 포항 영일만항에서 출정식을 개최하고 10월 30일까지 45일 동안 9개국 10개항, 22,958km에 이르는 대장정을 성공리에 마쳤다. 탐험대'는 경북도에서 선발한 탐험대 4개팀 22명과 한국해양대학교 학생 등 128명을 포함해 총 150명으로 꾸려졌다. 이어 탐험대는 옛 신라인의 흔적을 따라 한국해양대학교의 동양 최대 실습선 한바다호를 타고 포항을 출발해 중국(광저우), 베트남(다낭), 인도네시아 (자카르타), 말레이시아(말라카), 미얀마(양곤), 인도(콜카타, 뭄바이), 스리랑카(콜롬보), 오만(무스카트), 이란(반다르 압바스, 이스파한)으로 이어지는 바다 실크로드를 탐험하고 무사 귀환했다. 사진은 '2014 해양실크로드 탐험대'의 출정식 및 주요 경유지들.
사진은 맨 위쪽 왼편에서 시계방향으로 각각 한국 포항 영일만항 출정식 장면, 중국 광저우 입항, 인도 뭄바이 입항, 오만 무스카트 입항 후 사막에서, 이란 반다르 압바스 입항, 일본 오키나와 나하항 입항.

세월호 사건처럼 연이은 해난사고로 위험한 사고가 빈발하는 '눈물의 바다'로 인식되는 현실이 안타까울 따름이다.

수백만 년 전 지질학적으로 가장 먼저 솟아나 제일 먼저 해가 뜨는 곳으로, 우리 국토의 막내가 아니라 맏형의 자격으로,[50] 독도는 당당히 우리에게 말하고 있다. 수면 위에 드러나 보이는 섬의 면적이 전체가 아니라 유라시아 전체의 동쪽에 위치한, 대동(大東), 해동(海東), 동국(東國), 동학(東學)의 나라에서는 동해(東海) 바다가 바로 우리의 정체성이자 우리를 깨어 있게 하고 하나 되게 하는 도전과 모험정신의 산교육장이라고. 2001년 과학기술진흥과장으로서 필자는 울진에 한국해양연구원 동해연구소를 유치하고 경북해양바이오산업연구원을 신설하면서, 경상북도의 발전전략을 '農道 경북'에서 '海道 경북'으로 전환할 것을 주장하였다. 그리고 국제통상과장으로 있던 2005년 3월에는 시마네 현이 다케시마의 날 조례를 제정하자 즉시 '독도지킴이팀'을 신설하고 울릉도(독도)해양과학연구단지를 기획했고 이어 지역대학에 해양수산과 하나도 없는 현실에서 끊임없이 '내륙중심'에서 '해양중심'으로 나아가야 된다고 외쳤다.[51] 2005년 당시 일본은 시마네 현 지방정부가 하는 일에 중앙정부가 관여할 수 없다는 논리로 치밀하게 독도침탈을 주도하였고, 약 3년이 지난 2008년 7월에는 중학교 교과서에 독도를 자기 영토라고 수록하는 등 문부성뿐만 아니라 방위성 등 범정부 차원에서 침탈을 계속하여 왔고, 최근에는 일본 수도인 도쿄 중심

---

50 제주도, 울릉도, 독도는 해수면 위에 해저 화산의 분출물이 쌓여서 만들어진 화산섬이다. 독도는 460만 년 전쯤 생겼고, 독도보다 덩치가 큰 울릉도는 약 250만 년 전에, 그리고 제주도는 약 180만 년 전에 생겼다. 독도는 우리나라에서 가장 먼저 해가 뜨는 곳으로 정확한 신년 첫 일출 시각은 오전 7시 26분이다.
51 울릉군민들은 기상청이나 언론의 일기예보나 기상특보 발령과 관련하여 섭섭한 점이 많다. 기상예보 시 "태풍이 동해로 빠져나가기 때문에 피해가 없을 것"이라고 방송하거나, 태풍이 본토만 벗어나면 자세한 예보를 하지 않거나 울릉군의 피해가 클 것으로 예상되는 상황에도 재난당국이 무관심하거나 안이하게 대처하는 경우가 많기 때문이다. 이는 내륙지향적 생각에 기인한 잘못이다. 태풍이 한반도 본토를 거쳐 지나갔다고 해도, 상당한 강도를 유지한 채 동해로 나아가는 경우 울릉군은 본격적인 피해를 보게 되는데 정작 기상청은 더 이상 자세한 예보를 하지 않고 얼버무리기 때문이다. 이 때문에 상당 수 울릉군민들이 한국과 일본의 동해상 일기예보를 함께 다운로드 받아 사용하는 실정이니 이는 문제라 아니할 수 없다.

일본 도쿄에 있는 이른바 영토주권전시관 실내 모습.

에 '영토주권상설전시관(National Museum of Territory and Sovereignty)'을 개관하여 독도가 일본 땅이라는 왜곡된 역사교육을 강행하고 있다. 그 결과 2013년 처음으로 자국민 상대 여론조사를 했는데 시마네 현 어업 종사자나 알고 있던 독도를 이제는 일본 국민 대다수가 알게 되었고, 그중 60% 이상이 독도를 일본 땅이라고 답했다고 한다. 그만큼 일본의 국내 홍보전략은 성공을 거둔 셈이니 국익을 위한 중앙정부와 지방정부의 호흡이 부러울 따름이다.

일본의 독도 교과서 수록에 대응하여 2008년 7월 17일 기존의 독도지킴이팀을 과(課) 단위로 확대하고 초대 독도수호대책본부장을 맡은 필자는 "공무원에게는 영토를 지키는 것이 어떤 가치보다 우선되어야 한다"는 도지사의 철학과 신뢰에 힘입어 수천 년 동안 독도를 경영해온 울릉도민들

울릉도의 산채와 오징어 문화. (위)산마늘은 울릉도를 대표하는 명물 산채다. 사진은 울릉도에 자생하는 산마늘 새싹들. (아래 좌)산채를 가공하느라 여념이 없는 울릉도의 한 평범한 가정. (아래 우)동해안 대표 어종이자 한국 오징어 중 으뜸으로 꼽히는 울릉도 오징어.

을 위해 역사의 죄인이 되지 않기 위해 직원들과 동고동락하게 되었다. 그해 7월 14일 독도 현지에서 지사님과 울릉군수 등과 함께 일본 중학교 교과서 왜곡 규탄대회를 가진 데 이어, 7월 29일 당시 한승수 국무총리의 독도 현장방문이 있었고, 8월 1일에는 정부에서 합동 독도영토관리대책단을

(위)2007년 8월 7일, 안용복장군 유배 310년만에 부산시 안용복기념사업회원들과 필자가 함께 독도에서 장군의 넋을 기리는 진혼제를 올렸다. (아래)2008년 8월 15일, 독도에서 치른 광복절 행사에 독도실록의 산증인들.

구성했다. 8월 14일에는 독도 주민 김성도 씨와 함께 동북아역사재단 내에서 독도연구소 개소식을 가졌으며, 8월 15일에는 미국 의회도서관이 독도 명칭을 '리앙쿠르 암'으로 바꾸려는 계획을 보류시킨 조지워싱턴 대학 김영기 교수 등을 초청하여 경상북도 광복절 행사를 독도에서 개최했다. 10월 21일에는 독도 현안을 중심으로 국회 국토해양위원회 국정감사가 경북도청에서 열리기도 했다.[52] 실로 일본 덕분에 일복이 많았던 한해였다.

52 당시 국정감사에서 독도 탐방 시 여객선 운임료가 부담되는 탓에, 더 많은 국민들이 독도를 방문할 수 있으려면 국비 등 예산 지원 방안을 마련해야 한다는 지적이 있었다. 이에 필자는 '독도의 지속가능한 이

독도 주민 김성도 씨와 함께 한 필자.

당시를 회고하면 경상북도는 독도정책에 관한 한 울릉군민과 함께 나름대로 최선을 다해 왔다고 자부할 수 있다. 이 책을 기획하게 된 것도 갈수록 퇴직하는 동료들이 많아지는 상황에서 나름의 최선을 다하고자 함이다. 가령 그때의 경상북도와 울릉군청 지방공무원들이 감내했던 전쟁 아닌 전쟁의 현장 투쟁기록을 남겨 후배공무원들에게 참고가 되도록 하고, 독도 수호를 위해 진정 우리가 무엇을 해야 하고, 어떻게 협력해야 하는지 치밀하고도 전략적이며 지속가능한 방식으로 알려 주고 싶었다. 또한 이러한 기록들이 십년마다 계속해서 차곡차곡 쌓인다면 살아있는 독도실록(獨島實錄)이 될 수 있다는 바람도 있었다. 2018년 지금 10년이라는 세월이 지

독도 7시 26분

북한에서 발행한 독도 관련 기념물 등 관련 사진. 왼쪽 위에서 시계 방향으로 기념 우표, 기념 주화, '독도를 지켜낸 안룡복을' 기리는 주화. 독도 사진과 함께 "아, 독도! 영원한 우리 겨레의 땅이여"라는 문구를 적어 넣은 북한 중앙 은행에서 발행한 독도 기념 주화, 독도 기념주화를 판매하는 평양 기념품 판매원.

났다. 울릉도와 독도에는 얼마나 많은 변화가 있었을까[53], 필자는 이렇게 자성해 본다.

---

53 1962년 박정희 국가재건최고회의 의장이 울릉도를 방문하였을 때 울릉도 출신 공무원이, "울릉도를 이렇게 내팽거처 둘 거라면 차라리 일본에 팔아버리지요"라고 하소연할 정도였다 한다.

첫째 국민들에게 약속도 하고, 예산까지 다 반영했음에도 독도 방문객[54]
과 연구자들을 위한 안전한 편의시설인 독도입도지원센터, 독도방파제, 독
도해양기지 등 새로 신축된 건물은 아직 하나도 없다. 반면 일본은 동경으
로부터 1,740km나 떨어진 바윗덩어리를 섬으로 인정받기 위해 300억 엔
이라는 엄청난 돈을 투자하여 인공 섬으로 조성하고 있다.

둘째 울릉주민들의 최고 관심사이자 헌법상 보장된 가장 기본적인 권리
인 행복추구권에 해당하는 육지와의 교통 접근성이 여전히 나아진 게 없
다. 오히려 육지와의 고립을 뜻하는 울릉도 연간 여객선 결항일수는 2016
년 총 69일에서 2017년은 85일 정도로 더 늘어났다. 반면 일본 오끼 섬에
는 다양한 여객선이 입출항하고 있을 뿐 아니라 비행기까지 다닌다.

셋째 수많은 정치인이 방문하고 인증 사진을 찍고 가서 독도특별위원회
를 만들고, 각종 독도 관련 법을 의원입법으로 제안했지만 독도의 지속가
능한 이용을 돕는 법령은 하나도 만들어지지 못했다.[55] 반면 일본은 러시
아와 영토분쟁이 있는 북해도 북방영토 인접지역에 대해 국고 보조율을
상향 조정하고 별도기금을 운용하는 등 '북방영토 인접지역에 대한 특별

---

54 울릉군 독도관리사무소에 따르면, 독도 입도가 허가제에서 신고제로 바뀌어 전면 개방된 2005년 3월
이후, 13년 만인 2018년 8월 10일 현재 독도 순 방문객이 212만 4천528명으로 누적 방문객 200만 명을 넘
어섰다. 그중 외국인은 4,323명(0.2%), 일본인은 100명으로 나타났다.
55 현재 독도와 관련된 법률은 총 3개로, 해양수산부의 '독도의 지속가능한 이용에 관한 법률', 환경부의
'독도 등 도서지역의 생태계 보전에 관한 특별법', 국가보훈처의 '독도의용수비대 지원법'이 그것이다. 이
들 독도 관련 법령들은 대부분 독도와 주변 해역의 생태계 보호와 합리적 관리 이용에 관한 것이다. 반면
독도의 모섬인 울릉도의 체계적인 발전을 지원하거나 울릉도·독도 주민들의 삶의 질 향상을 위한 여러
가지 사업을 원활히 하기 위한 울릉도·독도 발전기금 설치나 독도 입도세 부과 또는 독도 입도 국민들
의 선박 운임료 지원 근거 등을 명시하기 위한 '울릉도·독도지원 특별법'(가칭)은 아직도 통과되지 않고
있다.

조치법'을 가동하고 있다.

넷째, 울릉도민들의 자립적인 경제기반이자 가장 중요한 어족자원인 오징어는 북한 해역의 중국 어선들이 싹쓸이 하는 바람에 어획량이 급감하여 말 그대로 금징어가 되었다.[56] 더욱이 기상이 악화되면 중국 어선들이 대거 피항 와서 울릉도 앞바다에 온갖 쓰레기를 버리고 가는데 피해를 파악할 전용 연구조사선 한 척 없고, 울릉도와 독도가 행정적으로 경상북도에 속하고 있음에도 해양경찰청 관할은 강원도 동해해경(육상경찰은 경북 관

---

56 국립수산과학원에 따르면 동해의 대표적 회유성 어종인 오징어 어획량은 최근 3년(2015~2017년)간 급감하는 추세를 보이고 있다. 연간 어획량이 2000년대 초반에는 20만t 넘었고, 2012년만 해도 18만t에 달했지만 2017년에는 8만7000t까지 떨어졌다. 특히 오징어 어업이 섬 전체 어업의 90%를 차지하는 울릉군의 피해는 더욱 심각한 수준이다. 2000년대 초까지만 해도 울릉도 근해에서 잡혀 위판된 오징어는 한 해 8천t에서 많게는 1만t이 넘었다. 하지만 2010년 2천897t으로 떨어진 뒤 2015년까지 2천t 수준을 유지했으나 지난해엔 800t 미만으로 급감했다. 동해 북한 해역 조업 중국 어선은 2004년 140척에서 시작해 2016년 1천238척, 2017년 1천700척으로 급증했다. 기상 악화로 울릉도 연안으로 피항한 중국 어선은 2012년 2척에서 2016년 819척으로 늘어났다. 이에 따라 어구 훼손을 비롯해 폐어구 · 폐기름 야간 불법 투기 피해도 갈수록 커지고 있다. 사정이 이런데도 별다른 해결책이 없다는 게 현실이다('울릉도 오징어 수난' = 정용태 기자, 영남일보, 2018. 8. 16., 기사 중 인용).

할)이 담당하는 모순이 지속되고 있다.

다섯째, 동해안에 505년(지증왕6년)까지 존재하였던 예국(濊國), 실질국(悉直國), 파조국(波朝國) 등 창해삼국(滄海三國)이나 울릉도에 있었던 고대왕국 우산국(于山國)[57]에 대한 체계적인 국가 차원의 전수 발굴조사는 한 적도 없고, 지역향토사 연구에 대한 지원도 부족한 것이 우리 현실이다.[58] 반면 일본은 오키나와 섬의 독자성과 특이성을 연구하여 류큐학(Ryukulogy)을 정립했고, 류큐 왕국 수리성을 복원하여 '쿠스쿠 유적 및 류큐국 유적'을 유네스코 세계문화유산에 등재시켰다.

여섯째, 국제사회의 냉혹한 외교전에서 상대국의 부당한 요구에 대해 강력한 항의가 있어야 이후 이를 물리칠 명분을 세울 수 있음은 자명한 일이다. 예를 들어 평창올림픽·패럴림픽 당시 북한은 "한반도기에 독도를 표기하지 못하는 것은 민족의 자존심에 상처를 받는 일"이라고 논평했다. 2007년 필자는 기회가 있어 평양을 방문했는데, 이는 북한 작가 리성덕 씨

---

57 현재까지 이사부 정복 이전의 시기에 해당하는 유적과 유물로 거론된 바 있는 추정 고인돌과 타제어망추와 지석 및 무문토기편 돌만으로는 신라복속 이전 시기의 고고학적 해석이 어려우며, 따라서 신라복속 이전 시기에 해당하는 선사시대와 5세기까지의 고고학적 증거를 찾아내는 조사는 우산국 연구의 필수불가결한 과제로서 더 이상 미룰 수 없는 단계에 이르렀다. 울릉도의 유적보존과 고고학적 연구는 우산국의 실체를 규명하는 학술적 의미 뿐만 아니라 독도에 대한 일본의 영토시비를 종식시키는 총체적인 작업과 연결되어 있으므로, 시기적으로 시급하기 때문에 지금까지 파악된 토기 산포지를 중심으로 주거지나 요지 등의 지하유구를 찾기 위한 체계적이고 연차적인 시발굴을 실시하여 신라복속 이전의 독자적인 유적과 유물을 찾아내고 이를 근거로 우산국의 성격과 형성과정 및 주민 등의 총체적인 곡고학적 사실을 규명해야 할 것이다.(울릉도의 고대 유적 유물과 고고학적으로 본 우산국, 한림대학교 노혁진, 이사부와 동해 8호 논문, 2014. 8. 8)
58 2018년 7월 1일 기준으로 울릉도에는 110세 이상 2명, 100세 이상 6명, 90세 이상 63명, 80세 이상 456명, 70세 이상 1,047명이 거주하는 것으로 나타났다. 이들 고령자들을 우선으로 울릉도 토착민의 생활양식과 마을 공동체 등 유무형 민속자료들을 수집, 기록하는 작업이 절실하다고 본다.

우산국의 역사 흔적들, (좌)울릉도 현포 고분군과 (우)남서동 고분군.

작품 '독도 지킴이 안룡복'을 저본(底本)으로 하는 남북 합작 영화나 에니메이션 등 콘텐츠 제작 가능성을 타진하기 위함이었다. 평양을 다녀온 뒤로는 장기적으로 누군가가 해야 할 일이라 보아 '경상북도 남북교류협력에 관한 조례'를 직접 만든 바 있다. 남과 북이 함께 민족의 자긍심을 안고 영원히 꺼지지 않을 애국심(patriotism)의 상징을 고양하자는 뜻이었다. 그래서 독도는 우리에게 더욱 의미가 있지 않을까.

일곱째, 독도정책은 한일 외교방침과 정권변화에 따라 변화가 심하여 중앙정부 차원에서 독도정책을 컨트롤하는 총리실 정부 합동 독도영토관리대책단을 만들어 10여개 부처의 참여 아래 정책을 조율하는 것으로 알려져 있다. 하지만 그 회의가 울릉도 현지에서 한 번도 개최된 적이 없고, 거기에 참여하는 부처 담당국장들 대부분이 독도에 거의 가본 적이 없어 사실상 자기 부처 이익만 대변하고 있다. 반면 일본은 내각에 영토주권대책기획조정실을 만들어 시마네 현과 유기적으로 공조하면서 우리나라 정부

(위)1917년 일본 역사학자 도리이 류우조(鳥居龍藏)가 촬영한 울릉도 너와집. (아래)1977년 울릉도 저동항 건설 공사 착공식 광경. 사진 제공 = 울릉군청, 김윤배 박사.

독도 7시 26분

(위)1917년 일본 역사학자 도리이 류우조(鳥居龍藏)가 촬영한 울릉도 도동항의 모습과 (아래)지금의 활기찬 도동항의 모습.

각료급 인사가 독도를 방문하는 일에까지 항의하는 등 항상 일관된 대응 방침을 유지하고 있다.

그뿐인가. 우리 동료들이 함께 쓴 글에서도 볼 수 있듯이 그간 독도업무를 하면서 힘들었던 순간이 한둘이 아니었지만 이를 드러낼 수도 없었고 때에 따라서는 우리가 대체 누구를 위해 투쟁하는지 모를 때도 많았다. 기막힌 일이 한둘이 아니었다. 엄연히 독도에 살고 있는 김성도 부부와 울릉군 공무원이 근무하는 독도 서도의 주민숙소를 고치는데 문화재청 문화재위원회의 형질변경 심사를 4차례나 받아 겨우 통과되었다. 게다가 당초 문화재위원회의 심의대상이 아니라고 하던 독도해양기지가 준공이 다 될 무렵 문화재보호법을 핑계로 서해 백령도에 설치되었다. 심지어 경상북도와 울릉군 공무원들이 국비지원 한 푼 없이 독도에 국기게양대를 설치하자 울릉군기와 경북도기 게양대를 무단으로 만들었다는 이유로 문화재청의 고발과 징계를 받기까지 했으니, 이런 현실에서 무슨 할 말이 더 있겠는가.

그나마 위안은 있다. 필자가 늘 주장하는 독도수호의 효과적인 방법으로 중앙정부가 주도하는 정치·외교·군사적인 정책 대신 지방정부가 주도하는 과학·생태·문화적인 접근방법으로 전환해야 한다는 것, 울릉도민들이 주축이 되어 울릉도민을 위한, 울릉도민에 의한, 울릉도민의 독도정책이 되어야 한다는 데 공감하는 이들이 갈수록 늘어가고 있다는 사실이다. 우리 지역 경북대 박종수 교수가 독도 물골 담수에서 신종 원생동물을 발견하여 독도(Dokdo)라는 명칭을 부여하였고,[59] 한국해양과학기술원(KIOST)

---

59 독도 물골에서 발견한 신종 원생동물은 아메바의 일종이며, 박 교수는 명칭에 독도를 넣어 "Tetramitus

울릉도독도해양연구기지 김윤배 박사의 독도 논문이 세계 우수 학술저널에 소개되는 등 독도에 대한 과학적 성과도 나타나기 시작하였다. 아울러 과거 뭍에서 울릉도로 향하는 출발점인 울진군에 국립 해양과학교육관이 착공되어 앞으로 우리 청소

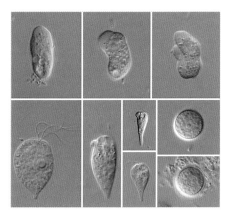

박종수 경북대 교수가 독도 담수서 발견한 신종 원생동물 모습.

년들이 울진-울릉도·독도-경주 문무대왕릉 나아가 북한 금강산까지, 동해탐사선 배를 타고 바다학교에 참여할 날도 멀지 않았다. 또한 울릉도민들이 스스로 연구하는 울릉문화유산지킴이 활동이 시작되었고, 울릉도 유일의 예술법인인 사단법인 울릉도아리랑이 청소년 오케스트라 활동과 울릉도 토속 섬 소리의 발굴·보존에 노력을 기울인다고 하니 정말 반가운 소식이다. 이처럼 다른 사람은 몰라도 필자가 보는 십년이라는 세월 동안 독도를 대하는 중앙부처의 인식은 크게 변화하지 않았지만 우리가 확인한 것은 있다. 앞으로 정권의 변화에 좌우되는 중앙 중심의 독도정책 대신, 경상북도와 울릉군이 주도적으로 지속가능하게 독도를 이용하고 개발해 나가는, 독도정책의 지방정부 시대를 열어 나가야 한다는 것이다. 대신 중앙부처는 수 천년동안 그래왔듯이 독도의 모섬인 울릉도 주민들이 어업행위와 생태관광을 통해 동해를 터전 삼아 떠나지 않고 살기 좋은 섬마을 공

dokdoensis(테트라미투스 독도엔시스)"라고 명명했다. 독도 명칭을 사용한 생물은 몇 종이 있지만, 원생동물에 독도 명칭을 사용한 것은 이 경우가 처음이다. 해당 연구결과는 원생동물 분야의 세계적 학회지인 국제원생생물학회지(Journal of Eukaryotic icrobiology)에 게재되었다.

독도주민 김성도 씨의 삼성라이온즈 야구 시구를 마치고 양준혁 오승환 두 선수를 울릉군 홍보대사로 위촉하는 자리에서, 정윤열 전 울릉군수와 함께 한 필자.

동체를 만들어 가도록 조용히 도와주는 역할을 하여야 한다. 아울러 정부는 항구적인 해양영토 수호 의지를 담아 독도 주권에 대하여 더이상 논란의 여지가 없도록, 차기 헌법 개정 시 헌법 제3조인 "대한민국의 영토는 한반도와 그 부속도서로 한다."를 "대한민국 영토는 한반도와 독도를 비롯한 한반도의 부속도서로 한다."라고 바꿀 것도 조심스럽게 건의해 본다.[60]

우리는 매년 강원도 양양군에 있는 동해신묘(東海神廟)에서 동해신에게 제사를 올려왔고, 울릉군 현포리 웅포 해신당(海神堂)에서는 동해보명(東海

---

60 울릉도독도해양연구기지에 근무하는 김윤배 박사는 "하늘에서 본 울릉도와 독도의 해양영토"라는 책에서 "흔히 울릉군을 대한민국에서 가장 작은 규모의 군(郡)이라고 한다. 수면 위에 드러난 육지만 고려한다면 그러할 것이다. 하지만 이러한 인식에는 대한민국의 주권이 미치는 해양영토가 빠져 있다. 대한민국 헌법에조차 '해양'이란 단어가 없는 것이 해양영토에 대한 인식의 현실을 보여준다. 우리가 해양영토를 제대로 이해할 때 울릉군은 대한민국에서 가장 작은 군이 아니라 대한민국에서 면적이 가장 넓은 군으로 다가올 것"이라고 주장한다.

(좌)울릉군 현포리 웅포 해신당(海神堂). 신위에 동해보명(東海保命)이라고 적혀 있다. (우)강원도 양양군에 있는 동해신묘(東海神廟). 주민들이 매년 이곳에서 동해신에게 제사를 올린다.

동해송(東海頌)

1660년 삼척부사로 부임한 허목(許穆 : 1595~1682)은 아래와 같은 동해송(東海頌)을 썼고, 이를 다시 현종 2년(1661) 삼척 정라진 앞 만리도에 비석으로 새겨 남겼으니 이것이 척주동해비(陟州東海碑)다. 조수를 물리치는 위력을 지닌 신비한 비석이라 하여 퇴조비(退潮碑)라고도 부른다(강원도 삼척시 정상동 82-1에 위치, 강원도 시도유형문화재 제 38호).

瀛海淳瀁(양해분양) 큰 바다 넓고 넓어
百川朝宗(백천조종) 온갖 냇물 모여드니
基大無窮(기대무궁) 그 큼이 끝이 없어라.
東北沙海(동북사해) 동북쪽의 沙海여서
無潮無汐(무조무석) 밀물과 썰물이 없으므로
號爲大澤(호위대택) 大澤이라 할 만 하네.

績水稽天(적수계천) 바다 물 하늘에 닿아

渤𣴎汪濊(발유왕예) 출렁댐이 넓고도 깊으니

海動有曀(해동유에) 바다가 움직임에 음산함이 있네.

明明暘谷(명명양곡) 밝고 밝은 暘谷으로

太陽之門(태양지문) 태양의 문이라

羲佰司賓(희백사빈) 희백이 관장하고.

析木之次(석목지차) 석목의 星次이고

牝牛之宮(빈우지궁) 빈우의 星宮이니

日本無東(일본무동) 해뜨는 동쪽의 끝이구나.

鮫人之珍(교인지진) 교인의 진기한 보배는

函海百産(함해백산) 바다 속의 온갖 산물이라

汗汗滿滿(한한만만) 한도 없이 많으며,

奇物譎詭(기물휼궤) 기이한 물체 조화를 부려

婉婉之詳(완완지상) 꿈틀대는 그 상서로움은

興德而章(흥덕이장) 덕을 일으켜 나타남이로다.

蚌之胎珠(방지태주) 조개 속에 든 진주는

與月盛衰(여월성쇠) 달과 성쇠를 같이 하니

旁氣昇霏(방기승비) 기운을 토함에 안개가 오르고,

川鳴九首(천오구수) 머리가 아홉인 천오와

怪夔一股(괴기일고) 외발 달린 괴물 기는

颱回且雨(태회차우) 폭풍을 일으키고 비를 내리네.

出日朝暾(출일조돈) 아침에 돋는 햇살

膠軋炫煌(교알현황) 구석구석 밝게 비추니

紫木滄滄(자목창창) 자주색 붉은 빛 서늘하여라.

三伍月盈(삼오월영) 보름달 둥근 달

水鏡圓靈(수경원령) 하늘에서 밝게 빛나니

列宿韜光(열숙도광) 별들이 빛을 감추네.

扶桑沙華(부상사화) 부상의 사화족

黑齒痲羅(흑치마라) 흑치의 마라족

최髮보家(최발보가) 상투 튼 보가족

蜒蠻之호(연만지호) 굴조개를 잡는 연만족

爪蛙之猴(조와지후) 원숭이가 많은 조와족

佛薺之牛(불제지우) 소를 좋아하는 불제족 등은

海外雜種(해외잡종) 바다 저편 잡종이라

絶儻殊俗(절당수속) 종족도 다르고 풍속도 다르지만

同囿咸育(동유함육) 같은 땅 위에서 자라서,

古聖遠德(고성원덕) 옛 성인의 원대한 덕화에

百蠻重譯(백만중역) 온갖 오랑캐 거듭 통역하여 모여드니

無遠不服(무원불복) 멀리까지 복종하지 않는 곳이 없구나

皇哉熙哉(황재희재) 훌륭하고도 빛나도다.

大治廣搏(대치광박) 큰 다스림 넓고도 크나니

遺風邈哉(유풍막재) 남긴 기풍 원대하여라.

미수 허목 선생이 쓴 척주동해비 원고. 50.0×32.7cm. 보물(寶物) 592 호. 소장번호 신수(新收)-010610-00000. 국립중앙박물관 보관.

335

保命)이라고 적힌 신위를 모시고 해신제를 지내면서 동해를 지키라는 선조들의 유업을 지금까지 이어오고 있다. 그리고 대구에서 안동으로 경북도청을 옮긴 신 도청 상량문에는 이러한 동해보명(東海保命)의 역사를 이어가기 위해 '문무왕릉호아역 독도창파한국령(文武王陵護我域 獨島蒼波韓國領)'이라는 문구를 새겨 후대에 영원히 남기고자 노력하고 있다. 동해바다와 독도는 우리에게 어디에 가치를 두고 국가전략을 짜야 하며, 지역경영을 해야 하는지 알려주고 있다. 우리는 '士農工商'이라는 조선시대 유교이념의 잣대에 더 이상 휘둘리지 않아야 하며, 누구에게나 열린 '商工農士'의 해양경영에 가치를 두고 앞으로 다가오는 유라시아 북극항 시대를 맞아 동해바다를 적극적으로 이용하고 개척해 나가야 한다. 그것은 곧 수천 년 수탈의 질곡 속에서도 우리가 꿋꿋이 지켜온 동해정신(東海精神)이자 경북정신(慶北精神)의 계승이다.

영원히 지지 않는 동해바다의 꽃, 독도! 독도는 대한민국 우리 모두의 꿈이자 꺼지지 않는 청년정신의 좌표다. 문무대왕의 불사신(不死身)과 함께 우리는 끝까지 독도를 품은 동해바다와 함께 할 것이다.

울릉도는 나의천국
이장희 작사, 작곡, 노래

세상살이 지치고 힘들어도
걱정없네 사랑하는 사람 있으니

비바람이 내 인생에 휘몰아쳐도
걱정없네 울릉도가 내겐 있으니

봄이오면 나물 캐고
여름이면 고기 잡네
가을이면 별을 헤고
겨울이면 눈을 맞네

성인봉에 올라서서
독도를 바라보네
고래들이 뛰어노는
울릉도는 나의 천국

나 죽으면 울릉도로 보내주오
나 죽으면 울릉도에 묻어주오

2011년 봄 추산에서

이장희 가수는 울릉도로 이사하여 자신의 집을 '울릉천국'이라 명명한 뒤 자연 속에서 작품활동을 이어가고 있으며 '울릉도는 나의 천국'이라는 노래를 짓기도 했다. 필자에게도 울릉도는 영원한 '나의 천국'이다!

일본의 주요 도발 일지	정부의 대응 일지	경상북도의 대응 일지
2005. 3. 16		2005. 3. 16
시마네현 '다케시마의 날' (2.22) 조례 제정		시마네현과 자매결연 파기 및 단교 선언 독도관련 전담조직 (독도지킴이팀) 구성
		2005. 3. 28
		「독도지키기 종합대책」발표
2005. 3. 29		
문부성, 교과서 출판사에 '독도는 일본 땅'기술 요구		
2005. 4. 16	2005. 4. 20	
후쇼사 역사교과서에 '독도는 일본 영토'기술	청와대, 바른역사정립기획단 (독도대응팀) 설치	
	2005. 5. 18	2005. 7. 4
	「독도의 지속가능한 이용에 관한 법률」제정	「독도의 달(10월)」조례 제정
2005. 8. 2		
2005년 방위백서에 '독도는 일본 고유의 영토' 기 술(최초)		
2006. 4. 14	2006. 4. 25	2006. 8. 25
해상보안청, 한국측 EEZ를 포함하는 해양탐사계획을 IHO에 통보	노무현 대통령 독도관련 특별담화문 발표	경상북도 「독도수호 신구상」발표
	2006. 4. 28	2006. 10. 10
	독도문제 범정부 고위급 TF팀 구성	도의회 제210회 정례회 독도 개최 「독도거주 민간인 지원에 관한 조례」제정('07.1.시행)
	2006. 9. 28	2007. 2. 23
	동북아역사재단 출범	독도 입도인원 확대 (1일 2회 400명→1회 470명, 1일 1,880명)

		2008. 4. 1
		독도 현지사무소 개설 (공무원 2명 상주)
2008. 7. 14		2008. 7. 14
중학교 학습지도요령 해설서에 '독도 영유권' 명기		일본 중학교 교과서 왜곡 규탄 대회(독도에서)
		2008. 7. 17
		독도수호대책본부 설치(10명)
	2008. 7. 29	2008. 7. 29
	한승수 국무총리 독도 순시	「독도수호 종합대책」 발표
	2008. 8. 1	
	정부 합동 독도영토관리대책단 구성	
	2008. 8. 14	2008. 8. 15
	동북아역사재단 산하 「독도연구소」 설치	건국 60주년 기념행사 독도 현지 개최
	2008. 8. 24	
	국회 「독도 영토수호대책 특별위원회」 구성	
	2008. 9. 18	2008. 9. 22
	독도 영토수호를 위한 28개 사업 확정(1조 82억)	'독도수호대책팀' 확대 설치(정원 11명)
		2008. 11. 17
		'독도수호 법률 자문위원' 위촉 및 세미나 개최
		2009. 2. 2
		반크와 '사이버 청소년 독도 사관학교' 공동운영 협약
		2009. 3. 9
		「경상북도 안용복재단 설립 및 운영 조례」 제정
		2009. 3. 12
		'사이버 독도사관학교' 개설 (반크와 공동 운영)
		2009. 6. 18
		'안용복재단' 출범
		2009. 6. 26
		'독도평화호' 취항

		2009. 10. 20
		'독도입도 통합시스템'개통
		2010. 2. 27
		'독도사료연구회'발족
		2010. 3. 17
		울릉도·독도 DMB 방송 개통
2010. 3. 30	2010. 4. 2	2010. 4. 23
초등학교 사회 검정교과서에 '독도 영유권'명기	국회, '일, 사회교과서 독도 영토표기 검정 취소 촉구 결의안'통과	한승수 총리 만나 독도수호 사업 정상 추진 강력 건의 (도지사, 독도수호대책본부장)
	2010. 4. 6	2010. 5. 11
	외교부, 일본 외교청서에 독도 영유권 기술관련 구상서 제출	경상북도 독도수호 중점학교 지정(포항해양과학고)
	2010. 4. 8	2010. 10. 22
	김형오 국회의장 독도 순시	제1회 안용복예술제 개최
		2010. 10. 25
		경상북도 독도수호 중점학교 지정(울릉북중학교)
		2011. 2. 22
		시마네현 제6회'다케시마의 날'행사 규탄성명(도지사)
2011. 3. 30	2011. 3. 30	2011. 3. 30
중학교 사회 검정교과서에 '독도 영유권'명기	외교부, 일본 중학교 교과서 검정결과에 대한 항의성명	중학교 사회교과서 검정 통과 규탄성명(전국시도지사협의회)
2011. 3. 30	2011. 3. 30	2011. 4. 8
중학교 사회 검정교과서에 '독도 영유권'명기	외교부, 일본 중학교 교과서 검정결과에 대한 항의성명	안용복 기념관 기공식
		2011. 5. 2
		독도 주민숙소 완공
2011. 6. 24		
일본 외상, 대한항공의 독도 시험운항 항의		
2011. 7. 11		2011. 7. 16
외무성, 직원들의 대한항공 이용 자제 지시		독도 국기게양대 완공

		2011. 7. 29
		자민당 의원 울릉도 방문 시도 규탄성명(도지사)
2011. 8. 1	2011. 8. 1	
자민당 의원 3명 울릉도 방문목적 입국 강행	울릉도 방문 목적의 일본 국회의원 3명, 김포공항에서 강제 출국	
2011. 8. 2		2011. 8. 2
2011년 방위백서에 '독도는 일본 고유의 영토' 기술(7년 연속)		'2011 일본 방위백서' 발표에 따른 규탄성명(도지사)
2011. 8. 22	2011. 10. 28	2011. 8. 5
국회, 독도문제를 국제사법재판소에 회부토록 정부에 촉구하는 결의안 채택	국회 독도지킴이 모임 주최 '독도음악회' 개최	독도 주민 숙소 준공식
		2011. 9. 22
		'LA한인축제'기간 중 독도홍보관 운영(9.22~9.25)
		2011. 10. 1
		'뉴욕 코리안퍼레이드' 독도홍보관 운영
		2011. 10. 28
		독도 한복패션쇼 개최 (도지사 참석)
2012. 1. 24	2012. 1. 25	
겐바 외상, "독도 문제에 대해 받아들일 수 없는 것은 받아들일 수 없다고 (한국에) 전달하겠다"고 발언	외교부 대변인 성명, 겐바 외무상 발언에 항의	
2012. 1. 26		
겐바 외상, 이틀 전 발언에 대한 한국정부의 항의를 받아들일 수 없다"고 발언		
2012. 3. 27		2012. 3. 27
고등학교 사회과 교과서 왜곡 검정 발표		일본 고등학교 교과서 왜곡 규탄성명(도지사)
2012. 4. 6	2012. 4. 6	
외무성, '2012년 외교청서'에 '독도 영유권'기술 발표	외교부, 외교청서에 대한 대변인 논평, 주한일본대사관 정무참사관 초치	

2012. 4. 11	2012. 4. 12	2012. 4. 12
'도쿄 집회'개최(국회 헌정기념관, 외무성 부대신, 의원 49명)	외교부, '4.11 도쿄집회'에 대한 대변인 논평, 주한일본대사관 총괄공사 초치	일본'4.11 도쿄집회'규탄성명(도지사)
2012. 7. 31	2012. 7. 31	2012. 8. 1
2012년 방위백서에'독도는 일본 고유의 영토'기술(8년 연속)	외교부, 방위백서에 대한 대변인 성명, 주한일본대사관 총괄공사 초치	일본 방위백서 발표에 따른 규탄성명(도지사)
2012. 8. 10	2012. 8. 10	2012. 8. 10
일본, '이명박 대통령 독도 방문'에 대해 항의	이명박 대통령 독도 순시	이명박 대통령 독도 방문(도지사 동행)
		2012. 8.13~15
		8.15 독도 수영횡단 프로젝트(경북도 후원)
2012. 8. 17	2012. 8. 17	2012. 8. 19
일, ICJ에 회부하자고 제안(21일, ICJ 제소 외교문서(구상서) 우리정부에 전달)	외교부, 일본정부의 ICJ 제소 제안에 대해 "일고의 가치도 없다"고 거부 방침 밝힘	'독도 표지석'제막식(도지사)
2012. 8. 22	2012. 8. 23	
일, 중의원(하원)'한국의 독도 불법점거 중단 촉구 결의안'채택	일본 노다 총리의'독도 항의서한'반송. 외교부, 일본 겐바 외상의'한국 독도 불법 점거'발언에 대해 항의	
	2012. 8. 24	
	외교부, 일본 노다 총리의 '독도, 일본영토'주장에 철회 촉구 성명	
	2012. 8. 30	
	일본 정부의 ICJ 공동제소 거부 구술서 전달	
	2012. 8. 31	
	외교부, 150개 재외 공관에 독도 홍보물 35만부(10개 언어)배포	
		2012. 10. 18
		독도기념품 공모전, 독도문예대전 시상식
2012. 9. 11	2012. 12. 21	2012. 11. 9
외무성, 일본 내 70개 신문에 '독도 광고'게재	국방부, '2012년 국방백서'에 독도표기 강화	독도 표기 변경관련 '구글'본사 항의 서한

2013. 2. 5	2013. 2. 5	2013. 2. 6
독도 전담부서'영토 · 주권 대책 기획조정실'내각관방 산하에 설치	외교부, 일본의 독도전담부서 '영토 · 주권대책 기획조정실' 설치에 따른 대변인 논평 발표	일, 독도 전담부서'영토 · 주권 대책 기획조정실'설치 규탄성명(도지사)
		2013. 2. 20.
		'울릉도 · 독도 국가 지질공원'인증식
		2013. 2. 1 ~ 28
		독도 · 동해 고지도 전시회 (경북대 박물관)
2013. 2. 22	2013. 2. 22	2013. 2. 22
시마네현'다케시마의 날' 행사 중앙정부 관료 차관급인 (내각부 정무관) 첫 파견	외교부, '제8회 다케시마의 날'행사에 정부 차관급 파견에 대해 대변인 성명발표 및 주한 일본대사관 총괄공사 초치	일, 시마네현'다케시마의 날' 규탄성명(도지사)
2013. 2. 28.	2013. 2. 28	
기시다 후미오 외무상, 독도 영유권 주장을 외교연설에서 2년 연속 언급	외교부, 일본 외무상의 의회 외교연설에 대해 대변인 논평	
2013. 3. 26	2013. 3. 26	2013. 3. 26
일본 고등학교 사회과교과서 왜곡 검정 발표	외교부, '일본 고등학교 교과서 왜곡'관련 대변인 성명, 주한일본대사관 총괄공사 초치	일 문무성, 고등학교 사회과 교과서 왜곡 규탄성명 (도지사, 도의장, 독도특위위원장 참석)
2013. 4. 5	2013. 4. 5	2013. 4. 5
외무성, '2013년 외교청서'에 '독도 영유권 기술'발표	외교부, '일본 외교청서'관련 대변인 성명, 주한일본대사관 총괄공사 불러 초치	일 외무성, '외교청서'발표에 따른 논평 발표(도지사)
		2013. 4. 18
		독도 탐방객 100만 명 돌파
		2013. 5. 21
		'독도사랑카페'개업 (독도선착장)
	2013. 7. 4	
	아베 신조 일본 총리의"침략 의 정의는 역사가에게 일임해 야 한다"는 발언(7.3) 관련 외 교부 당국자 논평 발표	

2013. 7. 9	2013. 7. 9	2013. 7. 9
2013년 방위백서에 '독도는 일본 고유의 영토'기술 (9년 연속)	외교부, '일본 방위백서'관련 대변인 성명, 주한일본대사관 총괄공사 불러 항의(국방부, 주한일본대사관 무관 불러 항의)	'일본 방위백서'관련 규탄 성명서 발표(도지사)
		2013. 7. 15
		독도사랑콘서트, 독도 선상, 울릉 한마음회관
		2013. 7. 26 ~ 28
		수토사 뱃길 재현(울진 대풍헌)
2013. 8. 2	2013. 8. 2	2013. 8. 2
외무성, '일본국민대상 독도 여론조사 결과'발표	외교부, '일본 독도 여론조사' 관련 대변인 성명, 주한일본 대사관 총괄공사 불러 항의 (국방부, 주한일본대사관 무관 불러 항의)	일본 외무성, '국민대상 여론조사 결과'발표에 대한 논평(도지사)
		2013. 8. 15
		독도 태권도퍼포먼스 (독도 선착장)
2013. 10. 23	2013. 10. 23	
외무성, '독도 영유권 주장' 동 영상 인터넷 유포	외교부, '독도 영유권 주장' 동영 상 인터넷 유포 관련 대변인 논 평, '대한민국 독도'(12분23초) 게재, 유투브 홍보(10.13일)	
	2013. 11. 1	
	외교부, 일본 외무성'독도 영유권 주장'동영상 영문판 유 포에 대한 대변인 논평	
	2013. 12. 11	
	외교부, 일본 외무성'독도 영유권 주장'동영상 10개 국 어 추가 게재에 대한 대변인 논평	
	2013. 12. 17	
	외교부, 일본 국가안보전략 (NSS)의 독도 기술에 대한 대변인 논평	

2014. 1. 10	2014. 1. 12	2014. 1. 12.
문부과학성, 중·고 학습지도 해설서'독도 명기'에 대한 방침 보도 외무성, 내각관방'영토주권 대책 기획조정실''독도 영유권 주장'정부 홈페이지 개설.	외교부, 일본 문부과학성 중·고교 학습지도요령 해설서 '독도는 일본 고유의 영토 명기'에 대한 방침 보도에 대한 주한 일본대사관 정무공사 초치	1. 10 日 문부성, 중·고 학습지도해설서'독도 명기' 방침 발표에 대한 논평 (보도자료로 배포)
		2014. 1. 16
		울릉군수 성명서 발표
2014. 1. 24	2014. 1. 24	
기시다 후미오 외상'독도 일 고유영토'의회 외교연설	외교부, 일본 외무성, 내각관 방 '영토주권대책 기획조정실' '독도 영유권 주장'정부 홈페이지 개설 관련 대변인 성명서 발표	
		2014. 1. 27
		일본 독도영유권 주장 홈페이지 개설에 따른 울릉군수 논평자료 배포
2014. 1. 28	2014. 1. 28	2014. 1. 28
문부과학성, 중·고 학습지도 요령 해설서'독도는 일본 고유영토 명기'강행	외교부, 일본 문부과학성, 중·고 학습지도요령 해설서 '독도 명기'항의성명서 발표, 주한 일본대사 초치 항의. 교육부, 항의성명서 발표, 한·중'일본 제국주의 만행' 국제공동연구 추진 제의	1. 28 日 문부성, 중·고 학습 지도해설서'독도 명기'대응 - 1.29 김관용 도지사 독도 에서 규탄 성명서 발표
	2014. 2. 21	2014. 2. 21
	외교부, 일본 시마네현 제9회 '다케시마의 날'행사 관련 대 변인 항의성명서 발표	2. 22 제9회'다케시마의 날'대응 - 2.21 도지사 규탄성명서 보조자료로 배포 - 2.22'다케시마의 날'철회 촉 구 규탄 결의대회, 1,000명 (포항시청 광장)
2014. 2. 22		2014. 3. 29
시마네현, 제9회'다케시마의 날'행사 중앙정부 관료 차관 급인 내각부 정무관(가메오카 정무관) 2년 연속 파견		울릉도독도해양연구기지 현판식

2014. 4. 4	2014. 4. 4	2014. 4. 4
문부과학성, "독도는 일본 고유 영토"초등학교 사회과 교과서 검정결과 발표 외무성, "독도는 일본의 고유 영토"라고 기술한 2014년 외교청서 발표	일본, 초등학교 사회과 교과서 검정결과 발표 관련 - 외교부, 대변인 성명, 주한 일본대사 초치 - 교육부, 장관 성명서, 4..5 정책토론회(국회, 동북아역사재단, 교육부) 일본, 외교청서 1963년 이후 "독도는 일본 고유 영토" 반복기술 - 외교부, 대변인 성명	일본 문부과학성, '초등학교 교과서 검정 및 외교청서' 발표 대응 논평 발표
2014. 6. 5	2014. 6. 5	2014. 6. 5
제2회 독도문제 조기 해결을 위한 도쿄 집회 개최 - 국회 헌정기념관, 내각부 부대신, 국회의원 32명 - 일본 영토를 지키기 위해 행동하는 의원 연맹과 다케시마·북방영토 반환 요구운동 시마네현민회의 공동 주최 - 죽도문제 조기 해결을 촉구하는 특별결의안 채택	외교부, 독도 도발 동경 집회 개최에 대한 외교부 대변인 논평	'일본 독도문제 조기해결을 위한 도쿄집회'도지사 규탄성명서 발표
2014. 8. 5	2014. 8. 5	2014. 8.5
방위성, 독도 영유권 주장 방위백서 10년째 발간	- 외교부, '일본 방위백서' 관련 대변인 성명, 주한일본 대사관 총괄공사 불러 항의 - 국방부, 입장 발표 및 주한 일본대사관 무관 불러 항의	'일본 방위백서'관련 도지사 규탄성명서 발표 (도청 프레스센터)
2014. 10. 28~31		
전국 교육위원회, 시마네현에서 영토교육 연수 - 주최 : 내각관방 영토주권대책 기획조정실 - 대상 : 전국 47개 교육위원회 지도주사 - 장소 : 시마네현(마쓰에, 오키), 돗토리현		〈10월 독도의 달 행사〉 독도수호 힙합 페스티벌(4~5일, 영남대) 대한민국 독도문화 대축제(25일, 서울 광화문) 동해명칭 표준화 국제학술회의(26~29일, 경주)
	2014. 11.4	
	정부, 독도입도 지원시설 건설 보류 결정	

	2014. 11.7	
	국무총리, 독도입도 지원센터 관련 사과	
2014. 11.9	2014. 11.11	
일본정부, 독도에서 노래한 가수 이승철 일본 입국 거부 조치	외교부, '이승철 입국 거부' 일본에 유감 표명	
2014. 11.25	2014. 11.24	
일본, 한국군 독도 방어 훈련에 항의	육해공군, 독도방어훈련 실시	

〈**2015**〉

일본의 주요 도발 일지	정부의 대응 일지	경상북도의 대응 일지
〈1.6〉 독도 영유권 주장 동영상 배포 - '강치가 살았던 섬', 17분 01초	〈1.6〉 외교부, 일본 정부의 독도에 대한 부질없는 주장을 즉각 포기할 것을 촉구	
〈1.29〉 일본 정부, 시마네현 '죽도의 날' 행사에 가메오카 요시타미 내각부 정무관 참가 발표	〈1.30〉 외교부, 주한 일본 대사관 공사 초치, '죽도의 날' 행사 일본 정부 관료 참석 항의	
〈1.30〉 시마네현, 경상북도와 교류 주장 - 일본 도쿄, 한일 지사회		
〈2.17〉 제37차 독도영토관리대책단 회의		
〈2.22〉 시마네현 제11회 '죽도의 날' 행사 개최 - 기념식, 정부대표 3년 연속 파견, 독도 홍보시설 국가차원 건립 요구	〈2.22〉 외교부, 죽도의 날 행사에 중앙정부 고위급 인사 참석 관련 강력 항의	〈2.22〉 규탄성명서 발표 - 범도민 규탄결의대회 (23일, 포항) - 시마네현 비판 학술대회 (25일, 영남대)

		〈3.24〉 '경상북도 독도위원회' 발족 - 정재정 위원장 등 13명 - 역사, 국제법, 국제정치, 해양, 생태계 전문가
〈4.6〉 문부과학성, 중학교 교과서 검정결과 발표 - 중학교 사회과 교과서 18종 全種 독도기술 사회과, 지리(4종), 공민(6종), 역사 (8종) 〈4.7〉 외무성, 2015년판 외교청서 발표	〈4.6~7〉 외교부, 주한 일본 대사관 공사 초치 교육부, 일본 교과서 왜곡 대응 성명서 발표	〈4.6〉 규탄성명서 발표 일본 교과서 왜곡 대응 전문가 심포지엄 - 도내 교사 150명 참석 '포항 연일초' 독도수호중점 학교 지정 ('15.3.30~'17.12.31)
〈6.4〉 시마네현, 영토담당상에게 '죽도의 날' 행사 중앙정부 주최 행사 개최 건의서 전달 〈6.22〉 시마네현 죽도문제연구회, 제3기 연구보고서 현에 제출		
	〈8.9〉 한국산악회, 독도 표석 복원	
〈6.8〉 외무성, 중지 촉구 및 항의 시마네현, 유감 표명	〈6.8~9〉 군, 동해서 독도방어훈련 실시	
〈7.21〉 방위백서 발표	〈7.21〉 - 외교부, 대변인 성명 및 주한일본대사관 총괄공사 초치 - 국방부, 항의문 전달 및 주한일본 국방무관 초치	〈7.21〉 경북도지사 규탄성명 발표
〈9.4〉 독도 인근에 일본 관공선 출몰 2012년 이후 360여 차례		
		〈10월 '독도의 달' 행사〉 - 독도수호 힙합페스티벌 (영남대) - 제8회 독도문화 대축제 (21일, 서울 뚝섬) - 대한민국 음악제(25일, 서울 광화문)

		〈11.24〉 울릉군, 독도 수호 상징 강치 동상 울릉도 통구미에 설치
〈12.6〉 외무성과 법무성, 9월부터 연구모임 결성 "국제사법재판소를 비롯해 국제분쟁에 대한 법적대응 등에 관해 의견 교환"		

〈2016〉

일본의 주요 도발 일지	정부의 대응 일지	경상북도의 대응 일지
〈2.4〉 산케이신문, "일본 새EEZ법안 추진"으로 한중일 갈등 우려 보도		
〈2.22〉 시마네현 제11회 '죽도의 날' 행사 개최 - 사카이 야스유키 정무관 참석 - 제1회 죽도문제 국민교류회 : 영토의련 3명, 현의원 35명, 오키주민	〈2.22〉 외교부, 죽도의 날 행사에 중앙정부 고위급 인사 참석 관련 강력 항의	〈2.22〉 규탄성명서 발표 - 시마네현 연구 비판 학술대회 (19일, 영남대) - 범도민 규탄결의대회 (23일, 울릉) - 독도위원회 '영토주권 관리방안' 토론회(24일, 도청)
〈3.18〉 문부과학성, 고등학교 교과서 검정결과 발표 - 사회과 교과서 35종 중 27종 독도 기술 "일본고유 영토", "한국불법 점거" 기술	〈3.18〉 외교부, 독도에 대한 부당한 주장을 포함하여 왜곡된 역사관을 담은 일본 고등학교 검정 교과서 통과에 대한 시정 요구 교육부, 일본 교과서 왜곡 대응 첫 "독도 교육 주간" 운영독도교육주간 운영(4.11~15) - 이준식 교육부장관(부총리), '포항 연일초'에서 독도교육주간 행사 참석(4.11)	〈3.18〉 규탄성명서 발표 - 일본 교과서 왜곡 대응 학술 심포지엄 : 도내 교사 150명 참석 (25일, 경북대)
〈4.15〉 일본 외교청서 발표	〈4.15〉 외교부, 유감 표명 및 주한 일본총괄공사 초치. 항의	〈4.15〉 규탄성명서 발표

〈4.15〉 영토주권대책 기획조정실, 독도가 자국영토라는 주장을 담은 영문 포털사이트 개설	〈4.15〉 외교부, 일본 정부의 독도에 대한 부당한 영유권 주장 반복에 대한 철회 촉구	
〈5.29〉 오키, '竹島역사관' 개소 (내각부 정무관 참석) - 장소 : 구미久見(일본의 독도 어업 거점지) - 규모 : 165㎡, 단층 목조 건물	〈5.30~6.1〉 국회, "독도, 대한민국에 살고 있습니다"주제로 독도 사진전 개최	
〈6.8〉 외무성, 한국 정부의 독도방어훈련 항의 시마네현, 독도방어 훈련 유감 표명(6.9)	〈6.8~9〉 군, 동해서 독도방어훈련 실시	
		〈8.1〉 울릉군, 독도박물관 재개관 - 리모델링 공사 : '15.11.2 ~ '16.7.31
〈8.2〉 방위백서 발표, 12년 연속 "독도는 미해결 일본 고유의 영토" 표기	〈8.2〉 외교부, 일 방위백서 '독도 영유권 주장' 강력 항의 및 주한무관 초치	〈8.2〉 규탄성명서 발표
〈8.13〉 외무성, 한국 '국회 독도방문단' 방문 계획 항의 〈8.15〉 시마네현, 국회의원 독도상륙 항의 및 유감표명	〈8.12〉 국회, '국회 독도방문단' 광복절에 독도방문 계획 발표 〈8.15〉 국회, 여야 국회의원 독도방문단 독도시설 점검	
〈11.9〉 제3회 죽도문제 조기해결을 촉구하는 도쿄집회 개최 - 장소 : 도쿄 헌정기념관 - 참석 : 마쓰모토 유헤이 내각부 부대신 - 주최 : 영토의원연맹	〈11.9〉 외교부, 유감 표명 및 주한 일본총괄공사 초치. 항의	
		〈12.19〉 3D에니메이션 '독도수비대 강치' 시사회 (도청 동락관)

〈12.2〉 '주인 없는' 외딴섬 277곳 국유화 방임 발표		
〈12.21〉 시마네현, 한국군 독도방어 훈련 실시에 유감 표명	〈12.21〉 한국군, 독도주변 해역에서 방어훈련 실시	

〈2017〉

일본의 주요 도발 일지	정부의 대응 일지	경상북도의 대응 일지
일본 정부, 부산 '소녀상' 설치 관련하여 주한일본대사 및 부산총영사 귀국조치 〈1.17〉 외무상(기시다 후미오) 경기도의회 독도 소녀상 설치 추진에 대해 "독도는 원래 일본 고유의 영토"주장	'소녀상' 설치 관련 - '16.12.31 : 재부산일본총영사관 앞에 위안부를 상징하는 '소녀상' 건립 및 제막식 - 설립주체 : 부산겨레하나 NGO 단체 〈1.16〉 경기도의회, 독도에 '소녀상' 건립 추진 발표 〈1.17〉 외교부, 일본 외상의 '독도 고유영토' 주장에 대해 주한일본공사 초치 항의	〈1.18〉 - 일본 외상 망언 : '독도 영유권' 주장 철회 촉구 - 소녀상 : "독도 천연기념물, 우리가 가꾸고 지켜야 할 섬, 소녀상 설치는 일본이 가타부타할 수 없음. 우리가 결론 낼 문제"
〈1.20〉 일본, 2018 평창 동계올림픽대회 홈페이지의 독도 표기 지적. "독도가 일본 영토'라며 국제올림픽위원회의 올림픽 헌장에 위반한다고 의견표명		
〈1.25〉 관방성, 경북도지사 독도 방문 항의 외무성, 주일한국대사관 공사 전화 항의 시마네현, 경북도지사 독도 상륙 유감 표명 재부산일본총영사관 총영사, 경북도 동해안발전 본부장(권영길) 방문 자제 요청 전화(24일)		〈1.25〉 김관용 경북도지사(국민대표 2명 동행)독도방문 - 일본 외무상의 독도망언과 한반도 주변 정세

〈1.30〉 오키町장 영토담당상 건의서 전달 - 오키에 독도관련 홍보시설 설치 요구		
〈2.14〉 일본 문부과학성, 독도는 일본 고유영토 기술한 초중학교 '학습지도요령' 개정안 발표	〈2.14〉 외교부, 일본의 초,중학교 '학습지도요령' 개정안에 대한 주한일본공사 초치, 항의	
〈2.22〉 시마네현, '죽도의 날' 행사 - 무타이 순스케 정무관 파견, - 영토의련 회장, 신도 요시타카 : 오키 주민과 간담회	〈2.22〉 외교부, '죽도의 날' 행사 관련 주한 일본공사 초치, 항의	〈2.22〉 규탄성명서 발표 - 독도수호 범국민 다짐대회(22일, 광화문) - 독도위원회 '정책토론회' 개최(21일, 도청)
〈3.5〉 일본, 유인국경낙도 오키를 비롯한 148곳 지정		
〈3.24〉 문부과학성, 고등학교 교과서 검정 결과 발표 - 사회과 24종 19종 독도 기술	〈3.24〉 외교부, 일본의 교과서 검정 결과와 관련하여 강력히 항의하며 즉각적 시정 촉구 교육부, 초,중,고교 독도교육 강화 기본계획 발표	
〈3.31〉 문부과학성, 초·중학교 학습지도요령 개정안 확정 고시 - 독도 '일본 고유 영토' 명기	〈3.31〉 외교부, 일본의 초,중학교 학습지도요령 확정 발표에 항의	〈3.31〉 규탄성명서 발표 - 일본 교과서 왜곡 대응 전문가 심포지엄(4.10) - '안동 경안고' 독도수호중점학교 지정(4.3) - '울진 평해초' 독도수호중점학교 지정(4.12)
〈4.1〉 국토지리원, 전자판 '지리원 지도'에 서도, 동도 등 11곳에 일본식 명칭 표기	한국 국토지리정보원, 독도 29곳 명칭 고시 - '00.12.30 : 동도, 서도 - '06. 1. 6 : 큰가제바위, 천장굴 등 22곳 - '12.10.29 : 대한봉, 우산봉 등 4곳	

〈4.25〉 외무성, 외교청서 발표 - '독도 일본 고유 영토' 주장 되풀이	〈4.25〉 외교부, 일본의 외교청서 각의 채택과 관련하여 주한일본공사 초치.항의	〈4.25〉 규탄 성명서 발표
〈4.28〉 국제수로기구(IHO), '해양과 바다의 경계(S-23)'와 관련, 사무국 참여 하에 관련 국간 비공식 협의체를 구성하고 협의결과 차기 총회에 보고한다는 결의안 채택	〈4.28〉 한국, 국제수로기구(IHO) 이사국에 진출	
〈5.18〉 외무성, 한국의 독도 주변 해양조사에 항의 시마네현, 한국 독도주변 해양 조사 유감 발표		〈5.1〉 울릉군의회, 5개 정당에 '일본의 독도침탈 규탄' 결의문 전달
		〈5.25〉 경북도 - 국회입법조사처 "독도정책세미나" 개최
〈6.9〉 외무성, '竹島'와 '일본해'를 '독도'나 '동해' 표기한 지도나 간행물 신고하라는 지침을 재외 공관에 고지	〈6.15〉 외교부, 일본 측 도발 용납할 수 없음 - 동해 명칭 한국이 2000년 이상 사용	
〈6.15〉 시마네현, 한국군 독도방위 훈련 유감 표명		
〈8.8〉 일본, 방위백서에 13년째 '독도는 일본 고유 영토" 기술	〈8.8〉 정부, 주한 일본 국방무관을 초치하여 독도 영유권 관련 방위백서 기술 항의	〈8.8〉 도지사 규탄성명서 발표
〈9.19〉 영토담당성 정무관(야마시타 유헤이) 시마네현 방문 〈9.20〉 정무관, 오키 방문 및 죽도 역사관 방문		

〈10.4〉 시마네현 의회, 독도문제 및 일본해 명칭문제에 관한 정부 연구기관 설치 요망 의견서 제출 제출처 : 중의원의장, 내각 총리대신, 외무대신, 영토문제담당대신		
〈10.20〉 일본 외무성, 한국 '독도방어부대' 창설 추진에 "매우 유감" 표명	〈10.19〉 국방부 국정감사, "중국과 일본 등 주변국 상륙 전력 증강에 따른 선제적 대비책을 강구하고 있고, 서북도서 방어 위주에서 "현재 순환식으로 운용 중인 울릉부대 편성을 추진 중"임을 언급	
	〈10.27〉 보훈처, 독도의용수비대 기념관 개관 - 장소 : 울릉군 북면 - 기간 : '11~ 17년(7년) - 규모 : 건평 2,118m^2, 지상 2층	〈10월 '독도의 달' 행사〉 - 독도수호 힙합페스티벌(8일, 영남대) - 제8회 독도문화 대축제(21일, 서울 뚝섬) - 대한민국 음악제(25일, 서울 광화문)
		〈11.13~16〉 경북도민과 함께 하는 독도교실 - 장소 : 경산시립박물관 - 주최 : 경상북도 통합협의체 〈11.17〉 전국 대학생 독도토론대회 - 최우수상 : 김호중,이서희 (인천대)
〈11.27〉 일본, 2018년 3월에 도쿄 히비야 공원에 독도관련 전시관 개관 예정 발표		〈11.28〉 울릉군, 서면 태하리에 수토역사관 개관
〈12.15〉 시마네현 의회, '죽도의 날' 각의결정 및 정부 주최 행사, '죽도의 날' 행사에 총리 및 영토담당상 등 관계 각료 출석 요청 건의서 제출 제출처 : 중의원의장, 참의원의장, 내각총리대신, 내각 관방장관, 외무대신, 문부과학대신, 농림수산대신, 영토문제담당대신		

〈2018〉

일본의 주요 도발 일지	정부의 대응 일지	경상북도의 대응 일지
〈1.25〉 도쿄 중심에 독도관련 '영토주권 전시관' 개관 - 에사키 데쓰마 영토담당상 개관식 참석 - 규모/예산 : 약100㎡(약30평)/3천만엔(약3억)	〈1.25〉 외교부, 강력 항의 및 즉각 폐쇄조치 요구 〈2.28~4.18〉 동북아역사재단, 서울 광화문에서 〈찾아가는 독도 전시회〉 개최	〈1.26〉 규탄 성명서 발표
	〈2.9〉 국무총리실, 제44차 독도영토관리대책단 회의	
〈2.14〉 고등학교 학습지도요령 개정 초안 발표	〈2.14〉 외교부, 유감 표명 및 주한 일본총괄공사 초치. 항의	〈2.14〉 규탄 성명서 발표
〈2.22〉 시마네현 제13회 '죽도의 날' 행사 개최 - 일정부, 야마시타 유헤이 정무관 파견 - 내각관방 '영토주권 대책 기획조정실장' 심포지엄 참석		〈2.22〉 규탄성명서 발표 - 범도민 규탄대회(울릉) - 독도위원회 "독도주권 관리 정책토론회(21일) - 독도사료연구회 세미나(27일)
		〈2.27〉 독도주민(김성도,김신열), 2017년도 국세 납부 : 145,430원
〈3.7〉 시마네현 교육위원회, 공립고교 입시에 독도 문제 출제		〈3.30〉 경북도, 대학수학능력시험 독도문제 출제 건의 건의처 : 교육부(한국교육과정평가원)
	〈3.12〉 창원시 의회, '대마도의 날' 기념행사	
〈3.30〉 문부과학성, 고등학교 학습지도요령 개정	〈3.30〉 외교부, 주한 일본대사관 초치 항의	〈3.30〉 규탄성명서 발표 - 일본 교과서 왜곡 대응 전문가 심포지엄(4.5) - 김천 다수초, 독도수호중점학교 지정(4.10)

		〈4.11〉 독도의용수비대 기념사업회, 제4기 회장 심재권 국회의원('18.4.3 ~ '21.4.2) 선정
		〈4.18〉 경북도, 공무원 채용시험 독도문제 출제 건의 건의처 : 인사혁신처, 경찰청, 해양경찰청
〈5.15〉 외무성, 외교청서 발표 "독도 한국 불법점거" "일본해가 유일한 명칭"	〈5.15〉 외교부, 주한일본대사관 총괄공사 초치, 항의	〈5.15〉 경북도, 왜곡된 독도관련 기술 폐기 촉구 논평
〈5.28〉 외무성, 심재권 의원 독도방문에 대해 가나스기 아시아대양주국장 주일한국대사관 전화 항의 시마네현, 유감표명 (5.29)	〈5.23〉 심재권 국회의원 겸 독도의용수비대기념사업회 회장 독도방문	
		〈6.7〉 동도 선착장, 6.13 지방선거 거소투표 실시
		〈6.8〉 독도조난어민 사건 70주년 학술보고 및 위령행사(울릉도, 독도)
〈6.17〉 외무성, 항의 및 중지 요구 시마네현, 유감표명	〈6.19〉 한국군, 독도 방어훈련 실시	〈6.19〉 경상북도의회 임시회 독도수호특별위원회 개최
〈7.21~22〉 영토담당상(후쿠이 데루), 오키방문 - 일본 영토담당상으로 첫 오키 방문		
		〈7.26〉 독도위원회, 한일전문가 토론회(포항) "한반도의 새로운 평화와 환동해 독도의 미래"

〈8.1〉 관방장관(스가 히데요시) 우리 정부에 항의 시마네현 지사 항의성명서 발표	〈8.1~2〉 국립수산과학원 해양조사 선 독도 주변해역 조사 실시	
		〈8. 7~ 17〉 독도의용수비대원 격려품 전달 - 현황 : 33명(생존6, 작고 26, 소재불명 1) - 광복절을 맞이하여 생존 대원 및 유가족 격려 〈8.15〉 제73주년 광복절 경축 독도 태권도 시범 - 100명(국기원시범단 70, 관계자 등 30)
〈8.28〉 방위성, 2018년 방위백서 발 표 - 독도 일본 고유영토로 명 기(14년째)	〈8.28〉 외교부, 日주한공사(미즈시 마 고이치) 초치 항의 및 대 변인 성명을 통해 즉각 철회 촉구	〈8.28〉 규탄성명서 발표
		〈9.6〉 제8회 대한민국 독도문예대 전 시상식 - 유택상(일반부 시, 문화체 육관광부장관상) - 최한규(일반부 미술, 경북 도지사상) 〈9.15〉 독도 문화공연 - 미스 대구경북 당선자 참 석, 전통한복 혼례쇼, 강강 술래 등
		독도의 달(10월)행사 - 독도 힙합페스티벌(10.12, 영남대) - 독도 인문학교실 개최 (10.17, 대구·포항) - 제9회 독도문화대축제 (10.19, 포항 영일대) - 제4회 대한민국 독도 국 제음악제(10.25, 광화문) - 동해 및 독도 학술조사 심 포지엄(10.27, 오사카)

*출처 : 2014년 8월까지는 김남일, 『독도대양을 꿈꾸다』(2015)에서 발췌.
2014년 8월 이후는 경상북도 자료를 근거로 이소리 작성.